정자에 올라 세상을 굽어보니

정자에 올라 세상을 굽어보니

초판1쇄 인쇄 2016년 12월 05일
초판1쇄 발행 2016년 12월 10일

지은이 | 임연태
펴낸이 | 김향숙
펴낸곳 | 인북스
등록 | 1999년 4월 21일(제2011-000162호)
주소 | 경기 고양시 일산서구 성저로 121, 1102동 102호
전화 | 031_924_7402
팩스 | 031_924_7408
이메일 | editorman@hanmail.net

ISBN 978-89-89449-57-7 03810
ⓒ 임연태 2016

이 도서의 국립중앙도서관 출판예정도서목록(CIP)은 서지정보유통지원시스템 홈페이지(http://seoji.nl.go.
kr)와 국가자료공동목록시스템(http://www.nl.go.kr/kolisnet)에서 이용하실 수 있습니다.
(CIP제어번호 : CIP2016028870)

누정시로 찾아가는 역사문학 기행

정자에 올라 세상을 헤아리다

임연태 지음

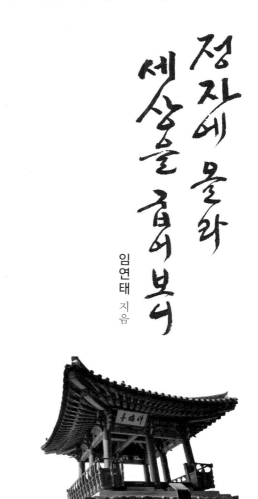

인북스

무엇을 찾아다니는 시간은 행복하다. 신문에 연재하기 위해 3년 동안 전국 사찰의 부도밭을 찾아다닌 적이 있다. 마냥 즐겁게 절집을 돌아다니며 사진을 찍고 자료를 모아 기사를 썼는데, 연재가 끝나고 나니 몹시 허전했다. 그 연재기사로 권위 있는 상(賞)을 받긴 했지만, 곧바로 신문사를 퇴직해야 했기에 허허로움은 더 컸다.

본능인지 오기인지 모르지만, 다시 뭔가를 찾아다닐 궁리를 하기 시작했다. 그러다 문득 떠오른 생각 덩어리 하나가 있었는데, 그것이 '누정시 기행'으로 정리되었다. 물 만난 고기처럼 신나게 기획을 다듬고 자료를 준비하는 중에 격월간으로 발행되던 시 전문지 《유심》이 월간으로 나온다는 소문을 들었다. 기획서도 만들지 않고 '입'만 가지고 《유심》의 홍사성 주간께 달려가 주저리주저리 연재 계획을 읊어댔는데, "한 꼭지 써와 봐."란 짧은 대답이 돌아왔다.

그렇게 시작된 '누정시 기행'은 전국의 누각과 정자를 찾아 돌아다닐 기회를 주었다. 1년만 해보자고 시작했던 연재는 3년을 이어갔다. 취재 대상을 정하고, 자료를 수집하고, 현장에 가서 사진을 찍고, 주변의 관련 유적도 답사하면서 스토리텔링을 구상하는 시간은 행복했다. 그러나 늘 한 가지 문제에 봉착했다. 내가 너무 무지하다는 것이었다. 고전문학과 역사에 대해 얕은 지식이 부끄러워웠고, 애써 모은 자료나마 멋들어지게 구성할 능력이 부족한 것이 늘 목구멍을 옥죄어 왔다.

기자로도 시인으로도 초라한 살림살이를 절감하며 자괴감에 젖을 때가 많았다. 그럴 때마다 다시 떠날 수 있다는 기대 하나로 책을 뒤지고 자료를 검색하며 '이번엔 더 좋은 곳으로……'를 주문처럼 되뇌었다. 우리 산하에는 절경을 절경이게 하고, 역사 속의 역사를 촘촘히 간직한 정자와 누각이 상상 이상으로 많다. 그래서 늘 새로운 떠남을 준비할 수 있었다.

누정문학에 대한 문학적 관심과 학술적 연구는 빈약한 편이다. 기본적인 데이터베이스 구축 작업조차 일천하기 그지없다. 학회나 대학은 물론이고 많은 지역의 문화원이 전문 인력과 예산 부족에 시달리며 손을 놓고 있는 실정도 수차례 목도했다. 누정시 가운데 번역본을 구하지 못한 경우에 도움을 청하면 짧은 시간에 흔쾌히 번역해주신 현암 소병돈 선생님께 감사의 말씀을 올린다. 무엇보다 한국고전번역원 홈페이지가 유용했으며 그 외 도움받은 자료 목록은 책 말미에 수록했다.

나는 다시 떠날 궁리를 하고 있다. 부족하기 그지없는 이 책이 역사문학에 대한 세상의 관심을 넓히는 계기가 된다면, 새로운 떠남에 큰 힘이 될 것이다.

사관(死關)에서 임연태

차례

1부 동해의 밝은 달

울진 망양정 蔚珍 望洋亭

바다 밖은 하늘이니
하늘 밖은 무엇인가

十里沙平望大洋　십 리 모래밭에서 큰 바다를 바라보니
海天遙闊月蒼蒼　멀고 넓은 바다 위 하늘에 달이 떠오르네.
蓬山正與塵衰隔　신선들 세계라 인간 세상과는 막혀 있고
人在浮萍一葉傍　사람들은 물 위에 뜬 한 잎 마름잎과 이웃하네.

— 김시습 〈등망양정간월(登望洋亭看月)〉

시간과 시의 향기를 따라

높은 곳에 오르면 먼 곳이 보인다. 사방이 훤하게 트인 곳에서는 마음도 트인다. 높고 트인 곳에서는 육안(肉眼)으로 멀고 가까운 풍경들을 조망한다. 그리고 심안(心眼)과 심정(心情)으로 많은 것을 보고 즐기고 생각하게 된다. 인간사의 온갖 시름을 잊을 홍취를 얻고, 시흥(詩興)을 길어 올리고, 사람을 사귀고, 시류를 논하고, 학문을 연마하고, 후학을 지도하고, 술을 마시고, 음악을 즐기고, 바둑을 두고…….

언제부터 정자(亭子)를 짓고 누각(樓閣)을 건축하기 시작했는지는 모르지만 정자의 역사는 유구하다. 우리 역사에서는 삼국시대에 이미 정자와 누각이 있었다. 쓰임새가 조금씩 달라도 누정(樓亭)의 기본은 높음과 트임이다. 높고 트인 누정에는 시간과 시의 향기가 흐르고 있다.

정자의 쓰임을 잘 말해주는 글이 고려시대의 문장가 이규보(李奎報, 1168~1241)의 〈사륜정기(四輪亭記)〉다. 사륜정이란 글자 그대로 네 바퀴가 달린 정자다. 정자에 네 바퀴를 달아 그늘을 따라 옮겨 가면서 실컷 즐겨보겠다는 그 발상! 평생 질곡의 삶에서 헤어나지 못했던 이규보였기에 가능했을지 모르겠다. 하지만 스스로 백운거사(白雲居士)를 자처했던 그는 사륜정을 짓지는 못했다. 상상으로 설계하고 그 상상을 글로 남겼을 뿐.

四其輪 作亭於其上 亭方六尺 二梁四柱 以竹爲椽 以簟盖其上 取其
輕也 東西各一欄 南北亦如之 亭方六尺 則惣計其間 凡三十有六尺也
(중략) 所謂六人者誰 琴者一人 歌者一人 僧之能詩者一人 碁者二人
并主人而六也…….

바퀴를 넷으로 하고 정자를 그 위에 지었는데 정자의 사방이 6척
이고 들보가 둘이며 기둥이 넷이다. 대나무로 서까래를 하고 대자리
를 그 위에 덮으니 가볍게 하기 위함이다. 동서가 각각 난간 하나씩
이요, 남북이 또한 같다. 정자가 사방이 6척이니 그 칸 수를 다 합치
면 모두가 36척이다. (중략) 이른바 여섯 사람이란 누구인가. 거문고
타는 자 한 사람, 노래하는 자 한 사람, 시에 능한 승려 한 사람, 바둑
두는 자 두 사람, 주인까지 여섯이다…….

— 이규보 〈사륜정기〉 중에서

이규보의 기발하고도 세심한, 그래서 격조 높은 여가문화를 지향
하는 선비의 품격이 한국 땅에 산재된 3,000여 개 정자의 '존재의 이
유'를 설명해 준다.

요즘은 온 나라 방방곡곡에 '사륜정'이 굴러다닌다. 물론 바퀴가
달렸다고 다 사륜정은 아니다. 이규보 스타일의 '사륜정'이라면, 캠
핑카가 좀 가까울 듯하다. 캠핑카는 비싸다. 그래서 필자는 이규보
처럼 직접 사륜정을 만들었다. 아끼던 그랜저를 팔고 12인승 승합
차를 샀다. 앞의 운전석과 조수석만 남기고 뒤의 의자를 모두 들어
냈다. 140×250㎝ 되는 바닥에 낮은 기둥을 세워 마루를 놓고 전기

장판과 카펫을 깔았다. 간단한 조리기구와 가스레인지, 전등과 스토브 등을 준비하고 차렵이불 한 채를 실으니 한 살림이 넉넉하다. 길에서 자면 노숙자(露宿者), 차에서 자면 차숙자(車宿者)! 이제 집에서 쫓거나도 걱정 없겠다. 아내는 '미쳐도 단단히 미쳤다'며 혀를 끌끌 찬다.

아내여! 나는 떠나련다. 높고 트인 정자와 누각, 그 무량한 시간과 공간의 결정체를 찾아서 사륜정을 굴려 떠나련다. 누정에 흐르는 시간과 시의 향기에, 미쳐도 단단히 미쳐보고 싶으니…….

울진 그리고 동해로 가는 길에

울진으로 가는 길에 한자지락(閑者之樂), 한가한 자의 즐거움을 생각한다. 이규보는 〈사륜정기〉에서 "여름날에 손님과 함께 동산에다 자리를 깔고 누워서 자기도 하고 혹은 앉아서 술잔을 돌리며 바둑도 두고 거문고도 타고 마음 가는 대로 하다가 날이 저물면 파하였으니 이것이 한가한 자의 즐거움이다."라고 말했다.

그의 말에서 한 구절 '키워드'를 건지라면 '마음 가는 대로'라 하겠다. 마음이 어디로 간다는 말인가? 한가한 곳으로 간다. 무엇이 한가함인가? 마음대로 하는 것, 졸리면 자고 목마르면 물 마시는 것이다. 선승(禪僧)들의 일화집에 이런 이야기가 전한다.

어떤 승려가 대주(大珠) 선사에게 물었다.

"도를 닦을 때 어떤 공력을 들이십니까?"

"배고프면 먹고 졸리면 잔다."

"그거야 누구나 그렇게 하는 거 아닙니까?"

"다르다. 그들은 밥 먹을 때 밥만 먹지 않고 온갖 삿된 것을 따지고, 잘 때도 잠만 자지 않고 꿈속에서 온갖 삿된 생각을 일으키지."

마음이라고 다 마음이 아니다. 논다고 다 노는 것도 아니다. 마음 가는 대로 즐기는 것은 별것 아닐 것 같지만, 사실은 어려운 일이다. 다른 일에 물들지 않는 마음을 지키고, 다른 일을 다 잊어버리고 휴식에 전념할 수 있을 때 진정한 '한자지락'을 맛볼 수 있는 거다.

그래서 이규보는 바퀴 달린 정자를 지어 외경(外境)에 구애되지 않고 충실히 놀고자 했다. 그렇다면 정자는 '한자지락'의 도를 닦는 수행 공간이다. 자연 속에 사방이 트인 정자 한 채 지어놓고 거기서 마음 가는 대로 놀면서 세상의 시름을 다 잊는 것, 도처에서 '힐링'을 외쳐대는 현대인들에게 얼마나 절실한 일인가?

정자는 옛날 선비들이 기생들과 어울려 음풍농월이나 하며 놀던 곳이 아니다. 시대의 지식인들이 자연과 인간의 도를 생각하고, 하늘과 땅의 이치를 논하며, 군주와 백성의 소통을 갈망하던 공간이다. 마음 가는 대로의 도력을 길러 세상을 편하게 하고자 하는 기질을 연마한 곳이다.

일반적으로 정자는 다소 외지고 높은 곳에 서 있고 사방이 트여 있다. 사는 게 갑갑하니 조용하고 시야가 확 트인 곳이라야 바람도 달빛도 실컷 쐴 수 있었을 터. 그런 곳이라야 술 고프면 술 마시고 흥 돋으면 거문고를 퉁기고 시도 지을 수 있었으리.

그대, 삶이 힘겨운 사람아! 상상력을 동원해 마음 한구석에 정자 한 채를 지어 보라. 그리고 술 마시는 사람, 거문고 타는 사람, 노래 잘하는 사람, 시 잘 짓는 사람, 바둑 두는 사람을 초청해 놀아 보라. 주머니 속 로또 번호 매만지며 살기보다 훨씬 즐거울 것이다.

넓고 커서 두려운, 내가 작아지는 공간

드디어 망양정(望洋亭)에 도착했다. 네 바퀴를 부지런히 굴렸건만 서울에서 5시간이 족히 걸렸다. 경북 울진군 근남면 산포리 바닷가 의 정자. 누가 처음 지었는지 알 수 없지만, 고려 말기에 지어진 것 으로 추정된다.

원래는 현 위치보다 40여 리 남쪽 기성면 망양리에 있었다고 한 다. 관동팔경 중에서도 제일 경치가 좋은 곳으로 손꼽히는 망양정 은 새파란 솔바람 소리와 서걱거리는 신우대 잎 소리가 끝나는 곳 에 지조 높은 선비의 모습으로 서 있다.

끝 간 데 없이 펼쳐진 바다. 탁 트인 조망이 잠시나마 세상살이의 시름을 잊기에 충분하다. 동쪽은 그야말로 걸릴 것 없는 망망대해 요 서쪽은 겹겹으로 싸인 산의 실루엣이 그윽한 동양화 한 폭을 연상시킨다. 발아래로는 협곡을 흘러 온 왕피천이 팔을 벌려 바다를 만나고 있다.

망망한 바다를 바라보는 정자. 저 광대무변의 바다를 보며 무슨 생각을 하는가? 감탄사로 터져 나오는 잠깐의 흥분을 가라앉히고, 오래 바다를 바라보면 생각도 깊어진다. 생각이 깊어지면 '마음 가는 대로' 노니는 도력을 얻는다. 깊은 것은 바다뿐이 아니다. 사람의 상념도 끝없이 깊고 넓다.

옛사람들은 바다 앞에서 겸손을 이야기했다. '망양(望洋)'의 자세는 겸허와 하심의 자세였다.

"망양지탄(望洋之嘆)!"

다산 정약용은 중국의 사고전서(四庫全書)를 보고 그 방대함에 놀라 "거대한 규모와 광범위한 내용 앞에 망양지탄을 금할 수 없었다."(《여유당전서》제20권)라고 고백했다.

'망양지탄'이란 말은 원래 《장자》〈추수(秋水)〉편에 나온다. '우물 안 개구리' 이야기가 나오는 그 대목이다. 뜻인즉, 위대한 인물이나 깊은 학문, 대자연 등에 대한 자신의 좁은 식견을 깨닫고 스스로 탄식한다는 것이다.

망양정은 바로 크고 넓은 바다 앞에서 한없이 작아지는 스스로의 내면을 반조하는 정자다. 그래서 망양정에서는 지나치게 취하지도 못하고 호화롭게 놀지도 못한다. 그저 밖을 바라보고, 안을 바라볼 뿐.

오늘날의 망양정은 새뜻하다. 2005년에 새로 지었다. 그래서 옛

경북 울진군 근남면 산포리에 자리한 망양정은 고려 말기에 지어진 것으로 추측된다.
아래 그림은 《관동명승첩》에 실려 있는 정선(1676~1759)이 그린 망양정.

시인 묵객들의 흔적이 많이 남아 있지 않다. 밖이나 안에 걸린 현판들도 새로 짜 맞춘 것이 대부분이다. 정자의 정면은 4개의 기둥이 네 칸을 이루었고 측면은 세 개의 기둥으로 세 칸을 이루었다. 12개의 받침에 12개의 기둥이 지탱하는 정자다. 아래는 돌기둥이 받치고 있고 위로는 현란한 단청의 공포가 팔작지붕을 받치고 있다. 바다 쪽 정면에 걸린 현판은 울진 군수를 지낸 이태영(李台榮)의 글씨다. 마루는 높지 않아 다섯 개의 돌계단을 밟고 올라서면 사방이 훤하다.

정면 들보에 현판 세 매가 붙어 있는데 가운데가 매월당 김시습(金時習, 1435~1493)의 시고, 오른쪽에는 정조대왕 어제시(御製詩), 왼쪽에는 숙종대왕 어제시가 검은 목판에 흰 글씨로 새겨져 있다.

북쪽 보에는 조선 중기의 문인 채수(蔡壽, 1449~1515)의 〈망양정기(望洋亭記)〉가, 서쪽에는 고려 말의 문신 정추(鄭樞, 1333~1382)의 시편과 송강(松江) 정철(鄭澈 1536~1593)의 〈관동별곡〉 중 망양정 답사 대목과 망양정 약사가 한글로 새겨져 있다. 남쪽에는 조선 중종과 광해군 때를 살았던 이산해(李山海, 1539~1609)의 시가 붙어 있다.

먼저 김시습의 시가 눈에 들어온다.

김시습의 달, 그 통한의 밝기

十里沙平望大洋　십 리 모래밭에서 큰 바다를 바라보니

海天遙闊月蒼蒼　멀고 넓은 바다 위 하늘에 달이 떠오르네.

蓬山正與塵衰隔　신선들 세계라 인간 세상과는 막혀 있고

人在浮菱一葉傍　사람들은 물 위에 뜬 한 잎 마름잎과 이웃하네.

　　　　　— 김시습 〈등망양정간월(登望洋亭看月)〉

통한의 삶을 살았던 김시습.

전기에 의하면 그는 세조의 등극 이후 전국을 떠돌았고 그 갈피 없는 여정이 망양정으로도 이어졌다. 살아 있는 동안은 늘 울분을 삭여야 했던 매월당의 눈에 망양정은 한 잎 마름잎에 불과한 세상살이를 확인하는 곳이었다. 삼촌이 하루아침에 조카를 몰아내고 왕좌(王座)에 앉는 현실은 매월당에게 고해일 뿐인데, 달이 떠오르는 큰 바다는 차라리 신선의 세계여서 멀기만 한 것인가 보다.

멀다는 것, 그래서 다가갈 수 없다는 것이 어디 바다와 하늘뿐이겠는가? 사람이 사는 일에도 멀고 가까운 거리감이 숱하게 작용한다. 물리적인 거리와 감정적인 거리의 조화 혹은 균형이 깨지면 사는 게 고달파지기 마련이다.

매월당은 어땠을까? 비승비속(非僧非俗)의 틈새에서 고뇌하던 매월당에게 뒤틀린 세상을 향한 거리와 의(義)로운 세상을 향한 거리는 동해만큼이나 아득했을 것이다. 그래서 달이 뜨는 풍경을 신선의 세계로 선망할 수밖에 없었을 것이다.

여기서 그는 한가한 사람이 되려고 했을까? 아닐 것이다. 달이 떠오르는 하늘 밖 신선의 세계와 물 위에 뜬 마름잎에 불과한 사람의 세계를 대비하면서 그는 또다시 절망했을 것이다. 매월당이 남긴 시는 2,200여 편이나 되는데, 달을 노래한 시에서는 어김없이 달에 대비되는 현실의 고뇌가 떠오르고 있다.

　다른 시도 좀 보고 넘어가자.

(전략)

煙淡雲收光欲滴	저녁노을 사라지고 서광이 비치더니
更看冰輪倒掛	어느덧 쟁반같이 둥근 달 둥실 떴구나.
篆香初熏茶煙欲起	향 풍겨 훈훈하고 다관에 김 서린다.
景致多蕭洒	어화 산중운치 이만하면 족할세라.

(중략)

錯了千般那箇悟	천만 번 그르친 일 너 언제나 깨달으랴
些子風流閑話	두어라 부질없는 옛이야기 된 일
百尺塵埃	티끌에 뒤덮인 어지러운 세상에
難逢如此淸涼界	이렇듯 좋은 강산 또 만나기 어려우리.
須知這裏	하지만 기억하라
幾般伎倆摧敗	때론 흐린 구름에 비바람 치는 줄을.

　　　　　　　　　— 김시습 〈산중간월(山中看月)〉 중에서

　산에서 달을 보는 매월당의 눈을 상상해 보라. 그 황홀한 경치에 젖어드는 물기가 보일 것이다. 그러나 그 물기의 안쪽에서는 또다시 현실의 질곡을 아파하는 시인의 속내가 드러나리라. 떠도는 매월당의 시정(詩情)은 달을 향해 일관되게 현실의 아픔을 묻고 있다.

〈정월대보름달(上元占月)〉이라는 시에서는 선남선녀들이 대보름달을 보며 소원을 비는 풍경을 보면서 시절의 불운을 한탄한다. 그리고 마지막에 "저 구름 언제나 걷히고 두둥실 밝은 달 나타나려나"라고 마무리한다. 밝은 세상을 갈망하는 마음이 달보다 밝은 달로 뜨고 있는 것이다.

정철과 이산해의 어긋난 만남

매월당의 시 현판 맞은편에 송강 정철의 그 유명한 〈관동별곡〉 중 망양정에 올라 쓴 대목이 걸려 있다.

> 천근(天根)을 못내 보아 망양정에 오르니
> 바다 밖은 하늘이니 하늘 밖은 무엇인가.
> 가득이나 노한 고래 누가 놀라게 하였건대
> 불거니 뿜거니 어지럽게 구는구나.
> 은산을 꺾어내어 육합에 내린 듯
> 오월의 장천에 백설은 무슨 일인가.
> 어느덧 밤이 드니 풍랑이 정하거늘
> 부상(扶桑) 지척에 명월을 기다리니
> 서광(瑞光) 천장이 뵈는 듯 숨 쉬는구나.

주렴을 다시 걷고 옥계를 다시 쓸며

계명성 돋도록 곧게 앉아 바라보니

백련화 한 가지를 누가 보내었는가.

이리 좋은 세계 남에게 모두 뵈고 싶구나.

신선주를 가득 부어 달에게 묻는 말이

옛날의 영웅은 어디 갔으며

신라 때 사선은 누구더냐?

아무나 만나 영웅과 사선에 관한 옛 소식 묻고자 하니

신선이 사는 산이 있다는 동해로 갈 길이 멀기도 멀구나.

— 정철 〈관동별곡〉 중에서

유배 생활을 마치고 다시 관직에 올라 강원관찰사가 된 시인은 관동팔경 유람의 후반에 망양정에 올랐다. 송강 역시 100여 년 전에 다녀간 선배 시인 매월당처럼 '망양의 탄식'을 토해 냈다. 하지만 매월당이 신선계로 격리시켰던 '하늘 밖'의 경계를 송강은 직설적으로 묻고 있다. 신선의 세계를 캐묻는 도도한 흥취와 흰 연꽃으로 비유된 둥근달을 세상 사람에게 보여주고 싶은 자상함이 밴 송강의 마음, 그 역시 망양정 앞바다의 너른 품에서 자양된 것이리라.

예나 지금이나 공직은 피곤한 자리다. 말단(末端)이라면 모르겠지만 자리의 높이에 따라 감당해야 할 범위도 넓고 받아야 할 시선도 많은 게 공직이다. 송강의 생애는 탄핵과 중용의 반복이었지만,

활달하고 강직한 성품과 격조 높은 시적 탐구는 일여(一如)했다. 망양정에 올라 한밤을 지새우는 송강의 마음을 한나절 답사길에 오른 나그네가 어떻게 헤아릴 수 있겠는가? 다만, 저 푸른 바다 밖 어디에 신선들이 사는 산이 정말 있다면 꼭 가보고 싶은 마음은 그와 다르지 않을 것 같다.

송강의 〈관동별곡〉 옆 들보에 걸린 이산해의 시는 유배시다.

> 枕海危亭望眼通　　바다를 낀 높은 정자 전망이 탁 트여
> 登臨猶足溫心胸　　올라가 보면 가슴 속이 후련히 씻기지
> 長風吹上黃昏月　　긴 바람이 황혼의 달을 불어 올리면
> 金闕玲瓏玉鏡中　　황금 궁궐이 옥거울 속에 영롱하네.
>
> ── 이산해〈망양정(望洋亭)〉

임진왜란이 발발한 뒤 류성룡과 함께 선조의 의주 몽진을 주장했던 이산해는 평해에서 3년 동안 유배생활을 했다. 평해는 비교적 부유한 고장이다. 낙동정맥의 동쪽으로 해안을 따라 다소 넓은 평야가 발달한 곳은 수산자원과 농산물이 많이 나 살기 좋은 곳이다. 평해(울진), 영해(삼척), 흥해(포항)으로 이어지는 고장이 해당하는데 이름부터 부자 냄새가 난다.

하지만 이산해에게 평해는 어디까지나 유배지였고 고난의 땅일 수밖에 없었다. 고난이 시를 부르는가? '시는 결핍의 산물'이라는 표현도 있지만, 그는 《아계유고(鵝溪遺稿)》에 실린 시 840수의 절반이

넘는 483수를 그 유배지 평해에서 지었다.

그 가운데 망양정 시편들이 몇 있는데, 지금 망양정에 걸린 시도 그중 하나다. 정자에 올라 후련해지는 가슴으로 달이 뜨는 풍경이 잔잔하기 이를 데 없다. 한없이 아름다운 자연 속에서 끝없이 맑아지는 마음이 옥거울의 영롱함일까? 그러나 그에게도 통한은 없지 않았으리. 궁궐을 향한 마음은 오매불망의 달덩이였을 것이다.

그러고 보니, 정철과 이산해는 지금 망양정에서 만나고 있다. 살아생전 그들은 이 정자에서 만나지 못했을 것이다. 죽어서 그들이 남긴 작품이 서로 엇갈리는 기둥에 붙어 바닷바람을 쐬고 있다.

정철과 이산해는 친구였다. 율곡 이이도 함께 어울려 다정한 한때가 있었다. 그러나 정치판에서 친구는 하루아침에 숙적이 되기도 한다. 정철이 56세 때 왕세자 책봉이 이슈로 등장했다. 정철은 동인파의 거두인 영의정 이산해와 함께 광해군의 책봉을 건의하기로 했다. 그러나 이산해의 계략이었다. 옴팡지게 속아 혼자 선조 앞에 나아가 광해군의 책봉을 건의했다. 결국, 신성군(信城君)을 책봉하려던 선조의 노여움을 사서 파직됐다. 이산해의 아들이 소를 올려 정철의 파직에 부채질을 했다.

다 늙은 나이에 민망스러운 배신이지만, 그런 게 정치판이다. 그러나 그런 사건은 바람에 씻긴 지 오래인 듯 두 시인의 작품은 각자의 감흥을 들려주고 있을 뿐이다.

숙종과 정조의 캐릭터 읽기

각자의 감흥을 들려주는 것은 임금님들도 마찬가지다. 김시습의 시 현판 양쪽에 걸린 숙종과 정조대왕의 시도 각자의 캐릭터를 연상시킨다.

列壑重重逶迤開 　여러 골짜기 겹겹이 구불구불 열리고
驚濤巨浪接天來 　놀란 파도 큰 물결은 하늘에 닿아 있네
如今此海變成酒 　지금 이 바다를 술로 만들 수 있다면
奚但只傾三百盃 　어찌 한갓 삼백 잔만 마실 수 있으리오.
　　　　　　　　　　　　　　　　　　　— 숙종 어제시

元氣蒼茫放海溟 　일기가 창망할 때 바닷가로 나오니
誰人辨此望洋亭 　뉘라서 이곳에 망양정을 알 수 있으리
恰如縱目宣尼宅 　흡사 문성공이 공자의 집 구경하듯이
宗廟官墻歷歷經 　종묘며 관청 담들이 뚜렷이 구분되어 있구나.
　　　　　　　　　　　　　　　　　　　— 정조 어제시

두 임금의 시에서 공통으로 읽히는 것은 민초를 생각하기보다 지배자의 영역을 지키려는 의지다. 숙종의 호방함은 바다를 술로 만들어 실컷 마시는 경지를 노래하고, 정조의 개혁 성향은 지배구조의 단정함을 모색하고 있다.

문득 바다를 바라보며, 송강의 작품에 나오는 '부상(扶桑)'이라는 단어를 떠올린다. 동쪽 바다의 해가 뜨는 곳이란 의미다. 중국의 전설에서는 해가 뜨는 곳에 있는 신령스러운 나무를 뜻한다. 어찌 됐건, 지금 나는 육지의 동쪽 끝자락에 서 있다. 아득한 바다를 망양하고 있다. 바닷속엔 켜켜이 일렁이는 인간 역사의 만상들이 가득할 것이지만, 바다 위는 넓고 푸르고 조용하다. 망양정에서, 먼 바다를 끌어당겨 바닷속에 또 얼마나 많은 바다가 있는지 풀어헤쳐 보고 싶은 충동이 인다.

삼척 죽서루 三陟 竹西樓

평지에 풍파 있음을
알지 못하고

竹西簷影漾淸流　죽서루 처마 그림자 맑은 내에 일렁이는데

潭上山光可小樓　연못 위의 산 빛이 작은 다락에 어울리는구나.

佳節遠遊多感慨　가절에 멀리 와 노니 하도 많은 생각이 일어

斜陽欲去更遲留　석양에 떠나려다가 다시금 머무르네.

曾聞有客騎黃鶴　일찍이 어떤 손이 황학을 탔다던가.

今恨無人狎白鷗　지금엔 아무도 백구와 놀지 않네.

挾岸桃花春又老　언덕의 복사꽃 봄도 또 저물었는데

角聲吹徹古眞州　뚜뚜뚜 옛 진주에 울려 퍼지는 뿔피리 소리.

― 정추 〈차삼척죽서루운〉

오십천 절벽 위 천 년 넘은 누각

세상의 모든 귀한 물건은 사람이 거기 귀한 가치를 부여함으로써 귀해진다. 경치도 사람이 보고 즐기며 그 좋음을 인정할 때 승지(勝地)가 되고 승경(勝景)과 명소(名所)란 이름을 얻는다. 누정(樓亭)이 들어선 자리도 그러하다. 선인들이 풍경을 사랑하여 정신을 맑게 하고 성품을 가다듬은 곳에서는 오늘을 살아가는 우리도 오감이 풍성해지고 육근이 맑아진다. 누정에 관련해 전하는 수많은 시와 기문 그리고 제영(題詠)들이 그 풍성한 오감과 맑아진 육근의 흔적이 아니겠는가?

강원도 삼척시 남양동에 자리한 죽서루(竹西樓, 보물 제213호)는 시문이 많기로 이름난 누각이다. 오십 번 굽이쳐 흐른다는 오십천이 동해로 들어가며 그 품을 한껏 넓히고 있는 곳의 아득한 절벽 위에 서 있다. 누각에서 건너다보면 멀리 태백 준령들이 서로 어깨를 겨루며 하늘에 닿아 있고, 발아래는 청동거울 속 같은 수면에 하늘이 담겨 있다. 지금은 물 건너에 '세계동굴엑스포 타운'이 건립되어 있지만, 옛날에는 고즈넉한 물가 마을이었을 것이다.

죽서루가 처음 지어진 시기는 알 수 없다. 다만, 1266년(고려 원종 7) 이전에 지어졌을 것으로 추정한다. 근거는 대서사시《제왕운기》의 저자 이승휴(李承休, 1244~1300)의 문집에 전하는 시 한 편이다.

半空金碧駕崢嶸

높은 하늘 고운 색채 높고 험준함을 더하는데

掩映雲端舞棟楹

햇빛 가린 구름조각 용마루와 기둥에서 춤추는구나.

斜倚翠嵒看鵠擧

푸른 바위에 비스듬히 기대어 날아가는 고니 바라보고

俯臨舟檻數魚行

붉은 난간 잡고 내려다보며 노니는 물고기 헤아려 보네.

山圍平野圓成界

산은 들판을 빙 둘러싸고 둥글게 경계를 만들었는데

縣爲高樓別有名

이 고을은 높은 누각으로 인해 매우 유명해졌구나.

便欲投簪聊送老

문득 벼슬 버리고 노년을 편안하게 보내고 싶지만

庶將螢燭助君明

작은 힘이나마 보태 임금의 밝은 정치를 바란다네.

— 이승휴 〈안집사……〉《동안거사집》 행록 제2권

이 시의 제목은 〈안집사 병부시랑 진자사를 모시고 진주부 서루
에 올라 판상의 시를 차운하다〉이다. 행록에 전하는 시인만큼 지어
진 시기는 정확하다고 볼 수 있다. 스물두 살의 나이에 지은 시에
'벼슬 버리고 노년을 편하게 보내고 싶다'는 구절이 나오는 게 의아
하지만 그다음 구절로 보아 이승휴는 벼슬과 학문 그리고 스스로의

수양을 곡진하게 받아들였던가 보다.

아무튼 이 시에 의하면 이승휴는 선배 관료를 모시고 진주부(지금의 삼척) 서루(지금의 죽서루)에 올라 거기 판상(板上)되어 있는 시를 보고 운을 빌려 시를 읊은 것이다. 죽서루는 이승휴 이전에 이미 지어져 인기를 얻고 있었다는 이야기다.

이승휴에게도 죽서루는 승경이고 명소여서, 선배와 함께 찾아가 자연을 완상하고 삶의 방향을 되새기는 공간이 되었다. 하늘과 구름조각, 고니와 물고기의 대비를 통해 죽서루의 '우주적 위치'를 각성하는 작가의 시야 또한 우주적이다. 자연에 이끌려 자연으로 돌아가고 싶지만 세상을 위해 작은 힘이나마 보태겠다는 마음은 대학자다운 기질에 다름 아니다.

승경으로서 죽서루는 조선 중기의 학자 미수(眉叟) 허목(許穆, 1595~1682)이 삼척 부사로 재임하며 쓴 기문에 잘 설명되어 있다.

동계(東界)에는 경치가 뛰어난 곳이 많지만 그중에서도 가장 뛰어난 곳이 여덟 곳이 있으니 곧 통천의 총석정, 고성의 삼일포와 해산정, 수성의 영랑호, 양양의 낙산사, 명주의 경포대, 척주의 죽서루, 평해의 월송포 등이다. 그런데 이러한 곳을 유람한 사람들은 단연코 죽서루를 제일이라 하니 무엇 때문인가? (중략) 서쪽에는 두타산과 태백산이 있으니 높고 험준하여 푸른 기운이 짙게 감돌고 바위로 된 골짜기는 그윽하고 어둑하다. 또 큰 하천이 동쪽으로 흐르면서 굽이쳐 50개의 여울을 이루는데 그 사이사이에 무성한 숲과 마을이 자리 잡고 있으며 죽서루 아래에 이르면 푸른 층암절벽이 매우 높이 솟아 있는데 맑고 깊은 소의 물이 여울을 이루어 그 절벽 아래를 감돌아 흐르니 서쪽으로 지는 햇빛에 물결이 돌에 부딪혀 반짝반짝 빛난다. 이처럼 암벽으로 된 색다른 이곳의 훌륭한 경치는 큰 바다를 구경하는 것과는 매우 다르다. 유람자들도 역시 이러한 경치를 좋아하여 죽서루가 제일이라고 하였던 것일까? (후략)

— 허목 〈죽서루기〉 누각 내부 현판

1662년(현종 30)에 지은 이 기문은 이른바 '관동팔경' 가운데 최고의 경치로 죽서루가 꼽히는 이유를 설명하고 있다. 관동지방의 특성상 바다를 낀 경치가 일품이지만 죽서루는 바다가 아닌 태백산과 두타산으로 이어지는 준령과 오십천의 맑은 물 그리고 기암절벽이 어우러지는 장관으로 유람자들의 극진한 사랑을 받고 있음을 강조한다.

세월 따라 증축되며 독특한 양식 갖춰

죽서루는 자연암반 위에 지어졌다. 그래서 인위로 다듬은 주춧돌이 아니라 자연암반에 마룻보를 걸치거나 자연석을 그대로 주춧돌로 사용하기도 해 1층 기둥의 높낮이가 각각 다르다. 남쪽과 북쪽의 바위를 밟고 2층으로 들어갈 수 있어 별도의 층계나 사다리도 없다.

자연 암반 위에 지어져 층계 없이 2층으로 오를 수 있다.

정면 7칸에 남측 면이 3칸 북측 면이 2칸의 겹처마 팔작지붕이다. 원래 5칸의 맞배지붕으로 지어졌다가 후대에 증축되면서 다양한 양식과 가구 수법을 적용해 건축적 변화를 읽는 중요한 자료이기도 하다.

 정면에는 '죽서루'와 '관동제일루'라는 두 개의 현판이 걸려 있다. 글씨를 쓴 사람은 이성조(李聖肇)인데 1710년(숙종 36) 삼척 부사를 지낼 때 쓴 것이다. 누각 안의 오십천 방향에 걸린 '제일계정(第一溪亭)'은 허목의 글씨이고 그 맞은편 왼쪽 칸에 걸린 '해선유희지소(海仙遊戲之所)'는 1837년(헌종 3) 삼척 부사를 지낸 이규헌(李奎憲)의 솜씨다. 남쪽에도 '죽서루'라는 현판이 하나 걸려 있다. 단정하면서 기상이 힘찬 글씨인데 작가는 누구인지 알 수 없다. 남쪽으로 누마루에 들어가면 들보에 빼곡히 걸린 현판들에 눈이 어지럽다. 숙종의 어제시를 삼척 부사 이상성이 쓴 현판과 정조의 어제시를 일중 김충현이 쓴 현판, 서성의 시 5편이 담긴 현판, 송강 정철의 〈관동별곡〉 중 죽서루 대목을 쓴 현판, 허목의 기문 등등 빈 곳이 없다. 근래에 일중 김충현 선생이 율곡 이이와 이구의 시 등을 쓴 현판도 눈을 사로잡는다. 누각 안에는 모두 26개의 현판이 걸려 있다.

시문이 많기로 이름난 죽서루. 《신증동국여지승람》 제44권 삼척도호부 조에서는 "객관 서쪽에 있다. 절벽이 천 길이고 기이한 바위가 총총 섰다. 그 위에 누를 지었는데 죽서루라 한다"고 소개하며 정추(鄭樞), 김극기(金克己), 안성(安省), 홍귀달(洪貴達), 이육(李陸), 정수강(丁壽崗) 등 6명의 시를 소개하고 있다. 고려 말의 꼿꼿한 선비로 기록된 정추(鄭樞, 1333~1382)의 시 한 편을 감상한다.

竹西簾影漾淸流　죽서루 처마 그림자 맑은 내에 일렁이는데
潭上山光可小樓　연못 위의 산 빛이 작은 다락에 어울리는구나.
佳節遠遊多感慨　가절에 멀리 와 노니 하도 많은 생각이 일어
斜陽欲去更遲留　석양에 떠나려다가 다시금 머무르네.
曾聞有客騎黃鶴　일찍이 어떤 손이 황학을 탔다던가.
今恨無人狎白鷗　지금엔 아무도 백구와 놀지 않네.
挾岸桃花春又老　언덕의 복사꽃 봄도 또 저물었는데.
角聲吹徹古眞州　뚜뚜뚜 옛 진주에 울려 퍼지는 뿔피리 소리.
　　― 정추 〈차삼척죽서루운〉 《동문선》 16권, 《신증동국여지승람》

나라의 기운이 쇠퇴하는 시절, 한 시대의 지식인으로서 정추는 지사적 삶을 살았다. 《고려사》 열전(列傳)에는 "항상 권간들이 나라의 정치를 좌우하는 것을 미워하고 분개하여 마음에 불평을 가지고 있다가 등창이 나서 죽었다"고 기술되어있다. 그러한 정추의 마음은 죽서루에서도 아련한 슬픔을 품고 있다.

《세종지리지》나 《신증동국여지승람》 등에도 소개되지 않았고 오늘날 현판으로도 걸리지 않았지만 이 누각의 역사에서 커다란 방점이 될 시는 누가 뭐래도 안축(安軸, 1282~1348)의 〈삼척서루팔영(三陟西樓八詠)〉이다. 경북 풍기에 세력 기반을 가진 신진사대부 출신의 안축은 고려에서도 문과에 급제했고, 원나라에서도 과거에 응시해 장원한 이력을 가졌다. 원나라에서는 벼슬을 살지 않고 귀국했는데 귀국 후 내직에 있다가 충혜왕 때 강원도 존무사(存撫使)가 되었다.

이때 나라를 사랑하고 백성을 사랑하는 내용을 담은 시문들을 정리한 《관동와주(關東瓦注)》라는 문집을 남겼다. 무엇보다 그는 경기체가 〈관동별곡〉과 그의 고향 풍기(죽계)의 승경을 읊은 〈죽계별곡〉을 남겨 국문학사에 이름을 빛내고 있다. 후손들이 편찬한 그의 문집은 《근재집(謹齋集)》이다. 안축은 죽서루를 매우 사랑하였다. 그래서 죽서루에서 보이는 여덟 가지의 특별한 풍경에 시를 붙여 팔영시(八詠詩)를 썼다. 그 팔영은 죽장고사(竹藏古寺)에서 격장호승(隔墻呼僧)까지 여덟 풍치다.

관동팔경의 제일경답게 죽서루 누각 2층에는 시문을 새긴 현판이 빼곡하다.

겸재 정선(謙齋 鄭敾, 1676~1759년)의 〈죽서루〉.

죽장고사(竹藏古寺)

脩篁歲久盡成圍　늘어진 대숲은 세월 지나 울타리 되어 둘러싸 있고
手種居僧今已非　농사 지어 사는 스님은 보이지 않네.
禪榻茶軒深不見　스님의 선방과 차방은 깊숙이 있는지 보이지 않고
穿林翠羽獨知歸　숲 뚫고 날아온 파랑새만 홀로 돌아가려 하는구나.

암공청담(巖控淸潭)

流川爲陸陸爲川　흐르던 내는 뭍이 되고, 뭍은 또 내가 되어도
有底淸潭獨不然　바닥 깊은 물 맑은 못은 홀로 그러하지 않네.
看取奔灘停滀處　힘차게 흘러내리던 여울물이 모인 곳 바라보니
奇巖削立重難遷　기암괴석 깎은 듯 서 있어 되돌아가기 어려우리.

의산촌사(依山村舍)

傍山煙火占孤村　옆 산에서 피어오르는 연기 외로운 고을을 안았고
竹下紅桃臥守門　대나무 아래 붉은 복숭아는 문을 지키려 저리
　　　　　　　　 누웠나.
力稼田夫皆惜日　애써 농사짓는 농부들 모두 날 아껴 일하며
戴星服役返乘昏　별빛 아래 일 마치고 어둠 타고 돌아오네.

와수목교(臥水木橋)

一木搖搖跨石灘　바위 옆 흘러내리는 여울물 위엔 나무로 놓은 다
　　　　　　　　 리 하나

望來惟恐蹈波瀾　앞을 보며 건너자니 개울물로 발빠질까 두려운데
居民足與心曾熟　마을 사람들은 이미 익숙한 길인 양
如過平途不細看　평탄한 길 지나듯 걸어가니 차마 보지 못하겠어라.

우배목동(牛背牧童)
仰空吹笛快軒眉　고개 젖혀 허공에 부는 피리소리 즐거워 눈살 펴
　　　　　　　　지는데
牛背身無掩脛衣　소 등 올라탄 몸에는 정강이 가릴 옷마저 없구나.
家在山前陂隴隔　산 앞에 있는 집은 언덕 너머에 있으니
雨天行趁暮鴉歸　내리는 비에 걸음을 재촉하는데 까마귀도 제집
　　　　　　　　으로 돌아가네.
　　　　— 안축 〈삼척서루팔영〉 근재집 권1《관동와주》부분

　하나의 누각이 좋아서 거기 자주 들러 자연을 벗하고 시문을 지
으며 마음을 닦는 것. 그럴 때 누각은 더 없이 귀한 수양의 공간이고
그 누각에서 보는 풍경은 자연이 인간에게 베푸는 무량한 공양이다.
　봄꽃이 환하게 핀 죽서루에 앉아 오십천 휘감아 도는 물길과 먼
산의 희뿌연 마루 금을 바라보며 안축이 설정한 여덟 가지의 풍경
을 하나하나 호출해 본다. 대숲은 있어도 절은 흔적조차 없고 바위
아래 맑은 물 흐르지만 그때 그 물은 아니다. 산을 의지해 낮은 집들
이 있던 자리에 아파트가 들어서고 세계동굴엑스포 타운이 들어섰
다. 나무다리는 흔적 없고 4차선 콘크리트 다리가 육중하게 길을 잇

고 있는데 그 위로 소 탄 아이가 아니라 크고 작은 자동차들이 씽씽 달린다. 밭일하는 남편 위해 들밥 이고 가는 아낙은 이제 그림 속의 일이고 물가에 앉아 물속 고기를 세어보는 한가함도 허락되지 않는 시대다. 이런 시대에 담 밖에서 불러내어 환담할 승려인들 있을 리가 만무하다.

그러나 절망할 일은 결코 아니다. 시간은 1,200여 년이 흘러 안축의 시대에 비하면 천지가 개벽을 해도 열두 번은 했을 이 시대에 '죽서루 팔영'은 또 다른 모습으로 존재할 것이기 때문이다. 시인은 시대를 긍정하고 품는 사람이지 배척하고 부정하는 사람이 아니다. 시인의 배척은 마침내 품기 위한 배척이고 시인의 부정은 긍정을 위한 부정일 것이 아니겠는가?

안축의 시대에 푸르렀던 대나무 속의 절 한 채가 안축의 시로 인해 오늘에 전하고 있듯, 오늘의 사람들은 오늘의 시로 오늘의 죽서루를 사랑하고 후대에 전함이 마땅한 것이다.

안축의 〈삼척서루팔영〉을 차운하여 칠언절구를 남긴 시인이 두 사람 있다. 한 사람은 안축과 동시대를 살았던 가정(稼亭) 이곡(李穀, 1298~1351)이다. 가전체문학의 대표작인 〈죽부인전〉의 작가다. 문집 《가정집(稼亭集)》은 4책 20권 분량인데 많은 명문이 전하고, 《동문선》에도 100여 편의 시가 수록되어 있다.

〈삼척서루팔영〉을 차운해 시를 지은 또 한 사람의 시인은 바로 《동문선》을 편찬한 사가정(四佳亭) 서거정(徐居正, 1420~1488)이다. 세조가 대군이던 시절 명나라에 갈 때 종사관으로 동행한 적이 있는데, 서거정은 세조의 총애를 받아 집권 기간 동안 많은 책을 편찬했다. 《오행총괄(五行摠括)》《경국대전(經國大典)》《동문선》130권, 《신찬동국여지승람(新撰東國輿地勝覽)》《동국통감(東國通鑑)》57권, 《필원잡기(筆苑雜記)》《동인시문(東人詩文)》등이 다 서거정의 손에서 이루어진 노작들이다. 그의 시문집은 《사가집(四佳集)》이다.

세 시인이 보는 죽서루 혹은 인생살이

안축과 이곡 그리고 서거정. 이 세 시인은 죽서루를 매개로 만났다. 하나의 좋은 정자와 누각은 시대를 초월해 사람을 만나게 하고 감흥을 나누게 하고 사상을 전한다. 이러한 전승이 가능한 것은 사람이 누정이 품은 자연의 경치와 세상의 이치를 귀하게 여길 줄 알고 배울 줄 아는 혜안을 가졌기 때문이다.

죽장고사(竹藏古寺)
愛竹何須問徑圍   대를 사랑한다면 경위를 물을 필요 있으랴.
此君稱謂未應非   차군이라고 일컬은 말도 잘못됐다 못 하리라.
招提翠密不知處   대숲이 우거져 절간은 어딘지 알 수가 없고.
唯見斜陽僧獨歸   석양에 홀로 돌아가는 중의 모습만 보이누나.
— 이곡〈삼척서루팔영시에 차운하다〉《稼亭集》권 20

竹藏古寺[대숲에 감춰진 옛 절]

撋撋萬竹翠成圍　뒤얽힌 만 그루 대가 푸르게 둘리었는데

古寺荒涼歲月非　황량한 옛 절은 세월이 많이도 흘렀으리.

日暮雲深不知處　날 저물고 구름 깊어 곳을 알 수 없는데

居僧何處化糧歸　중은 어디서 쌀을 보시 받아 돌아오는고.

　　— 서거정 〈삼척죽서루팔영 가정의 운에 차운하다〉《四佳集》권 2

　세 시인의 팔영시 첫 시제(詩題)는 죽서루 동쪽에 있었다는 죽장
사다. 이 죽장사의 서쪽에 누각이 있어 이름이 죽서루가 되었다고
하니 아마 고려 때부터 있었던 절인가 보다. 세 시인이 죽장사를 보
고 느낀 감정의 중심에는 무상감(無常感)이 흐른다. 허무와 허탈의
무상이 아니라 '고정됨이 없음'을 말하는 불교의 공사상을 관통하는
그런 무상감이다. 옛 절의 보이고 보이지 않음에 연연하지 않고 그
저 일상의 고즈넉한 움직임 속에 세상의 진리가 다 녹아 있음을 꿰
뚫어 보는 지혜가 나지막하게 깔려 있다.

와수목교(臥水木橋)

十里人家挾一灘　십 리의 인가가 하나의 여울을 끼고 있어서

往來橫木渡狂瀾　횡목으로 왕래하며 광란의 물결을 건넌다네.

宦途失脚危於此　벼슬길은 헛디디면 이보다 훨씬 더 위험한데

有足何曾却立看　발이 있어 언제 서서 구경할 수나 있었던가.

　　　　　　　　　　　　— 이곡, 앞의 책

臥水木橋[물 위에 누운 나무다리]

過盡一灘又一灘　한 여울 다 지나면 또 한 여울 나오거늘

誰敎獨木跨驚瀾　누가 큰 물결 위에 외나무다릴 놓게 했나.

此間容足無多地　이 사이엔 다리 말고는 발 디딜 틈 없거니

莫作尋常坦道看　평범한 탄탄대로로 간주하지 말지어다.

— 서거정, 앞의 책

　지금 죽서루 아래 오십천 물길에는 나무다리가 있을 리 없다. 그러나 안축과 이곡, 서거정의 시대에는 나무다리가 놓여 있어 그것이 죽서루를 빛나게 하는 하나의 풍물이 되었던 것이다. 간송미술관에 있는 정선이 그린 〈죽서루(관동명승첩, 1738)〉나 김홍도가 그린 〈죽서루(금강사군첩, 1788)〉에는 절벽에 걸쳐둔 사다리와 물의 양쪽을 연결하는 동아줄 등이 보인다. 옛사람들이 죽서루와 함께 물을 즐긴 흔적이리라.

　세 시인에게 다리는 그저 다리가 아니라 인생의 질곡을 건너는 간당간당한 외나무다리로 보인다. 오늘 우리도 다르지 않다. 건너야 할 다리를 건너지 못해 고통스럽고 건너서는 안 될 다리를 건너서 고통받는다. 능숙하게 잘 건너는 마을 사람들을 걱정하는 안축, 헛디디면 낭패를 보는 일을 차마 구경하기도 조바심 나는 이곡, 다리 밖은 물이니 다리 안에서 자만하지 말 것을 당부하는 서거정의 마음은 다를 것이 없다.

　이 죽서루 아래 오십천에 놓인 다리를 시제로 시를 쓴 또 한 사람

의 시인이 있다. 서거정과 함께《동국통감(東國通鑑)》편찬에 참여했던 김수녕(金壽寧, 1436~1473)이다. 그 역시 평지에 풍파가 있음을 모르고 다리 건너기가 두렵다고 하는 사람들을 빗대어 세상살이의 녹록잖음을 말하고 있다.

槎牙古木截前灘	뼈만 남은 늙은 나무를 베어 앞 여울에 걸쳤나니
步步寒心幾駭瀾	걸음걸음 아찬 마음 몇 번이나 물결에 놀랐던고.
平地風波人不識	사람들은 평지에 풍파 있음을 알지 못하고서
到橋猶作畏途看	이 다리에 이르러 오히려 두려운 길이라 하네.

— 김수녕 〈차삼척죽서루 와수목교〉《동문선》권 22

〈죽서루기〉에서 허목이 말한 대로 죽서루는 '관동팔경'에서도 으뜸으로 치는 곳이다. 안축의 경기체가 〈관동팔경〉과 송강 정철의 가사 〈관동팔경〉은 죽서루의 명성을 높이 끌어 올린 역사적인 작품들이다.

1,200년이 넘도록 한자리를 지켜 온 죽서루. 그보다 훨씬 긴 시간을 한 길로 흘러 왔을 오십천의 물. 동해바다를 따라 산으로 올라가는 바람과 태백준령을 넘어 동해로 달려가는 바람. 자연은 그렇게 제 할 일을 하고 있고 그 시간 속을 살아가는 사람들도 대를 이어가며 경치를 즐기고 그 감상을 전승한다.

죽서루에 올라 천 년이 넘는 시간 속의 시인들을 만나고 나면 자연과 사람이 둘이 아니고 삶과 시가 둘이 아님을 알게 된다.

강릉 경포대 江陵 鏡浦臺

거울 속에 노니니
그리기도 어려워라

鏡面磨平水府深　수면은 거울처럼 평평하고 수심은 깊은데
只鑑形影未鑑心　형체만 비춰 보고 마음은 비춰 볼 수 없구나.
若教肝膽俱明照　속마음을 모두 비춰 볼 수 있게 한다면
臺上應知客罕臨　경포대 위에 나그네 드물게 찾아오리라.

― 박수량 〈경포대〉

보이지 않는 것을 보는 눈

천하의 사물 중에서 무릇 형상이 있는 것은 모두 이치가 있다. 크게는 산과 물, 작게는 주먹만 한 돌과 한 치 되는 나무까지도 그렇지 않은 것이 없다. 유람하는 사람이 이런 물건을 보고 흥미를 붙이고 이로 인하여 즐거움을 삼으니 이것이 누대와 정자가 지어진 까닭이다. 대개 형상의 기이한 것은 드러나면 눈으로도 구경할 수 있지만, 이치의 오묘함은 은미(隱微)한 데에 있어서 마음으로 얻어야 한다. 눈으로 기이한 형상을 구경하는 것은 어리석은 사람과 지혜 있는 사람이 모두 같아 그 한쪽만을 보고, 마음으로 오묘한 이치를 얻는 것은 군자만이 그러할 수 있으니 그 전체를 즐거워하는 것이다.

— 안축 〈강릉부경포대기〉《동문선》68권

안축(安軸, 1282~1348)은 누정(樓亭)을 '마음으로 사물의 오묘한 이치를 얻는 곳'이라 말한다. 경물(景物)의 안쪽을 살피는 혜안이 있어야 누정은 심성을 가다듬는 공간이 된다는 것이다.

관동팔경의 하나로 꼽히는 경포대(鏡浦臺, 강원도유형문화재 제6호)가 처음 지어진 것은 1326년(고려 충숙왕 13)이다. 안렴사 박숙(朴淑)이 경포호의 풍광에 반해 살펴보니 신라 때의 신선들이 놀던 대(臺)가 있어 사람들을 시켜 정자를 지었다. 본래 인월사(印月寺)라는 절터였던 높다란 산마루[臺]였으므로 누(樓)나 정(亭)이라 하지 않고 대(臺)로 칭한 듯하다.

기문을 지어 달라는 박숙의 청을 받은 안축은 '현장답사'를 한 뒤에 쓰기로 하고 경포대를 방문했다. 그리고 고을 사람들로부터 정자를 지으려고 땅을 파니 옛 정자의 주춧돌과 섬돌이 나왔다는 이야기를 전해 들었다. 그래서 기문에 "이것이 어찌 영랑(永郞)이 지금에 다시 난 것이 아니겠는가"라고 경탄했다. 안축이 직접 신라의 선인(仙人) 영랑이 놀던 곳임을 확인한 것인데, 처음의 경포대 자리는 지금의 자리에서 바다 쪽으로 500m쯤 되는 곳이다.

1508년(중종 3)에 강릉부사 한급(韓汲)이 경포대를 현재의 위치로 옮겨 지었고, 1626년 강릉부사 이명준(李命俊, 1572~1630)이 크게 중수했다. 현재의 건물은 1745년 강릉부사 조하망(曹夏望 1682~1747)이 세운 것이다.

정면 5칸 측면 5칸의 팔작지붕으로 지어진 경포대 누마루에 올라서면 동으로는 경포호와 바다가 조망되고 서로는 대관령을 품은 산줄기가 웅장하다. 경포호 쪽 추녀 밑에 걸린 현판의 글씨는 정자체(正字體)인데 조선 후기 대사헌을 지낸 이익회(李翊會, 1767~1843)의 글씨라 전하고 남쪽 추녀 아래 걸린 예서체의 현판은 조선 후기의 명필 유한지(兪漢芝, 1760~1834)의 글씨라 한다. 들보 중앙에는 '제일강산(第一江山)'이라는 커다란 현판이 걸려 있는데 명나라의 서예가 주지번(朱之蕃)의 글씨인데 '강산' 두 글자는 언제 잃어버렸는지 나중에 새로 써넣었다고 한다.

누각을 지탱하는 기둥은 모두 28개이며 안쪽 들보에는 시판과 기문을 새긴 편액들이 걸려 있다. 시판은 숙종(肅宗)의 어제시와 이율곡(李栗谷) 박수량(朴遂良, 1475~1546)을 비롯한 문객들의 시가 새겨져 있다. 호수 쪽의 마루는 두 단으로 층계를 만들어 높였는데, 연회(宴會)를 할 때 상석(上席)이 되도록 하면서도 먼 곳을 볼 수 있게 하려는 의도일 것이다.

경포대에 서린 시간 속에는 경물을 살펴 심성을 가다듬는 지혜가 들어 있다. 신라의 선인들이 풍광을 즐기며 만물의 이치를 살펴 인간의 바른길을 구하던 곳에 고려의 선비들이 정자를 지어 심성도야(心性陶冶)의 터로 삼았다. 그로부터 오늘에 이르기까지 얼마나 많은 사람이 이 누대에서 경치를 즐기고 세상 이치를 궁구하며 삶의 에너지를 얻었겠는가.

雨晴秋氣滿江城　비 걷히고 가을 기운이 강마을에 가득한데
來泛扁舟放野情　경포에 조각배 띄우니 시골 정취가 솟아나네.
地入壺中塵不到　땅이 병 같은 호수에 드니 세속의 티끌 이르지 않고
人遊鏡裏畫難成　사람이 거울 속에 노니니 그림으로 그리기도 어려워라.

煙波白鳥時時過　물안개와 물결 속을 백조가 때때로 지나가고
沙路青驪緩緩行　백사장에는 푸른 털빛 노새가 천천히 지나가네.
爲報長年休疾棹　늙은 뱃사공에게 전하여 빨리 젓는 것을 멈추게 하여
待看孤月夜深明　밤 깊어 밝은 경포의 저 외로운 달을 기다려 보게 하라.

　　　　　　　　　　　　　　　 — 안축 〈경포범주〉《근재집》 1권

경기체가 〈관동별곡〉을 지었던 안축, 경포대를 지은 박숙의 부탁을 받고 기문을 썼던 그가 경포대에 시 한 수를 남기는 것은 당연할 것이다. 《근재집(謹齋集)》에는 경포대 말고도 삼일포, 죽서루 등 관동팔경을 읊은 시들이 즐비하다.

시의 제목이 〈경포범주(鏡浦泛舟)〉이고 도입부에 설명된 것처럼 시인은 배를 타고 경포호수 위에 떠 있다. 그리고 자연과 사람이 둘 아니게 합일되어 몰아(沒我)의 경지에서 느끼는 자족의 흥취를 한껏 보여준다. 함련의 "사람이 거울 속에 노니니 그림으로 그리기도 어려워라"라는 대목은 절창 중의 절창이다.

'경포팔경'의 첫 번째가 '죽도명월(竹島明月)'이다. 죽도는 호수의 바다 쪽에 있던 작은 섬 모양의 산인데 그 위로 뜬 달이 호수에 비치는 모습이 그림같이 아름답기 때문이다. 사공에게 노를 천천히 젓게 하여 그 모습을 보려는 시인의 마음은 오늘날에도 전해져 경포대에는 달이 5개나 뜬다고 하는지 모르겠다. 하늘에 뜨는 달, 바다에 뜨는 달, 호수에 뜨는 달, 술잔에 뜨는 달, 그리고 임의 눈동자에 뜨는 달.

夾擁紅旗返火城　홍기로 좌우 에워싸고 돌아오는 화성
使華遊賞稱人情　사화는 유람도 인정에 걸맞았다오.
自甘野服偏蕭散　야복이 유독 처량한 것이야 감수해야지
猶喜詩編及老成　노성한 분의 시를 접해 그래도 기쁘다네.
夏永倚風攀檻立　긴 여름날 바람 맞으며 난간에 기대서고

夜深乘月信舟行　깊은 밤 달빛 타고 배 가는 대로 맡긴다오.

安能擅此湖中景　어찌하면 이 호수의 경치를 독점하며

狂客狂名繼四明　사명광객의 미친 이름 이을 수 있을까?

　　　— 이곡〈경포대에서 안근재의 시에 차운하다〉《가정집》19권

　안축의 운을 빌어 이곡(李穀, 1298~1351)이 시를 쓴 이후 정(情) 성 (成) 행(行) 명(明)이 '경포대 운(韻)'이 되어 많은 선비들의 시 창작을 독려했다. 이곡은 경포대를 지은 박숙이나 첫 기문을 쓰고 시를 쓴 안축과 동시대 사람이다. 경포호수와 새 정자의 운치를 완상하며 안축이 배를 타고 노닐었던 것을 칭찬하는 것으로 시를 열었다. 그 리고 자신도 호수와 정자를 실컷 즐기는 흥취를 보이다가 "호수의 경치를 독점"하고 싶은 마음까지 드러낸다. 좋은 경치를 독점하고 싶은 시인의 마음, 그것을 추한 욕심이라 할 수는 없을 것이다.

　마지막 구에 등장하는 '사명광객'은 당 현종 때의 시인 하지장(賀 知章, 659~744)의 호다. 장안에서 이태백을 처음 만났을 때 '적선인(謫 仙人)' 즉 천상에서 인간세계로 유배 온 신선이라고 부르며 허리에 찼던 금 거북을 내놓고 실컷 술을 마셨다. 하지장은 이태백의 재능 을 알아보고 현종에게 천거하기도 했다. 하지장이 죽은 뒤 이태백 이 술잔을 앞에 두고 그를 추억하며 지은 시가〈대주억하감(對酒憶賀 監)〉이다.

　　四明有狂客　사명산에 광객이 있으니

風流賀季眞	바로 풍류객 하계진이네.
長安一相見	장안에서 처음 만나
呼我謫仙人	나를 적선인이라 불렀지.
昔好杯中物	지난날 술을 그리 좋아하더니
翻爲松下塵	지금은 소나무 아래 흙이 되었네.
金龜換酒處	금 거북을 술로 바꾸던 곳
卻憶淚沾巾	생각하니 눈물이 수건을 적시네.

— 이태백 〈대주억하감〉《이태백집》22권

이곡은 시에서 경포대를 독점하여 하지장의 명성을 잇고자 하는 마음을 비치고 있다. 당대의 문필가였던 하지장이 고향으로 돌아가고자 했을 때 황제는 그에게 경호(鏡湖)라는 호수를 하사했다. 그래서 이곡은 하지장의 고사에 경포대를 연결 지어 안축과 자신의 풍류를 멋들어지게 표현하고 있다.

시공을 넘나드는 풍류

하지장의 고사와 안축의 운자를 차용해 쓴 백문보(白文寶, 1303~1374)의 7언 율시도 경포대 풍류의 극치를 보여준다.

何人詩接謝宣城　그 누구의 시가 사선성을 이을까

自覺高遊不世情	내 고상한 놀이도 속정을 벗어났네.
美酒若空瓶屢臥	좋은 술은 공과 같아 병이 연해 눕는구나
澄江如練句還成	맑은 강이 비단 같으니 글귀 얼른 이뤄지네.
得兼康樂登山興	강락의 등산 흥취를 겸하여 얻었구나
未必知章騎馬行	지장처럼 말 타지 않아도 좋으리.
月白鑑湖餘一曲	달 밝은 감호 한 굽이 남았으니
休官明日負休明	내일은 벼슬 버리고 성대를 하직하리.

— 백문보 〈차경포대운〉《淡庵逸集》권1

　　백문보도 안축 등과 같은 시대의 선비다. 그는 관동 존무사로 있을 때(1345년) 경포대에 노닐며 이 시를 지었다. 백문보는 이 한 편의 시에 천하에 이름을 떨친 3명의 시인을 등장시키고 있다. 수련 첫 구에 나오는 사선성은 남조 제나라의 사조(謝朓, 464~499)다. 선성의 태수를 지내 사선성이라 불리는데 음조(音調)에 뜻을 담은 영명체(永明體)라는 시풍을 선도했던 인물이다. 양나라 무제는 그의 시를 좋아했으며 "3일만 현휘(사조의 호)의 시를 읊지 않으면 입에서 악취가 난다"는 말까지 했다고 한다. 백문보는 시를 열면서 사조의 맑고 청신한 시풍에 대비하여 경포대의 풍류를 격상시키고 있다.

　　경련에 등장하는 강락은 남조 송나라 때의 시인 사영운(謝靈運, 385~433)이다. 그는 강락공의 작위를 이었으므로 사강락이라 불렸다. 사영운이 명산에 오르는 것을 좋아했으므로 그 흥취를 백문보가 경포대로 끌어왔다. 이어 나오는 지장은 이곡의 시에 등장하는 하지장 사명광객이다. 두보의 시에 "지장은 말타기를 배 타듯 하여 몽롱한 눈으로 우물에 떨어져도 바닥에서 잔다네(知章騎馬似乘船 眼花落井水底眠)"라는 구절이 있다. 백문보는 지장처럼 말을 타지 않아도 경포대 인근을 유람할 만하다는 뜻으로 하지장의 고사를 인용하고 있다.

미련의 감호는 역시 하지장의 고사에 등장하는 호수를 경포대와 동일시한 것이다. 하지장이 고향으로 돌아가 감호 한 자락을 얻은 것처럼 자신도 벼슬을 버리고 초야에 묻히고 싶은 마음을 강하게 드러내고 있다.

> 汀蘭岸芷繞西東　난초 지초 동과 서로 가지런히 감아 돌고
> 十里煙霞映水中　십 리 호수 물안개는 물속에도 비치네.
> 朝曛夕陰千萬像　아침 안개 저녁노을 천만 가지 형상인데
> 臨風把酒興無窮　바람결에 잔을 드니 흥거움이 무궁하네.
>
> — 숙종 어제 판상시

김홍도가 그려 온 경포대 일원을 보고 지었다는 숙종(肅宗, 1661~1720)의 시다. 경포대에 시를 내린 왕은 숙종과 정조(正祖, 1752~1800)다. 태종과 세조는 경포대를 직접 방문했던 왕으로 전해진다. 숙종의 시는 목판에 새겨져 경포대 중앙 들보에 걸려 있다. 정조의 어제시는 판상되어 있지 않다. 남쪽의 오솔길에도 경포대를 읊은 한시를 새긴 자연석 비가 길 양쪽에 도열해 있는데 거기에 정조의 시가 있

명나라 명필 주지번의 글씨로 만든 '제일강산' 현판 위로 숙종의 어제시가 판상되어 있다.

다. 시비에는 원문과 해설, 작가 소개까지 간략하게 쓰여 있다.

많은 명현(名賢)들이 경포대를 방문하고 시를 남기기를 즐겼겠지만, 강릉을 대표하는 명사 이율곡(李栗谷)의 경우 10세에 〈경포대부(鏡浦臺賦)〉를 지었다는 속설이 있을 정도다. 그의 천재성과 강릉의 자랑인 경포대를 묶어서 기이한 전설을 만들어 낸 것이다.

한 기운의 유통하는 조화가(一氣流化) 응결되기도 하고 융화되기도 해라(爰結爰融). 그 신비함을 바다 밖의 우리나라에 벌여 놓아(開慳祕於海外) 청숙함을 관동(關東)에 모았도다(鍾淸淑於山東). 맑은 물결은 천지에서 나뉘어(分淸派於天池) 한 개의 차가운 거울처럼 맑도다(湛一面之寒鏡). 왼편 다리를 봉래산(蓬萊山)에서 잃어버려(失左股

於蓬島) 두어 점의 푸른 봉우리가 나열했네(列數點之靑峯). 여기에 한
누각이 호수에 임하여(有閣臨湖) 마치 발돋움 자세로 날 듯하다(如跂
斯翼).

이렇게 시작되는 이율곡의 〈경포대부〉는 매우 웅장한 기상으로
경포대와 인간 그리고 우주의 조화를 투시하고 있다. 이율곡의 정
신이 매우 완숙한 시기에 지어진 것으로 보이는데 왜 10세에 지은
것이란 말이 만들어졌는지 모르겠다.

조선 말기의 문신 이유원(李裕元)이 저술한 《임하필기》 제37권 봉
래비서(蓬萊秘書) 조에는 경포대의 지리적 역사적 사실들을 소개하
며 이율곡의 〈경포대부〉와 지봉(芝峯) 이수광(李睟光, 1563~1628)의
시를 비롯한 경포대에 관련한 시문을 다수 소개하고 있다.

十二朱闌碧玉簫　열두 붉은 난간에 옥통소 소리 드높고

秋晴琪樹暗香飄　맑은 가을에 아름다운 나무 향기 풍기네.

千年海闊秦童遠　세월은 흘러 바다엔 진동의 자취 멀어졌고

一曲湖明越女嬌　한 굽이 맑은 호수는 서시(西施)처럼 아름답구나.

芳草佳期當落日　꽃다운 풀 좋은 시절 지는 해를 당했으니

美人歸夢隔層霄　미인의 고향 생각은 높은 하늘에 막혔으리.

漁翁猶唱瀛洲曲　어부는 오히려 영주곡을 부르면서

船過江門舊板橋　배로 강문의 옛 널다리를 지나네.

　　　　　　— 조하망 〈경포대〉《서주집》3권《임하필기》

1745년 경포대를 중건했던 강릉부사 조하망(曺夏望)의 시는 경포
대의 풍류와 아득하게 흘러온 시간 그리고 신선의 세계를 동경하는
선비의 마음이 고르게 스며 있다. 반면 강릉 고을의 12명사 중 하나
인 박수량(朴遂良, 1475~1546)의 시는 다소 시사적이다. 경포호의 이
름에 거울을 뜻하는 경(鏡)이 들어간 것은 호수의 수면이 잔잔하고
맑아 마치 거울 같기 때문이다. 박수량은 기발하게도 그 거울에 인
간의 마음을 비춘다면 욕심이 들통 날까 봐 경포대에 오지 못할 것
이라는 발상을 시로 노래했다.

> 鏡面磨平水府深　수면은 거울처럼 평평하고 수심은 깊은데
> 只鑑形影未鑑心　형체만 비춰 보고 마음은 비춰 볼 수 없구나.
> 若教肝膽俱明照　간담을 모두 비춰 볼 수 있게 한다면
> 臺上應知客罕臨　경포대 위에 나그네 드물게 임하리라.
>
> ─ 박수량 〈경포대〉《임하필기》

시와 소설로 거듭난 사랑 이야기

경포대는 사랑의 공간이기도 하다. 서거정이 1474년(성종 5)에 지은
《동인시화(東人詩話)》에 강원도 안렴사 박신(朴信, 1362~1444)과 강릉
기생 홍장(紅粧)의 사랑 이야기가 실려 있다. 《신증동국여지승람(新
增東國輿地勝覽)》제44권에도 그 이야기가 간추려 소개되어 있다.

박혜숙 신(朴惠肅 信)은 젊어서부터 명망이 있었다. 강원도 안렴사 (按廉使)로 있으면서 강릉 기생 홍장(紅粧)을 사랑하여 애정이 매우 깊었다. 임기가 차서 돌아갈 참인데, 부윤 조석간 운흘(府尹 趙石磵 云 仡)이 홍장이 벌써 죽었다고 거짓으로 말하였다. 박은 슬피 생각하며 스스로 견디지 못하였다. 부(府)에 경포대가 있는데 형승이 관동에서 첫째이다. 부윤이 안렴사를 맞이하여 뱃놀이하면서, 몰래 홍장에게 화장을 곱게 하고 고운 옷을 입게 하였다. 별도로 배 한 척을 준비하고, 늙은 관인(官人)으로서 수염과 눈썹이 희고, 모습이 처용(處容)과 같은 자를 골라 의관을 정중하게 하여, 홍장과 함께 배에 실었다. 또 채색 액자(額子)에다 "신라 적 늙은 안상(安詳)이 천 년 전 풍류를 아직 못 잊어, 사신이 경포에 놀이한다는 말 듣고, 꽃다운 배에 다시 홍장을 태웠노라."라는 시를 적어 걸었다. 노를 천천히 저으며 포구에 들어와서 물가를 배회하는데, 거문고 소리와 피리 소리가 맑고 또렷하여 공중에서 나는 듯하였다. 부윤이 안렴사에게 "이 지역에는 옛 선인의 유적이 있고, 산꼭대기에는 차 달이던 아궁이가 있고, 또 여기에서 수십 리 거리에 한송정이 있고, 정자에 또 사선(四仙)의 비석이 있으며, 지금도 신선의 무리가 그 사이에 오가는데, 꽃피는 아침과 달 밝은 저녁에 간혹 본 사람도 있소. 그러나 다만 바라볼 수는 있어도 가까이 갈 수는 없는 것이오" 하니, 박이 말하기를 "산천이 이와 같이 아름답고 풍경이 기이하나, 마침 정황이 없소" 하면서 눈에 눈물이 가득하였다. 조금 뒤에 배가 순풍을 타고 눈 깜짝할 동안에 바로 앞으로 왔다. 노인이 배를 대는데 얼굴 모습이 기괴하고 배 안에는 홍기(紅妓)가 노래하며 춤추는데 가냘프게 너울거렸다. 박이 놀라서 말하기를 "필연코 신선 가운데 사람이다" 하였다. 그러나 눈여겨보니 홍장이었다. 온 좌석이 손바닥을 치며 크게 웃고 한껏 즐긴 다음 놀이를 마쳤다. 그 후에 박이 시를 보냈는데, "소년 적에 절(節)을 잡고 관동을 안찰할 때, 경포대 놀이하던 일 꿈속에도 그리워라. 대 밑에 다시 배 띄우고 놀 생각 있으나, 붉은 단장과 늙은이가 비웃을까 염려된다" 하였다.

외직을 돌다가 지방 기생과 사랑에 빠진 박신을 골탕먹이는 부윤 조운흘의 아이디어가 빛난다. 그렇게 여러 사람을 동원해 한 사람을 골탕먹이는 것도 하나의 풍류였을 것이다. 경포대 옆에는 홍장이 즐겨 놀았다는 바위가 있어 '홍장암'이라 한다. 조선 후기 성호 이익의 제자 신후담이 〈홍장전〉이라는 소설로 이 이야기를 엮기도 했다. 또 근래에는 호수 옆으로 난 길가에 박신과 홍장의 이야기를 11개의 조각상으로 재현해 놓아 경포호의 볼거리가 되었다.

新羅聖代老安詳　성스런 신라 시대 화랑이 노닐던 곳
千載風流尙未忘　천년의 풍류 아직도 잊히지 않네.
聞說使華遊鏡浦　사화가 경포에서 논다는 말 듣고
蘭舟今復載紅粧　아름다운 배에 오늘 다시 미녀 홍장을 데려왔네.
　　　　　　　　　　— 조운흘 〈홍장암〉《동유록(東遊錄)》

　조선말의 학자이자 애국지사였던 허훈(許薰, 1836~1907)이 1898년
사촌과 관동지역을 여행하며 지은 《동유록(東遊錄)》에 소개된 시다.
기발한 아이디어로 박신과 홍장의 사랑 이야기를 만들어낸 당사자
인 조운흘이 지었고 결구에 홍장이 등장하여 박신을 놀려줄 때의
일을 상기시켜 흥미롭다.

소나무가 지키는 원래의 자리

　경포대를 둘러보는 동안 자신도 모르게 약간 흥분된다. 나무판과
돌에 새겨진 옛 시인들의 시를 읽으면 먼 시간여행을 가는 느낌에

빠진다. 아래로 굽어보니 거울 같은 호수와 그 위에 점점이 떠 있는 새들이 나그네를 미지의 세계로 안내하는 듯하다. 언덕을 내려와 물가로 난 길을 따라 걷는 시간은 행복하다. 정갈한 호수 길을 걸으며 박신과 홍장의 사랑 이야기를 엿듣는 기분은 다소 황홀하다. 경포대는 원래 그런 곳인가 보다.

옛 경포대 자리는 지금의 경포대에서 500m쯤 떨어져 있다. 동네 사람이나 바우길을 걷는 사람 외에 관광객의 발길은 거의 없는 듯했다. 많은 명현들의 풍류를 시간 속에 묻어버린 빈터는 아름드리 소나무들이 빼곡히 서서 지키고 있다. 거기에 꼭 운동시설을 설치해야 하는지는 모르겠지만 바다 쪽 한구석에 엉성하게나마 누각 높이의 조망대를 만들어둔 것은 고마운 일이다. 조망대에 올라보니 눈앞에 아파트 단지가 보이긴 하지만 송림 너머 푸른 동해가 보였다. 가슴이 환해졌다. 그리고 송강 정철의 〈관동별곡〉 한 대목이 아침 햇살처럼 환하게 떠올랐다.

조용하도다. 이 경포의 기상이여, 넓고 아득하구나.
저 동해의 경계여!

간성 청간정 干城 淸澗亭

지팡이 친구 삼아
와도 좋고 가도 좋고

淸澗有聲玉　청간정 옥처럼 맑은 소리
聲聲洗客心　소리마다 객의 마음 씻어주고
秋天不覺暮　가을 하늘 저무는 줄도 몰랐더니
山月照楓林　산에 든 달이 단풍 숲을 비추네.

— 휴정 〈청간정〉

정자에서 열리는 한시 백일장

설악산은 울긋불긋 단풍 잔치를 벌이고 동해의 푸른빛은 더욱 짙어졌다. 하늘도 깨질 듯 파란 가을날, 길가의 들국화는 멀리서 봐도 코끝에 향이 스치는 듯하다.

단풍놀이 인파에 섞여 설악의 품으로 들어가는 일은 행복이다. 마음 한 자락에서는 또 한 해가 기울어 간다는 아쉬움과 허전함이 꿈틀대지만, 이 좋은 경치 앞에서는 모든 시름을 털어 버리고 싶은 욕심이 단풍처럼 붉다.

속초에서 고성 방향으로 7번 국도를 따라가다 토성면 사무소를 지나 천진교와 청간교를 건너 우측을 바라보면 얕은 봉우리가 보인다. 그 봉우리의 동쪽 절벽 위에 청간정(清澗亭, 강원도유형문화재 제32호)이 있다. 설악산에서 흘러내리는 청간천과 동해가 만나는 곳, 옛 만경대의 풍류를 간직한 곳에 청간정이 우뚝 서 있다.

2014년 10월 12일 일요일. 이날은 청간정의 역사에 새로운 기록을 하나 더 얹은 날이다. 청간정에서 한시를 짓는 백일장이 열린 것이다. 고성군의 전문예술지원 사업의 일환으로 '노리소리 강원두레'가 주최하는 '백두대간 고성의 소리 공연'과 더불어 열린 한시백일장은 서울 현암서당의 인사시회 회원들이 옛 시회(詩會)를 재현하는 자리였다.

청간정 아래 주차장에서는 지역 소리패의 공연이 이어지고 청간 정 누마루에서는 유건에 도포 차림을 한 인사시회 회원들이 시제와 운자를 기둥에 걸어둔 채 한시를 지었다. 이날의 시제는 '청간정(淸 澗亭)'이고 운자는 풍(風) 명(鳴) 풍(楓) 동(同) 궁(窮)이었다.

마침 단풍철이라 청간정을 찾는 관광객이 많은 일요일. 정자에 올라온 관광객들은 처음 보는 풍경에 놀라면서도 이런저런 질문을 하면서 깊은 관심을 보였다. 과거에 선비들이 이렇게 정자에 모여 담론을 즐기며 시를 창작했을 것이다. 풍경을 사랑하고 시대를 아 파하는 마음으로 혹은 임금을 섬기고 백성을 사랑하는 마음으로 태 평성대를 기원하고 무병장수를 발원했을 것이다.

이날 시회를 열게 된 것은 고성 지역에서 활동하는 향토사학자 김 광섭 씨의 제안에 따른 것이다. 그는 청간정 한시백일장이 좀 더 규 모가 커지고 새로운 문화콘텐츠로 정착될 것을 확신하고 있다.

바다와 산 그리고 사람의 풍경

청간정의 원래 위치는 정확히 알 수 없지만, 기록을 보면 청간역 (淸澗驛)에 딸린 정자라 했고, 청간역에 들른 문객들이 쓴 글에 의하 면 정자는 바다에 인접해 있었다고 전하고 있다. 17세기 후반에 제 작된 《동여비고(東輿備攷)》(보물 제1596호)에 실린 간성군 지도에 의 하면 청간역은 청간천의 바로 아래쪽(남쪽)이다. 그리고 지금의 청간정 자리에는 만경루가 있었다. 만경루는 만경대라는 층층의 절벽 바위에 지은 정자로 전해지는데, 만경대와 만경루를 읊은 시문이 다수 전한다. 만경대는 지금의 청간정에서 약 200m 북쪽인데 군부대 안에 자리하고 있어 일반인 출입이 불가능하다.

1631년(인조 5) 간성 현감을 지낸 이식(李植, 1584~1647)이 편찬한 《수성지(水城誌)》의 누대 조에는 청간정에 대한 역사 지리적 정보가 잘 나와 있다.

본래 청간역 정자로 만경대 남쪽 2리에 있었다. 간수(澗水, 바위 사이를 흐르는 물)에 임해 있는 까닭으로 그렇게 불렀다. 만경루가 허물어지자 역의 정자를 대 곁으로 옮겨옴에 드디어 승지가 되었다. 정자가 바닷물과 떨어진 것이 5, 6보(步)이나 만경대를 모퉁이 삼고 물속의 험준한 섬이 둘러막아 먼저 물결과 싸우는 까닭에 예부터 수해를 입지 않는다. 비록 큰 바람으로 바다가 넘칠지라도 앞 계단을 넘어 닥치지 못하니 도리어 기관(奇觀)이 된다. 정자 위에 앉으면 물과 바위가 서로 부딪쳐 산이 무너지고 눈을 뿜어내는 듯한 형상이나 갈매기 천백 마리가 아래위로 떠돌아다니는 것을 마음껏 볼 수 있다. 그 사이에서 일출과 월출을 바라보는 것이 더욱 좋은데, 밤에는 헌방(軒房, 정자에 놓인 방)에 누워 바람과 파도소리를 들으면, 창문을 뒤흔들어 마치 배 속에서 물 잠을 자는 듯하다. 옛 정자는 누가 지었는지 모르겠으나 지금 정자는 군수 최천(崔倩)이 중수했다고 할 뿐이다.

결국 세월의 흐름을 따라 만경루도 청간역도 사라지고 청간정만 산과 바다를 바라보며 서 있는 셈이다. 청간정이 지금의 위치로 옮겨진 것은 1928년이다. 동쪽은 망망한 바다이고 서쪽은 헌걸찬 설악산 연봉이 병풍을 치고 있다. 남쪽으로는 들판을 가로질러 속초로 가는 길이고 북으로는 금강산 가는 길이다.

먼 곳을 조망할 수 있도록 2층의 누각 형식으로 지어진 청간정은 전면 3칸 측면 2칸의 겹처마 팔작지붕이다. 누마루를 받치고 서 있는 12개의 팔각 초석은 높이가 210㎝여서 사람들이 자유롭게 왕래할 수 있을 정도다. 2층은 측면 왼쪽 첫 번째와 두 번째 초석 사이에 비스듬하게 놓인 나무계단을 밟고 올라간다. 바닥은 우물마루를 깔았고 4면에 난간이 설치되어 있다. 모두 10개의 목재 원기둥이 지붕을 받치고 있으며 처마는 화려한 단청을 하였다.

지금의 청간정은 2012년에 새로 해체 복원한 것이어서 상당히 깔끔하지만, 고색창연한 맛은 없다. 그러나 누마루에 올라서면 푸른 동해가 수평선까지 펼쳐져 있고 하얀 파도가 연신 모래밭으로 밀려오는 풍경은 저절로 감탄사를 토하게 한다. 몸을 돌려 설악산을 바라보아도 그 웅장한 산맥의 기상은 보는 이로 하여금 힘이 솟게 하기에 충분하다. 누각의 현판은 이승만 대통령의 글씨이고 누마루 들보에는 최규하 대통령의 친필시판도 몇 장의 중수기와 함께 걸려 있다.

청간정 누각의 현판은 우남(雩南) 이승만(李承晩 1875~1965) 전 대통령의 글씨이다.

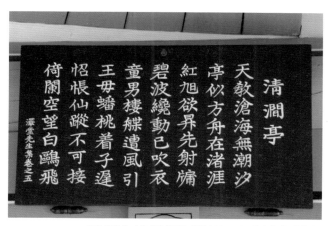

간성 현감을 지낸 택당(澤堂) 이식(李植, 1584~1647)의 시 〈청간정〉.

파도치는 선비들의 시심

청간역과 청간정 그리고 만경대와 만경루는 간성 지역의 역사 속에 남은 부침의 흔적이지만, 기록에 전하는 그 이름과 관련 시문들은 옛 선비들의 맑은 정신을 그대로 전해준다.

> 雲端落日欹玉幢　구름 끝으로 해는 떨어지고 수레를 멈췄는데
> 海上驚濤倒銀玉　바다에는 놀란 파도가 은색 물결을 뒤집네.
> 閑搔蓬鬢倚朱闌　한가이 흰 귀밑털 긁으며 붉은 난간 의지해 서니
> 白鳥去邊千里目　백조 날아가는 저 멀리 천 리나 바라보이네.
> ── 김극기 〈간성군 역원〉《신증동국여지승람》45권

김극기(金克己, 1150~1204)의 이 시가 청간역의 정취를 읊은 가장 오래된 시다. 《신증동국여지승람》에는 이 시 외에도 두 수가 더 소개되어 있다. 이 시는 청간역이 간성의 바닷가에 인접해 있고 거기 정자가 있어 바다를 조망할 수 있음을 알게 한다. 희게 부서지는 파도와 정자에서 바다를 바라보는 시인은 귀밑 머리털 그리고 무수히 나는 갈매기까지 모두가 흰색으로 통하고 있다. 푸른 바다와 그 흰색의 대비가 시와 청간역 이미지를 모두 청아하게 하고 있다.

> 數株松下一丘平　몇 그루 소나무 아래 언덕 하나 평평한데
> 混混長流石澗清　끊임없이 긴 흐름 바위틈 물이 맑구나.

却恐塵蹤除未盡　티끌 자취 아직 없애지 못했을까 두려워
時能濯熱濯吾纓　때로는 더위 씻으며 내 갓끈 씻는다.

— 이석형 〈청간관열(清澗灌熱)〉《저헌집(樗軒集)》하권

조선 초기의 문신 이석형(李石亨, 1415~1477)은 청간역의 맑은 물을
노래하며 자신의 세속적 욕망을 다스리고자 하는 선비 정신을 시에
담고 있다. 갓끈을 씻는다는 표현은 휴식을 취한다는 의미와 더불
어 마음을 새롭게 한다는 의지의 표현이기도 하다. 흰 파도를 바라
보는 선비들의 시심도 끝없이 파도를 치는 것이다.

精衛安能遂懷抱　정위 새가 어떻게 품은 한을 이루겠는가?
尾閭白浪立千堆　미려의 흰 물결 천 무더기나 서 있구나.
仲宣樓上人今古　중선루 모래에는 고금의 인물이 바뀌었는데
日午岸沙花正開　한낮 모래 언덕에 꽃은 한창 피었네.

— 남효온 〈간성청간역루〉《추강(秋江)선생문집》3권

남효온(南孝溫, 1454~1492)이 본 청간역의 정자는 청간정이 아닐 것
이다. 시에 중선루라는 이름이 나오지만 이는 중국 악양루의 다른
이름이다. 1구에 나오는 정위 새는 중국 전설 속의 새다. 중국 고대
신농씨의 딸 여왜(女娃)가 동쪽 바다를 여행하다가 파도에 휩쓸려
익사했는데, 정위라는 새로 다시 태어났다. 자신을 죽게 한 동쪽 바
다를 원망하는 마음이 사무쳐서 산에서 잔돌과 나뭇가지를 물어다

가 바다를 메우려고 했다. 그러나 넓은 바다를 없앨 수는 없어서 대를 이어가며 그 한을 풀려고 한다는 것이다. 남효온은 시에 정위 새를 인용함으로써 망망한 동해의 이미지를 더욱 확대하고 있다.

嚴頭拳足沙鷗百　바위 머리엔 발 모으고 모래에 일백 마리 갈매기
雲外揚颺野艇雙　구름 밖에 거룻배 쌍쌍이 돛을 날리네.
半夜波濤喧客枕　깊은 밤 파도소리 나그네 베갯머리 그치지 않더니
夢成風雨入春窓　꿈속에서 비바람이 봄의 창문으로 들어온다네.
　　　　── 임억령 〈청간정객야(淸澗亭客夜)〉《석천(石川)선생시집》7권

임억령(林億齡, 1496~1568)의 이 시가 청간정이라는 정자의 이름이 나오는 첫 번째 시다. 앞에서 본 《수성지》의 기사에 '최천이 중수했다'는 대목이 나오는데 그 이후부터 청간정이 본격적으로 선비들의 사랑을 받는 명소가 되었기 때문일 것이다. 임억령의 이 시로부터 청간정에서 쓰이는 대부분의 시가 '쌍(雙)'과 '창(窓)'을 운자로 지어졌다.

당대 시단에서 상당한 '인물'이었던 임억령이고 보면 그의 시에 차운하는 즐거움도 없지는 않았을 것이다. 차운시를 쓰는 것은 운자가 없어서가 아니라 기존의 운자를 가지고 자신의 시정을 드러냄으로써 앞사람과 시적 교유가 이루어지는 멋도 있는 까닭이다. 말하자면 제목과 운자를 같이 쓰는 것은 시정의 계승이자 발전이다. 임억령의 청간정 시는 앞 시대 청간역을 읊은 시들과 큰 차이를 두지

는 않는다. 바다와 갈매기 그리고 풍진 세상을 살아가는 시름을 드
러내며 한가한 시간을 즐기는 것이다.

小雨軒前人坐獨　가랑비 내리는 집 앞에서 사람 홀로 앉아서
斜風渚上鳥飛雙　비낀 바람 부는 물가에 새는 쌍쌍이 난다.
羈懷到此殊無賴　나그네 여기 이르니 딱히 기댈 데 없어
怕有濤聲撼夜窓　파도소리 밤의 창문 두드리는 것 두렵네.
　　— 심수경 〈제간성청간정(題杆城淸澗亭)〉《청천당(聽天堂)시집》

三洲碧桃結千歲　삼주의 벽도는 천 년 만에 열매 맺는데
半白靑鸞來一雙　반백의 푸른 난새가 한 쌍 날아드네.
中天仙節降王母　하늘에서 선절을 서왕모께서 내려보내니
玲瓏海氣連雲窓　영롱한 바다 기운이 구름 창에 이어졌네.
　　— 이달 〈강선곡 차청간정운〉《손곡(蓀谷)시집》6권

　심수경(沈守慶, 1516~1599)의 시와 삼당시인의 한 사람인 이달(李達,
1539~1612)의 시도 임억령의 운자를 빌어다 쓴 것이다. 심수경의 경
우 청간정에 당도하여 느끼는 심경을 담담하게 풀어내고 있는데 비
가 오는 날을 배경으로 하여 다소 차분한 느낌이다. 반면 이달은 신
선 세계를 빗대어 청간정을 묘사하고 있다. 청간정은 산과 바다를
한눈에 조망할 수 있고 월출과 일출의 아름다움을 실컷 감상할 수
있는 곳이므로 신선의 경계를 생각하게 하는 곳이기에 충분하다.

스님들이 시로 쓴 청간정

　다소 이색적이지만 청간정의 아름다움은 조선 시대 스님들에게
도 예외일 수 없었다. 유명한 서산대사 휴정과 부휴 선사 그리고 풍
계 대사의 문집에 청간정을 읊은 시가 전한다.

　　　清澗有聲玉　청간정 옥처럼 맑은 소리
　　　聲聲洗客心　소리마다 객의 마음 씻어주고
　　　秋天不覺暮　가을 하늘 저무는 줄도 몰랐더니
　　　山月照楓林　산에 든 달이 단풍 숲을 비추네.
　　　　　　　　　　　　　　── 휴정 〈청간정〉《청허당집》1권

　　　碧海波頭漁艇獨　푸른 바다 물결 위엔 외로운 고깃배가
　　　靑山影裏白鷗雙　청산 그림자 속엔 한 쌍의 백구.
　　　高臺日暮忘歸路　해 저물도록 높은 누대 돌아갈 길도 잊노라니
　　　玉浪隨風散入窓　옥 물결 바람 따라 흩어져 창문으로 들어오네.
　　　　　　　　── 부휴당 〈차청간정(次淸澗亭)〉《부휴당대사집》4권

　서산대사로 잘 알려진 청허당 휴정(休靜, 1520~1604)은 조선시대
선불교의 거봉이다. 선승의 풍모로 본 청간정은 속진의 중생계를
초월한 깨달음의 세계를 동경하고 있다. 바위틈을 솟아나는 물소리
가 옥이 내는 소리로 들려 속진에 물든 나그네의 마음을 씻어주고,

그런 좋은 경치 속에서 시간 가는 줄도 모르게 있었는데 어느새 달이 떠서 단풍 든 산을 비춰 준다는 것이 시의 내용이다. 이 시를 선의 정신으로 본다면 단순한 풍경의 묘사가 아니라 깨달음을 향한 구도자의 안목으로 보아야 할 것이다.

부휴 선사의 시 역시 구도자의 시라는 것을 염두에 두고 본다면, 풍경이 단지 풍경으로 읽히지 않을 것이다. 부휴 선사는 임진왜란 때 지리산에서 맨몸으로 왜병들을 만났는데 두 손을 모으고 단정히 서 있는 당당함에 놀라 왜병들이 물러갔다는 이야기의 주인공이다.

十里鳴沙斷岸頭　십 리가 백사장 옆 깎아지른 절벽 위에
層樓畫閣寄淸遊　소소리 높은 누각 한가한 이 노니누나.
靑虯舞嶼醒雲合　푸른 용이 춤을 추면 구름 떼 몰려들고
碧海吞天蜃氣浮　푸른 바다 파도 위에 신기루가 떠오르네.
遠近波光來玉砌　반짝반짝 파도 갈기 옥으로 빚어진 듯
微茫山色接蘭洲　아득한 저 산 빛이 섬나라에 풀려있네.
時平到處名區勝　세월이 태평하니 가는 곳마다 절승경계
作伴黎筇任去留　지팡이를 친구 삼아 와도 좋고 가도 좋다.
　　　　　　　　　　── 풍계 〈청간정〉《풍계집》중권《관동록》

풍계(楓溪, 1640~1708) 대사는 서산 대사로부터 사명 대사, 편양 대사로 이어지는 법통을 계승한 풍담 스님의 제자인데 법명은 명찰(明察)이다. 스님이 남긴《관동록》에는 금강산은 물론 설악산, 삼각산,

도봉산, 수락산, 불암산, 용문산 등을 유람하며 산과 절을 배경으로 지은 시 200여 수가 수록되어 있다.

그런 이력으로 보아 풍계 대사는 만행을 하는 두타승이었으리라. 청간정의 풍경을 보고 지은 풍계 대사의 시는 매우 활달한 경지를 보여준다. 3구와 4구에서 용과 바다를 대비하고 다시 5구와 6구에서는 바다와 산으로 대하도록 장치했는데, 시각적 흐름 속에 촉각과 청각이 함께 따라붙는 묘미가 있다. 마지막 구절에서 '와도 좋고 가도 좋다'며 집착하지 않는 무욕의 선언을 하는 것은 선승다운 풍모라 할 것이다.

天教滄海無潮汐　하늘의 지시로 바다엔 밀물 썰물 없고
亭似方舟在渚涯　방주 같은 정자 하나 물가에 서 있네.
紅旭欲昇先射牖　붉은 해 솟으려고 광선 먼저 창문을 쏘고
碧波纔動已吹衣　푸른 물결 일렁이자 옷자락 먼저 나부끼네.
童男樓艓遭風引　동남동녀 실은 배 순풍에 간다 해도
王母蟠桃着子遲　왕모의 복숭아 열리는 시기는 까마득해라.
怊悵仙蹤不可接　신선 자취 접하지 못한 아쉬움 속에
倚闌空望白鷗飛　난간에 기대서 나는 백구만 바라보노라.
　　　　　　── 이식 〈청간정〉《택당(澤堂)선생집》5권

조선 중기 장유, 신흠, 이정구와 함께 한문 4대가로 불리는 이식(李植, 1584~1647)은 1631년 간성 현감을 지냈다. 그 역시 청간정에서

신선의 세계를 노래하고 있다. 중앙 정치에서 좌천되어 간성 현감에 부임한 그였음을 상기한다면 이 시에 흐르는 도교적 정서가 이해될 것이다.

그림 속에 시와 어우러진 정자

청간정의 그 아름다운 풍광은 그림의 소재로도 많이 쓰였다. 서화가 풍미하기 시작한 18세기 이후 많은 화가들이 청간정을 화첩에 남겼는데, 시와 그림이 어우러진 명편들이 적지 않다.

겸재 정선(謙齋 鄭敾, 1676~1759)의 《관동명승첩》에 그려진 청간정은 경물의 중요한 요소를 강조한 구도가 특징인데, 높다란 만경대배 위 절벽과 송림을 배경으로 만경루와 청간정이 함께 그려져 있다. 그림을 자세히 들여다보면 만경루 꼭대기에서 두 사람의 선비가 아이를 데리고 앉아 바닷바람을 맞으며 파도를 감상하는 모습이보인다.

허필(許佖, 1709~1761)의 《관동팔경도병》(선문대학교소장)에 들어 있는 〈청간정도〉는 청간정이 어촌의 민가와 어우러진 평지에 있는 것으로 그려져 있다. 이 그림의 상단에는 김극기의 7언절구가 적혀 있다. 《신증동국여지승람》에 시가 소개되어 있어서 많은 선비들이 김극기의 시를 알고 있었을 것이다.

표암(豹菴) 강세황(姜世晃, 1713~1791)의 《풍악장유첩》 김홍도(金弘

겸재 정선의 〈청간정〉.

표암 강세황의 〈청간정〉.

清澗亭
雲端落日
秋玉懂
海上初潮
倒銀屋
閑檜莫覽
倚朱欄
山多青案
千望日

右光州金克己詩
農翁許鍊

허필의 〈청간정도〉. 그림 상단에는 김극기의 7언절구가 쓰여 있다.

道, 1745~?)의《금강사군첩》이의성(李義聲, 1775~1883)의《해산도첩》
김오헌(金寤軒, ?~?)의《관동팔경도병》등의 화첩 속 청간정 그림과
심동윤(沈東潤, ?~?)의〈간성 청간정도〉등이 전해지고 있다.

반가운 시 창작 열기

청간정 누마루에 앉으면 그림 속에 앉은 듯한 느낌을 받는다. 유
건에 도포를 입은 인사시회 회원들이 붓을 들어 시를 적어 나가는
모습도 하나의 그림이었다. 이 시대에는 다소 색다른 그림일 수도
있지만, 역사 속의 한 장면을 재현해 내고 그것을 미래 문화의 동력
으로 삼으려는 노력은 아름답다.

청간정 한시백일장은 옛 시회를 재현하는 것을 목적으로 했지만
참가한 문객들의 시창작 모습은 매우 진지했다. 10여 명이 참가했
는데 서너 시간 만에 시 짓기가 끝나고 현암 소병돈 선생이 고선하
여 장원작을 가렸다. 장원의 기쁨을 누린 시인은 서예가 장석(章石)
서명택(徐明澤) 선생이었다.

登臨淸澗帶凉風　청간정에 오르니 바람이 서늘한데,
眼下鳴沙舞塞鴻　눈 아래 명사에는 변방 기러기 춤을 추네.
港口松籬粧老菊　항구의 송리에는 국화꽃 장식했고,
海邊巖壁染新楓　해변의 암벽에는 단풍이 물들었네.

日輝秘境千年有　해 빛나는 비경은 천년을 간직했고,

月出名區萬古同　달 뜨는 명구는 만고에 그대로네.

八景關東元此地　관동팔경 중에 이곳이 으뜸인데,

詠觴騷客興無窮　영상하는 시인들의 흥취는 무궁하구나

— 서명택 〈청간정〉

청간정 인근의 해변을 명사(鳴沙)라 부른다. 밟으면 모래에서 사그락사그락 소리가 나기 때문이다. 송리(松籬)는 소나무 아래 핀 국화이고 노국(老菊)은 시들어가는 국화다. 국화가 가득 피어 있는 솔숲이 연상되면서 향기까지 느껴지는 듯하다. 국화꽃과 단풍, 해와 달의 대비가 가을날 청간정의 맑은 모습에 잘 어울린다. 거기에 영상(詠觴, 술을 마시며 시를 읊는 것)의 흥취가 있으니 무엇이 더 필요하겠는가?

지역 주민들이 "100년 동안 이런 일은 없었다"며 즐겁게 구경을 했던 청간정 한시백일장. 그 작은 자리가 더 많은 사람에게 즐거움을 주고 예와 오늘이 교감하는 결실로 맺어지길 바라며 단풍 고운 설악을 넘어왔다.

평해 월송정 平海 越松亭

동해의 밝은 달
소나무에 걸려 있고

無復行宮聽玉音 행궁의 옥음을 다시 들을 수 없으니
夢中迷路可能尋 아득한 꿈길에서나 찾아뵐 수 있을까.
越松亭畔三更月 월송정 가에 뜬 삼경 달은
未死孤臣一片心 죽지 못한 이 신하의 일편단심일세.

— 이산해 〈월송정 농가에 처음 우거하며〉

해 뜨는 동쪽, 소망의 바닷가

사람들은 새해를 맞으러 동쪽으로 간다. 동쪽 땅끝에서 한 해의 첫 일출을 보며 소박한 소망을 빌고자 하는 마음은 해보다 밝다. 신라의 화랑들도 그랬을 것이다. 아득한 바다에서 밀려오는 파도를 보며 가슴을 넓히고, 장엄하게 떠오르는 해를 보며 몸을 단련했을 것이다. 빼곡한 소나무 숲과 눈부시게 흰 모래밭 그리고 하염없이 출렁이는 푸른 바닷물. 심신수양을 바라는 낭도들에게 더할 나위 없이 좋은 수련의 조건이었을 것이다.

시간은 천 년이 더 지났지만, 옛사람들처럼 새해를 맞으러 동해로 향하는 마음은 건강하고 밝다. 그래서 일출을 향한 길고 긴 행렬은 숭엄한 종교의식 같다.

월송정(越松亭) 인근에서 밤새 윙윙대는 바람 소리를 들었다. 동지 무렵 파도소리와 어우러진 월송정 솔숲의 바람 소리는 동부 히말라야 에베레스트가 눈앞에 보이는 핑계이(4,200m) 산정에서 마주친 바람 소리와 다를 것이 없다. 그 소리 속의 중량감은 태고 이래로 변함없는 야성 그 자체여서 하염없이 지구의 자전을 응원하는 게 아닐까 생각했다.

50 고개를 넘기면서 삶의 바람 소리 또한 예사롭지 않다. 한 번도 호황의 시절을 살아본 적이 없지만, 불황과 불황을 이어가는 동안 또 한 해를 살아냈고 새로운 한 해를 조금이나마 기쁘게 맞이하고자 월송정 솔숲 아래서 밤새 그 푸짐한 바람 소리를 들었다. 일출을

보려는 생각이었지만, 바람 소리에 뒤척이다 어느 순간 수마(睡魔)에게 잡혀가 버리는 통에 해가 다 뜬 뒤에야 머쓱한 걸음으로 월송정으로 향했다.

우리 겨레는 산수를 찾고 즐기고 자연을 사랑하는 전통을 끼쳤다. 월송정은 관동팔경 중의 하나로 신라 때 화랑들이 노닐던 곳이요 고려 이후 수많은 시인이 와서 시를 남기고 간 문화 유적지이다. 이 정자는 오래 전해 온 옛터에 중종 때 관찰사 박원종이 창건, 1933년에 고을 선비들이 중건, 해방 후 재일교포 금강회에서 삼창, 다만 건축 양식이 어울리지 아니해 새 설계 아래 도비 8천만 원으로 1979년 12월 19일에 착공 1980년 7월 29일에 준공, 백사 창송 좋은 경치에 조화되는 고전 양식의 정자를 완성한 것이다. 이 고장 산수 자연을 찾는 이마다 즐거운 시간을 누리고 갈 것이다.

1980년 9월 일 이은상 짓고 김충현 쓰다.

월송정으로 오르는 계단 옆 작은 비석이 대강이나마 이 정자의 내력을 알려준다. 이은상 선생이 1982년 9월 18일에 작고했으니 이 글은 작고 2년 전에 지은 것이다. 제도에 맞지 않는 구태를 헐어버리고 새롭게 단장한 월송정의 내력을 우리 시대를 풍미한 시인과 서예가의 합작으로 기록한 셈이다. 그런 의미에 비해 비석의 규모가 지나치게 왜소해 그저 하나의 표지석에 지나지 않는다. 방금 세수하고 드러누운 것처럼 흰빛을 발하는 화강암 계단을 따라 월송정에 이르니 파도소리가 요란하다. 여기서부터 사람의 영역이 아님을 알리려는 신들의 경계라도 되는 듯 기를 누르는 소리다.

월송정은 1326년(고려 충숙왕 13)에 존무사(存撫使) 박숙(朴淑)이 처음 세웠다고 전한다. 조선 중기 관찰사 박원종(朴元宗, 1467~1510)에 의해 중건됐다. 《신증동국여지승람》 제45권 강원도 평해 조에는 "고을 동쪽 7리에 있다. 푸른 소나무가 만 그루이고 흰 모래는 눈 같다. 소나무 사이에는 개미도 다니지 아니하고 새들도 집을 짓지 않는다. 민간에서 전해 오는 말이 신라 때 신선 술랑(述郎) 등이 여기서 놀고 쉬었다 한다"고 소개하며 "예전에는 집이 없었는데 관찰사 박원종이 처음으로 지었다"고 밝히고 있다.

솔숲에서 바다를 굽어보는 월송정은 월송정(月松亭)이라 칭하기도 했다. 달밤에 솔숲에서 노니는 정자라는 의미에서. 그러나 월(越)나라에서 소나무 묘목을 가져왔다는 설과 함께 월송정(越松亭)이라고 쓰는 것이 정설로 굳었다. 옛 모습을 알 길은 없지만, 지금은 정면 5칸 측면 3칸의 2층 구조다. 팔작지붕 아래 단청이 화려하고 중앙 현판은 1980년 중건 당시 최규하 대통령의 글씨를 새겨 걸었다.

푸른 솔이 부럽구나!

눈부신 햇살이 비껴드는 2층 누마루에서는 연신 파도치는 바다가 시원스레 조망되는데, 발아래 모래밭은 희고 곱다. 《신증동국여지

승람》의 묘사가 하나도 그르지 않으니, 분명 이곳을 답사하고 적은 기록일 것이다. 들보에 시판과 기문이 여러 장 걸려 있는데 근래에 지역의 뜻있는 분들이 새겨서 건 듯하다.

우선 눈에 드는 시판은 월송정과 관련된 시 가운데 가장 오래된 것으로 보이는 안축(安軸, 1282~1348)의 작품이다.

事去人非水自東　옛사람 간 곳 없고 산천은 의구한데
千年遺跡在松亭　천 년 전 옛 자취 오직 송정에만 남았구나.
女羅情合膠難解　겨우살이 다정한 듯 서로 엉켜 아니 풀고
弟竹心親粟可春　형제대가 마음 맞아 좁쌀방아 찧는구나.
有底仙郎同煮鶴　어느 화랑 예 있어 학을 구워 술 나누리

莫令樵斧學屠龍　나무꾼의 도끼로서 용 잡는 것 배우지 마라.
二毛重到會遊地　머리털 절반 희어 예 놀던 곳 찾아오니
却羨蒼蒼昔日容　옛 모습 그대로인 푸른 솔이 부럽구나.

— 안축 〈차월송정시운〉 판상시 《신증동국여지승람》 제45권

고려 후기 이전부터 이 자리에 월송정이 있었음을 알게 하는 작품이다. 시의 흐름이 매우 정밀하여 기승전결이 확실하다. 들머리인 수련의 설명은 안축의 시대보다 훨씬 오래전부터 이 정자의 명성이 자자했음을 짐작게 한다. 이어지는 함련에서 소나무에 얽힌 겨우살이와 형제 대나무로 울창한 송림과 죽림을 묘사하고 있다. 이는 시인이 느끼는 군생들의 모습이기도 할 것이다. 그래서 무상한 인생을 돌아보게 되고, 감회에 젖으니 옛 화랑의 풍류가 그리워져 술친구 없음이 아쉬운 게다. 젊은 시절 찾아왔던 월송정, 이미 나이가 들어 망망한 바닷가 월송정을 다시 찾은 시인은 인생의 무상함을 절실히 느낀다. '좁쌀방아' '나무꾼의 도끼' 등은 둔세를 즐기는 고절한 은자의 상징이다.

안축은 경기체가 〈관동별곡〉을 통해 동해 지역의 경승들을 읊었다. 당연히 〈관동별곡〉에도 월송정이 등장하는데, "취운루 월송정 십 리에 걸친 솔밭 옥피리 불고 거문고 타며 맑은 노래 느린 춤// 아 좋은 손님 맞이하고 보내는 광경 그 어떠합니까"라고 유장하게 읊고 있다.

정자는 인생의 깊이를 가늠하는 사색의 공간이기에 시대와 삶에

대한 진솔한 심경이 잘 드러난다. 국운이 기울어 가는 고려 말기를 살다간 문객들이 월송정에서 얻은 시상도 도학(道學)과 선계(仙界)를 동경하는 방향으로 깊이 천착되어 있을 수밖에 없다.

訪古秋風馬首東　고적을 찾으러 가을바람에 말 타고 동쪽 향하여
喜看鬱鬱蔭亭松　울창하게 그늘진 정자의 소나무 보는 기쁨이여.
幾年心爲尋眞切　찾고 싶어 몇 년이나 마음을 졸였던가.
千里糧因問道舂　도를 묻기 위해 천 리의 양식을 미리 찧었다네.
厄絕斧斤經漢魏　한위를 거치면서 부근의 재앙이 끊어졌나니
材堪廊廟擬夔龍　낭묘를 감당할 재목으로 기룡에 비견되었다오.
倚欄不覺沈吟久　난간에 기대 나도 몰래 오래 침음하였나니
拙筆難形萬一容　졸필이라 만에 하나도 형용하기 어려워서라네
　　　　　　　　— 이곡 〈월송정의 시에 차운하다〉《가정집》제20권

이곡(李穀, 1298~1351)의 시에서 '침음(沈吟)'이란 단어에 눈길이 오래 머문다. 월송정 난간에 기대에 시상에 깊이 빠져 있는 시인의 모습이 연상되기 때문이다. 이곡은 관동 지역을 유람하며 느낀 감회를 〈동유기(東遊記)〉로 남겼는데, 월송정에 대해 "이날 평해군에 도착하였다. 그런데 군에 이르기 전 5리 지점에 소나무 만 그루가 서 있고 그 가운데에 월송정(越松亭)이라는 이름의 정자가 있었는데, 이는 사선(四仙)이 유람하다가 우연히 이곳을 지나갔기 때문에 그런 이름이 붙여진 것이라고 한다"고 기술했다.

아무튼 이곡의 시상(詩想)은 월송정에서 인간 세상을 초탈하고자 하는 욕망을 스스럼없이 드러내고 있다. "도를 묻기 위해 천 리의 양식을 미리 찧었다"는 표현이 노골적이다. 이는 아주 먼 길을 떠날 채비를 하는 것을 빗댄 말이다. 《장자》〈소요유(逍遙遊)〉편에 나오는 "백 리를 가는 자는 전날 밤에 양식을 찧어 준비해야 하고, 천 리를 가는 자는 삼 개월 전부터 양식을 모아야 한다(適百里者 宿舂糧 適千里者 三月聚糧)"는 말을 인용한 것이다. "부근의 재앙"이란 도끼를 맞는 나무의 운명이다.

도를 찾고자 하는 여행길에 들린 월송정에서 시인은 울울창창한 송림을 보며 임금의 곁을 지키는 신하를 생각하고 그 고즈넉한 풍경을 사모하는 것이다. 그런저런 상념들에 침음하는 시인은 세상사도 월송정의 승경도 글로 표현할 재간이 없노라는 반어법으로 자신의 심경을 더욱 절실하게 드러내고 있다. 이 시는 월송정에 시판으로 관상되지 않았다.

顯晦宜如月 드러나고 감춰짐이 저 달과 같으며
守持乃若松 자기 몸가짐은 저 솔과 같을지니
亭兼二正學 이 정자는 두 가지 교훈 겸비했으니
便是道中庸 이것이 곧 중용의 가르침이리라.

— 전자수〈월송정(月松亭)〉판상시

회정(晦亭) 전자수(田子壽, 생몰년 미상)는 고려 후기 공민왕 때 벼슬길에 올랐는데, 강원도 안렴사가 되어 평해 지역을 순시하던 중 뛰어난 산수에 반해 암담한 고려의 국운을 안타까워하며 이곳에 은거한 인물이다. 은거하여 양진재(養眞齋)라는 초당을 짓고 푸른 소를 타고 바닷가 송림과 백사장을 오가며 망국의 한을 달랬다고 전한다. 그의 절구 〈월송정〉에서도 산수를 사랑하고 도학을 숭상하는 인품이 묻어난다. 시의 제목에 월(月)이 쓰인 것은 그 당시 월(月)과 월(越)이 혼용되었다는 뜻이기도 하고, 달을 묘사하는 첫 구절을 염두에 둔 것이기도 할 것이다.

소 타고 느릿느릿 솔숲을 거닐다가

소를 타고 느릿느릿 솔숲을 거닐었던 전자수가 절구 한 수로 월송정의 격을 '중용의 가르침'으로 격상시켰다면, 기우자(騎牛子)라 자호(自號)했던 이행(李行, 1352~1432)은 꿈속에서 신선을 만나는 공간으로 신비화했다.

滄溟白月半浮松　동해의 밝은 달이 소나무에 걸려있다
叩角歸來興轉濃　소를 타고 돌아오니 흥이 더욱 깊구나.
吟罷亭中仍醉倒　시 읊다가 취하여 정자에 누웠더니
丹丘仙侶蒙相逢　단구의 신선들이 꿈속에서 반기네.

— 이행 〈평해 월송정〉 판상시

백암거사(白巖居士)라고도 불린 이행은 달밤에 소를 타고 술병을 들고 소요하며 풍류를 즐긴 신선 같은 사람으로 전해진다. 그가 월송정에서 취해 잠을 자면 꿈속에 자신을 반겨주는 신선들을 만나기도 했을 것이다. 다도(茶道)에 일가를 이루어 찻물을 감별하는 특별한 재능을 가졌던 기우자의 신선놀음 행적은 후세 사람들에게 부러움의 대상이 되기도 했을 것이다. 그래서 월송정 들보에는 세종의 충신 절재(節齋) 김종서(金宗瑞) 장군이 지은 〈백암거사찬(白巖居士贊)〉이 걸려 있다. 김종서는 찬문의 후미에서 "바닷가 푸른 소나무와 같이, 소나무에 걸린 달과 같이 선생의 기백과 절의는 천추만세에 이르도록 빛날 것이다"라고 했다.

仙郎古蹟將何尋	화랑들이 놀던 자취 어디 가서 찾을까
萬樹長松簇簇森	일만 그루 푸른 솔이 빽빽한 숲이요
滿限風沙如白雪	눈앞 가득 흰모래는 백설과도 같구나.
登臨一望興難禁	한 번 올라 바라보매 흥겹기 그지없다.

— 숙종 어제시 〈월송정〉

環亭松柏大蒼蒼	정자를 둘러싼 송백은 울울창창한데
皮甲鱗峋歲月長	갈라진 나무껍질 세월이 오래로다.
浩蕩滄溟不盡流	넓고 넓은 푸른 바다는 쉼 없이 출렁이는데
帆穡無數帶斜陽	돛단배는 석양에 무수하게 떠 있구나.

— 정조 어제시 〈월송정〉 판상시

조선의 왕들도 망망한 바닷가 울창한 솔숲에 자리한 월송정을 읊었다. 현장을 답사하지는 않았겠지만, 화공의 그림과 전해 들은 이야기 그리고 선비들의 시를 통해 상상의 정자를 그렸을 것이다. 그런 정황이 어제시(御製詩)의 한계여서 풍경을 그려내는 용안(龍眼)은 참으로 담담하다. 숙종은 직접 정자에 오르는 광경을 모색하여 그 흥을 끌어당겼고, 정조는 숲과 나무와 푸른 바다 그리고 돛단배를 바라보는 자리에 서 있을 뿐이다.

고려 후기의 전자수가 여행하다 눌러앉은 평해. 그 고장의 아름다움을 조선의 시인 서거정(徐居正, 1420~1488)은 '평해팔영(平海八詠)'으로 노래했다. 그 가운데 두 번째로 월송정으로 등장한다.

平沙十里鋪白罽　편평한 백사장 십 리는 흰 담요 갈아 놓은 듯
長松攙天玉槊細　하늘에 닿은 장송은 옥창 끝처럼 가느다라네.
仰看明月黃金餠　쳐다보니 밝은 달은 황금 떡과도 흡사한데
碧空如水浩無際　맑은 물 같은 푸른 하늘은 가없이 넓구나.
客來一捻吹洞簫　손이 와서 퉁소를 한번 쥐고 불어대니
風流盡是神仙曹　그 풍류가 모두 신선의 무리들이로다.
我欲從之讌瑤池　나는 그들을 따라서 요지연에 가려는데
飛來靑鳥銜碧桃　마침 파랑새가 벽도를 물고 날아오누나.

　　　　　　　　　　— 서거정 〈월송정〉《사가집보유》 제3권

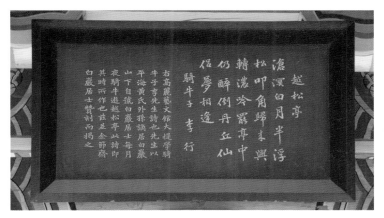

누마루 위 들보에 안축, 서거정 등 여러 문인들의 시와 함께 걸린 이행(李行)의 〈월송정가〉.

서거정은 월송정 풍류를 신선을 만난 것으로 승화시키고 있다. 십 리 백사장과 하늘에 닿은 장송의 풍경으로 시작된 시는 하늘의 둥근 달과 넓은 하늘로 한없이 넓어진 마음을 담아낸다. 이어 퉁소를 불며 노니는 풍류를 곧바로 신선의 그것으로 환치시키는데 그 템포가 무척 경쾌하다.

시인은 그런 지경에 머물지 않고 서왕모가 산다는 곤륜산의 요지연으로 가고자 하는 마음을 일으켰다. 그랬더니 곧바로 서왕모를 시봉하는 파랑새가 3천 년 만에 한 번씩 열린다는 선계의 복숭아를 물고 날아온다. 시상(詩想)을 급속도로 확장하는 서거정의 솜씨가 평해의 승경을 더욱 빛나게 한다.

유배지에서 얻은 이산해의 시적 성취

서거정의 '평해팔영'을 계승한 시인은 이산해(李山海, 1539~1609)다. 이산해는 목은 이색의 7대손, 가정 이곡으로부터는 8대손이 되며, 숙부인 토정(土亭) 이지함(李之菡)에게서 글을 배웠다. 시서화에 능해 선조 때의 '문장팔가(文章八家)'로 꼽혔다. 정치적으로도 상당한 출세가도를 달렸다. 그의 시대는 조선 하늘 아래 어느 때보다 붕당 정치가 첨예했고 임진왜란의 극한을 겪은 선조(宣祖) 때였다.

이산해는 임진왜란이 일어나자 임금을 호종하여 북으로 몽진했는데 개성에서 국정을 그르친 죄로 탄핵받았다. 관직을 잃은 채 백의(白衣)로 평양까지 갔으나 다시 탄핵을 받아 강원도 평해로 중도부처(中途付處) 됐다. 중도부처, 정해진 구역을 벗어나지 말라는 유배다. 충남 보령이 본거지인 이산해는 동쪽 끝인 평해에서 3년 동안 유배생활을 했다.

고위직에서 물러나 외딴 마을에 홀로 살게 된다는 것. 승용차와 스마트폰을 가진 요즘 사람들에게도 견디기 어려운 상황일 것이다. 권력을 잃은 슬픔은 정적들에 대한 분노로 들끓을 것이고, 언제 어떻게 될지 모르는 암담한 현실은 자신에 대한 모멸감으로 견디기 어려울 것이다. 그래서 요즘 유명인들도 검찰 수사가 시작되면 한강에 몸을 던지는 것이 아니겠는가.

이산해도 그랬을 것이다. 왕의 측근에서 세 치 혀로 국정을 쥐락

퍼락하던 서슬 푸른 날들이 있었는데, 전쟁 중에 그것도 피난길에서 관복을 벗고 평민이 되어 바람 소리와 파도소리뿐인 곳으로 떠밀려 와 살게 되었다. 그의 심경은 복잡했을 것이다. 30년 같은 3년이었을 것이다.

이산해의 3년을 버티게 한 것은 무엇이었을까? 시(詩, 학문)였다. 임금에 대한 충심과 복권에 대한 정치적 희망도 있었겠지만, 그것을 떠받치는 근본 동력은 선비의 기품을 잃지 않는 노력이었을 것이다. 그 노력이 시편들로 지어지고 그 힘에 의지해 유배생활을 견뎠을 것이다.

無復行宮聽玉音　행궁의 옥음을 다시 들을 수 없으니
夢中迷路可能尋　아득한 꿈길에서나 찾아볼 수 있을까.
越松亭畔三更月　월송정 가에 뜬 삼경 달은
未死孤臣一片心　죽지 못한 이 신하의 일편단심일세.
　　　── 이산해 〈월송정 농가에 우거하며〉《아계유고》(기성록) 권 1

寂寞松亭畔　적막한 월송정 곁에
荒凉破屋斜　황량하게 비켜선 낡은 집.
亂中初作客　난리 통에 처음 이곳에 와서
秋後又移家　가을 뒤에 다시 집을 옮겼네.
幾日干戈定　전쟁은 어느 때나 끝나려는지
如今老病加　지금은 노병만 몸을 침노해

傷心杜陵子　상심하던 저 두보처럼

詩句送生涯　시구로 남은 생애 보내련다.

　　　— 이산해 〈월송정 가 주인집〉《아계유고(鵝溪遺稿)》〈기성록〉 권 1

　《기성록》은 이산해가 평해에서 쓴 시문들의 모음집이다. 기성은 지명인데 요즘도 평해 북쪽이 기성면이다. 유배 초기의 시에는 이 산해의 절망과 애환이 잘 담겨 있다. 자신을 두보의 상심으로 빗대고 시로써 남은 시간을 보내겠다는 심경은 쓸쓸하기 그지없다.

　그러나 그는 실의에 찬 생활에 젖어들지 않았다. 두보와 같은 상심을 가슴에 묻은 채 많은 글을 쓰고 지역 사람들과 교유했으며 풍광을 즐기기도 했다. 서거정의 '평해팔영'을 본받아 자신의 팔영을 읊었다.

鱗甲參差紫翠堆　들쭉날쭉 붉고 푸른 비늘 무더기로 쌓이니

萬龍齊舞殷風雷　일만 용이 일제히 춤추자 큰 바람 우렛소리.

莫敎俗子留塵躅　진세의 속된 무리 자취 남기지 못하게 하라

應有仙翁跨鶴來　응당 신선 늙은이가 학을 타고 찾아오리니.

　　　— 이산해 〈평해팔영 중 월송정〉《아계유고》〈기성록〉 권 1

　서거정의 '평해팔영'은 칠언율시인데 이산해는 칠언절구로 지었다. 팔영의 테마도 통제암이 불타고 없어져 계조암으로 대치했고, 망사정 대신 망양정을 넣었다. 경물의 순서도 다소 다르게 배열했

다. 시절의 변화에 따라 경물을 달리 보는 것은 어찌할 수 없는 일이다.

이산해는 팔영 가운데 가장 먼저 월송정을 읊었는데, 파도치는 바다의 그 위용을 "진세의 속된 무리"들을 제거하는 힘으로 묘사하고 있다. 속된 무리들이 자취를 남기지 않을 때에야 신선이 학을 타고 찾아올 것이기 때문이다. 정치적으로 해석하면 임금 근처의 속된 무리들이 속히 제거되어 자신이 복권되기를 바라는 열망으로도 읽을 수 있을 것이다.

허균(許筠)은 "이산해의 시는 만년에 평해에 귀양 가서 비로소 그 극치를 이루었다"고 평가했다. 물론 시의 기교를 말하는 것이 아니라 사유의 폭과 깊이를 칭송하는 말이다. 유배지에서 이산해의 인생관과 세계관이 깊어지고 넓어진 것이다. 시인의 절망과 고독은 약이 되면 빛나는 시가 되고, 독이 되면 시인이란 이름마저 앗아가 버리는 것이다. 이산해는 중도부처에서 절망과 고독을 약으로 삼아 좋은 시를 남겼고, 다시 중앙 정치무대로 복귀해 대제학으로 영의정으로 승승장구했다. 지금 월송정 들보에는 이산해의 시가 걸려 있지 않고, 그가 쓴 〈월송정기〉가 걸려 있다.

2부 시비소리 들릴세라

- 청풍 한벽루
- 합천 농산정
- 문경 석문구곡
- 함양 화림계곡

청풍 한벽루 清風 寒碧樓

거울 아닌 거울이요
안개 아닌 안개로다

水光澄澄鏡非鏡   물 빛 맑고 밝아 거울 아닌 거울이요
山氣靄靄煙非煙   산기운 자욱하니 안개 아닌 안개로다.
寒碧相凝作一縣   차고 푸른 기운 서로 엉기어 한 고을 되었거늘
清風萬古無人傳   맑은 바람 만고에 전할 이 없네.

— 주열 〈청풍객사한벽헌〉

바람이 맑아 청풍(淸風)이요 달이 밝아 명월(明月)이라. 아무 땅에나 이런 이름이 붙을 수는 없을 것이다.

제천시 청풍면은 이미 신라 때부터 '청풍'이라는 이름을 얻었다. 김부식 등이 1145년(고려 인종 23)에 편찬한 우리나라 최고(最古)의 지리서 《삼국사기지리지》 신라 조에 "본래 고구려 사열이현(沙熱伊縣)인데, 신라 경덕왕 때 청풍으로 고쳤다"고 나와 있다. 또 1451년(문종 원년)에 편찬된 《고려사지리지》 충주 조에는 "청풍현은 본래 고구려의 사숙이현(沙熟伊縣)으로 신라 경덕왕이 지금 이름으로 고쳐 내제군의 영현으로 삼았고, 현종 9년에 내속하였으며 뒤에 감무를 두었다. 충숙왕 4년에 현의 승려 청공(淸恭)이 왕사(王師)가 됨으로 인하여 지군사(知郡事)로 삼았다."라고 수록되어 있다.

지금은 면 단위에 불과하지만 한때 현과 군의 행정구역이었던 청풍, 그 청풍을 대표하는 문화공간은 한벽루(寒碧樓, 보물 제528호)다. 한벽루를 처음 지은 때는 1317년(고려 충숙왕 4)이며 이 지역 출신 승려 청공(淸恭)이 왕사(王師)가 되어 청풍현이 군으로 승격한 기념으로 지은 것이라 전한다. 이후 1397년(태조 6)에 군수 정수홍(鄭守弘)이 중수했고 이때 하륜(河崙, 1347~1416)이 중수기를 썼다. 1634년과 1900년에도 고쳐 짓고 보수를 거듭했으며 1971년 1월에 보물로 지정됐다. 그러나 다음 해인 1972년 홍수로 붕괴하였는데, 1975년 복원했다가 1981년 청풍문화재단지 조성에 맞춰 현재의 자리로 옮겨 세웠다.

《신증동국여지승람》 권14 충청도 청풍군 누정 조에는 "한벽루가 청풍현 객사 동쪽에 있으며 큰 강을 굽어보고 있다"고 원래의 자리를 말해 준다. 지금은 그 원래의 자리를 볼 수 없지만 간송미술관에 소장된 겸재(謙齋) 정선(鄭歚, 1676~1759)의 그림 〈한벽루〉와 국민대박물관에 소장된 이방운(李昉運, 1761~1815)의 화첩 《사군강산삼선수석》 등에 전하는 그림으로 한벽루의 옛 모습을 볼 수 있다.

얼음이 풀리는 시절이지만 아직 들길에는 눈이 덮여 있는 날 한벽루를 찾아갔다. 제자리를 떠나 객지에 우뚝 서서 천년의 세월이 묻은 이름을 지키고 있는 고루(高樓)는 얼어붙은 청풍호반을 굽어보고 있다. 맑은 바람[寒]과 푸른 물결[碧]의 상징이었던 이 누각은 지금 숱한 선비들이 찾아와 시주(詩酒)를 즐기던 옛날을 그리워하고 있을까?

높고 넓은 한벽루. 본채는 정면 4칸 측면 3칸에 중층 팔작지붕이다. 대리석 기단에 두 아름은 되어 보이는 원형 기둥을 세우고 2층에 마루를 깔았다. 왼쪽으로 정면 3칸 측면 1칸의 맛배지붕을 한 익랑(翼廊)을 달아냈다. 익랑을 달아낸 누정의 양식은 조선의 대형 누정에서 많이 보이는데 밀양 영남루(보물 제147호)와 남원의 광한루(보문 제281호) 등이 대표적이다.

제자리에 제 모습을 갖추고 있다면 주변 풍경과 어우러진 풍광이나 거쳐 간 선비들이 남긴 시문들이 현판에서 저마다의 흥취를 자

이방운(1761~1825)이 그린 〈금병산도〉에 나타난 한벽루의 모습.

아내고 있을 것이지만, 지금 한벽루는 인공으로 조성된 문화재 단지 안에서 오직 '문화재'로만 그 명성을 지킬 뿐이다. 안쪽에 즐비했을 현판시는 한 장도 보이지 않고 우암 송시열의 글씨로 된 '한벽루' 현판이 정면 중앙에 걸려 있고 뒤쪽에도 한 장의 현판이 있다. 안에는 조선 초기의 문신 하륜의 〈한벽루기〉 한 장이 2002년 진양 하씨 대종회에 의해 복구되어 걸려 있다.

내가 옛날에 여러 차례 죽령을 넘었는데 매번 청풍 군수는 길 옆에서 맞이하고 보내면서 말하기를 "군의 형세는 반드시 차고 푸른 것

(寒碧)을 위함이요" 하면서 주문절(朱文節) 공의 사구시를 읊었다. 나는 듣고 즐겼지만 바빠서 한번 들어가 올라 볼 여가가 없었다.

— 하륜〈한벽루기〉《호정집》

1406년(태종 6) 12월에 지은 하륜의 한벽루 중수기 도입부다. 청풍군수 정수홍이 편지로 하륜에게 중수기를 부탁하여 짓게 된 이 기문에 따르면, 정수홍은 하륜 대감이 인근을 지날 때면 마중을 나가 한벽루를 자랑했다. 그리고 주문절 공이 지은 사구시를 읊어 주곤 했던 모양이다.

정수홍이 하륜에게 들려주었던 사구시의 작자 주문절은 고려 고종 때의 문신 주열(朱悅, ?~1287)이다. 문절은 그의 시호(諡號). 남원판관, 나주, 정주, 승천, 장흥 등지의 수령으로 선정을 베풀었던 그는 충청 전라 경상 3도의 안렴사(安廉使)를 지내며 덕 높은 지방관으로 이름을 날렸다. 문장과 글씨에 능했고 성품이 활달했다는 그가 한벽루를 읊은 한 편의 칠언절구는 후대 누구도 범접하지 못한 절창이다.

水光澄澄鏡非鏡 물 빛 맑고 밝아 거울 아닌 거울이요
山氣靄靄煙非煙 산기운 자욱하니 안개 아닌 안개로다.
寒碧相凝作一縣 차고 푸른 기운 서로 엉기어 한 고을 되었거늘
淸風萬古無人傳 맑은 바람 만고에 전할 이 없네.

— 주열〈청풍객사한벽헌〉《동문선》권20

주열은 한벽루 아래 강물의 맑고 밝음을 '거울 아닌 거울'이라 하고, '안개 아닌 안개'로 자욱한 산기운을 드러내며 '중중'과 '애애'로 음운의 리듬까지 얻었다. 그리고 한벽루라는 누각의 이름이 허명이 아니라 그 차고 푸른 기운이 한 고을을 상징하고 있음을 입증하고 그 풍광이 영원히 전해지기를 바라마지 않았다. 제목에서 한벽헌이라 한 것으로 보아 처음에는 누각이 아닌 당우(堂宇)로 불렀던가 보다.

그러한 주열의 마음을 살려 군수 정수홍은 퇴락한 한벽루를 수리했고 그 앞뒤의 사정을 하륜은 중수기로 남기며 하나의 누각에 한 시대의 도(道)가 깃들어 있음을 천명했다.

누의 모습을 다듬고 고치는 것은 수령의 작은 일[末務]이다. 그러나 그 세움과 망가짐은 실로 한 시대의 도(道)와 상관이 된다. 한 시대의 도란 오르내림이 있으니 백성의 삶의 슬프고 기쁜 것과는 같지 않지만 누의 모습의 망가짐과 세워짐은 그것을 따른다. 대저 누 하나의 망가짐과 세워짐으로 한 고을의 슬픔과 기쁨을 알 수 있고 한 고을의 슬픔과 기쁨으로 한 시대의 도의 오르내림을 알 수 있으니 어찌 상관이 깊지 않다는 말인가?
— 하륜 〈한벽루기〉《호정집》

하륜은 이 기문의 마지막 부분에서 '다시 죽령을 지나게 되면 한벽루에 한 번 올라가 볼 것'을 다짐하면서 '그때도 주문절의 시를 읊조리면 그를 만난 것 같은 생각이 들 것'이라 했다.

시대 초월해 '무상' 전하는 시정(詩情)

누정은 한순간의 유희를 위한 공간이 아니다. 시대의 지성인들이 자연과 인간의 도를 논하고 희로애락의 심경을 시로 승화하던 문화 공간이다. 그래서 누정에는 시대를 초월하는 구도의 열정이 서려 있고 문물과 제도를 고뇌하는 다스림의 철학이 얽혀 있다. 옳고 그름으로 격돌하고 허탈과 비애로 애 끓이는 현실에서 물러난 여유와 망중한의 음유가 있는 곳이 누정이다.

청풍군수 정수홍이 선배 정치인 하륜에게 자랑 삼아 주열의 절창을 읊어 대는 모습을 상상해 보니 마음이 유쾌해진다. 특히 앞의 두 구절이 갖는 음악성이 시 구절을 입에서 맴돌게 하는 묘한 힘을 갖는다.

이 두 구절을 응용한 후대의 선비는 바로 퇴계(退溪) 이황(李滉, 1501~1570)이다.

> 寒碧樓高入紫冥　한벽루 높다랗게 자색하늘에 솟았는데
> 隔溪相對展雲屛　개울 건너 마주하니 구름병풍 펼친 듯
> 新晴晩倚孤舟望　갓 개인 저녁 외로운 배에 기대어 바라보니
> 非鏡非煙一抹靑　거울도 아니고 연기도 아닌데 온통 푸르름 덮였네.
> ─ 이황〈망한벽루〉《퇴계선생문집》

퇴계가 한벽루에 도착한 시간은 아마 저물녘이었나 보다. 300여

년 전의 주열이 한벽루 풍경을 '거울 아닌 거울'과 '연기 아닌 연기'라 표현하였으니, 후대의 퇴계 역시 '거울도 아니고 연기도 아니지만' 온통 푸름에 덮여 있음을 온전히 느껴 절구(絶句)를 이루어 냈다. 풍경이 세월과 무관하게 그 자리를 지키고 있으니, 사람의 감상도 세월과 상관없이 맑은 것은 맑고 푸른 것은 푸른 것이다.

그러나 풍경도 인심도 항상 같을 수는 없다. 변하고 변하는 것이 세상 만물이고 사람의 마음이다. 같은 한벽루이고 같은 사람이지만 시흥이 피어나는 것은 한순간의 정취에 따라 다를 수밖에 없다. 퇴계가 한벽루에서 하룻밤 묵으면서 쓴 한 편의 율시(律詩)는 앞의 절구와 사뭇 다른 분위기다.

半生堪愧北山靈　반평생 내 마음 북산 신령이 부끄러워라
一枕邯鄲久未醒　하룻밤 부귀공명 덧없는 꿈 깨지 않았네.
薄暮客程催馹騎　황혼의 타향길을 역마로 달리다가
淸宵仙館對雲屏　맑은 밤 신선집에 구름병풍 대하였네.
重遊勝地如乘鶴　승지에 다시 노니 나는 학을 탄 것 같고
欲和佳篇類點螢　꽃다운 시 화답하니 반딧불이 옷에 앉은 듯
杜宇聲聲何所訴　접동새 소리마다 무엇을 하소연 하는가.
梨花如雪暗空庭　배꽃이 눈처럼 빈 뜰에 쌓이네.
　　　　　　　　― 이황〈숙청풍한벽루〉《퇴계선생문집》

퇴계는 한벽루에서 깊은 성찰의 시간을 갖고 있다. 객사의 누각

에 묵으며 살아온 날들을 되짚어 반성하는 유자(儒子)의 겸허함이 드러난다. 첫 행에 나오는 '북산의 신령'은 제나라 주옹(周顒, 생몰년 미상)의 일화를 끌어온 것이다.

즉 제나라의 주옹이라는 사람은 재주가 남달랐으나 스스로 북산에 들어가 은둔의 삶을 자처했다. 그러나 왕의 부탁을 받아 현령 벼슬을 살았다. 그러한 그가 다시 북산으로 들어가려 할 때 남제의 공치규(孔稚圭, 447~501)가 주옹을 신랄하게 비판하는 "북산이문(北山移文)"이라는 글을 써서 북산으로 돌아오는 것을 막았다는 고사다.

퇴계는 자신의 반평생 벼슬살이를 주옹의 변절에 비유했으니, 벼슬에서 물러나 학문에 몰두하며 후학 양성에 힘쓰고자 하는 바람을 이루지 못하는 자신을 자책하는 것이다. 그러나 막상 한벽루의 아름다운 풍경 속에서는 학을 탄 듯한 기분을 만끽하고 있다. 늘 겸허하고 온후했던 퇴계는 자신이 지금 한벽루에서 읊는 시가 선비의 옷깃에 앉은 반딧불이의 빛에 불과하다고 겸양하고 있다. 이 부분 '선비의 옷깃에 앉은 반딧불'은 두보(杜甫, 712~770)의 시 〈반딧불(螢火)〉의 '책을 비칠 만한 빛은 못 돼도 때로 나그네의 옷에 앉아 빛을 낸다'는 구절을 인용한 것이다.

애절한 접동새 소리와 눈처럼 쌓이는 흰 배꽃을 감상하는 마음은 절실하기만 하다. 무언가를 하소연하는 접동새 소리와 눈처럼 마당에 쌓이는 배꽃으로 절정에 이르는 퇴계의 시심은 무상(無常)으로 통하고 있다.

여기서 '한벽루가 청풍의 객사 동쪽 큰 강가에 있다'던 《신증동국여지승람》의 기사를 기억해 볼 필요가 있다. 한벽루에서 지어진 시 속에 흐르는 '나그네의 마음'을 놓쳐서는 안 되기 때문이다. 한벽루의 풍경을 만난 시인들은 하나같이 여행 중이었기에, 객사 동쪽의 누각과 풍경을 대하는 나그네의 감성이 어떻게 드러나는가를 살필 수 있다.

퇴계가 한벽루에서 중국의 주옹 고사와 고려의 주열을 끌어들여 자신이 느끼는 황홀경과 무상감을 노래했다면, 한 세대 앞에 살았던 삼탄(三灘) 이승소(李承召, 1422~1484)는 무릉도원의 삶을 구가하는 노래를 읊으며 이상과 현실의 간격을 어루만졌다.

> 行盡湖南五十城　호남의 오십 성을 다 다니고서
> 勝區今日愜幽情　좋은 데서 오늘은 그윽한 정 흐뭇하네.
> 靑樓百尺凌雲迥　푸른 누각 백 척 구름 너머 아스라하고
> 翠壁千尋削鐵成　파란 절벽 천길 쇠를 깎아 만들었네.
> 山好使人思蠟屐　산이 좋아 나막신이 생각나게 하는구나.
> 江淸邀我濯塵纓　강이 좋아 날 맞으니 먼지 묻은 갓끈을 씻네.
> 桃源未必非人世　도원이 인간세상 아닌 것도 아니구나
> 擬逐魚翁送此生　어옹 따라 이 내 생을 보내 보면 어떨는지.
> ── 이승소 〈청풍한벽루〉 《삼탄집》 권4

세종 20년(1438) 열일곱 나이로 진사시에 합격하고 9년 후 식년시 문과에서 장원급제한 이승소는 중앙 내직의 문관으로 승승장구했

우암 송시열(1607~1689)의 글씨를 새긴 정면 중앙 현판.

다. 단종과 세조 시대에도 탄탄하게 관직을 살았던 그는 44세 되던 해(1465)에 충청도 관찰사로 부임했다.

그즈음 쓴 것으로 보이는 이 시에서 이승소는 한벽루의 풍광을 매우 역동적으로 묘사하고 있다. 백 척의 누각과 천 길의 절벽이 이루는 명승지에서 그는 먼지 묻은 갓끈을 씻는다고 노래한다. 먼지 묻은 갓끈을 씻는다는 표현은 조선 선비들의 시편에 자주 등장한다.

선비에게 갓은 신분의 표상이고 본분(本分)을 잃지 않음의 상징이다. 그런 갓을 벗어서 끈을 씻는다는 것은 외양으로 드러나는 격을 내려놓고 쉬는 것을 말한다. 갓을 벗어 놓고 쉬는 마음, 요즘으로 말하면 넥타이를 풀어 헤치고 쉬고 싶은 심경일 것이다. 아무튼, 누각도 절벽도 산도 강도 좋은 한벽루의 풍경 속에서 이승소는 유쾌한 휴식을 취하는데 그 휴식을 통해 '무릉도원이 인간 세상에 없으란 법도 없다'는 생각을 하게 된다. 지금 이 순간, 갓 벗어놓고 푸욱 쉬는 쾌락이면 무릉도원도 안 부럽다는 것이 아니겠는가? 그래서 도연명의 〈도화원기〉에 등장하는 어부처럼 자신의 삶도 무릉도원을 찾아가고 싶어지는 것이다.

그러나 그는 끝내 벼슬길을 버릴 수 없었다. 무릉도원을 꿈꾸는 것은 한순간의 객창감일 뿐, 현실로 돌아가지 않을 수 없는 현실은 예나 지금이나 다를 것이 없다. 이승소는 이후 예종과 성종시대까지 고위관직을 유지하며 순탄한 삶을 살았다. 어쩌면 현실에서의 순탄함이 바로 무릉도원은 아니었을까?

사암(思庵) 박순(朴淳, 1523~1589)의 경우도 한벽루에서 한껏 객창감을 길어 올리며 두 수의 단시를 지어 벼슬살이의 덧없음을 읊었다.

客心孤逈自生愁　나그네 마음은 외롭고 멀어서 스스로 시름 일어나는데
坐聽江聲不下樓　앉아 강물소리 들을 뿐 누각에서 내려오지 않았네.
明日又登官道去　내일 다시 벼슬길 떠나게 되면
白雲紅樹爲誰秋　흰 구름 붉은 나무, 누구를 위한 가을인가.

日落寒江生自烟　해 지니 차가운 강에 저절로 안개 생겨나고
擁樓山色更蒼然　누대를 둘러싼 산 빛은 더욱 어두워졌네.
半輪己掛秋空月　반달은 이미 가을 하늘에 걸렸으니
不用紅紗照坐邊　홍사초롱으로 앉은 자리 비칠 것 없네.

— 박순 〈청풍한벽루〉《사암집》

첫 번째 시에서 박순은 벼슬살이로 떠도는 자신의 인생이 시름겨운 것임을 적나라하게 드러내고 있다. 한벽루의 맑고 장엄한 풍경과 가을이라는 시간적 배경이 지식인이 느끼는 무상감을 더욱 부채질하고 있음이다. 지금은 객사에서 하룻밤 묵는 처지이고 내일이면 다시 공무를 위해 떠나야 할 몸, 자신이 떠난 뒤에 황홀경의 가을이 찾아온들 무슨 소용이 있겠는가 말이다.

두 번째 시의 배경도 가을과 밤으로 점철되고 있다. 보름달도 아니고 반달이 광활한 가을 하늘에 걸렸지만, 그 빛으로도 충분하여 초롱불이 필요 없다고 한다. 조촐한 객사의 하룻밤이 그림처럼 그려지고 있으니 무욕(無慾)의 나그네는 그저 달빛에 젖고만 있을 뿐인가 보다.

사암보다 한 세대 앞서 살았던 성재(醒齋) 유운(柳雲, 1485~1528)은 "끝없이 멀리 외로운 배에서 들려오는 피리 소리는(無端萬里孤舟笛) 한 조각 돌아가는 마음 아득한 동정호여!(一片歸心杳洞庭)"(《한벽루, 대동시선》)라고 했다. 한벽루에서 느끼는 무한 상상의 시심은 중국의 넓은 호수 그 바다 같은 아득함으로 확장되어 갔던 것이다. 시공을 넘어 무한하게 펼쳐지는 시심은 그 자체로 해탈이 아니겠는가?

난간에 기대어 북쪽만 바라보는 류성룡

서애(西厓) 류성룡(柳成龍, 1542~1607)도 임진왜란 도중에 한벽루에서 묵으며 시시각각 변하는 전시 상황에 눈물을 흘렸다. 그가 한벽루에서 쓴 시의 제목은 〈청풍의 한벽루에 묵으면서(宿淸風寒碧樓)〉인데 서문 삼아 병서(竝書)한 내용이 몹시 애잔하다.

임진년에 나는 거가를 호위하여 의주에 갔었다. 7월에 요동 부총병(遼東副摠兵) 조승훈(祖承訓)이 군사 5천 명을 거느리고 구원하러 왔는데, 내가 먼저 안주(安州)로 나가 군사의 식량을 조달했다. 조승훈은 평양을 공격해 들어갔으나 불리하여 되돌아가고, 나는 그대로 안주에 머물렀다.

(중략)

이날 밤 나는 고령현(高靈縣)에서 묵었는데, 거기서 30리 떨어진 초계(草溪)에 적이 벌써 들어와 있었다. 나는 장병들을 불러 모아 우도(右道) 한쪽이나마 지켜 보존하려고 했는데, 총병 유정(劉綎)과 유격 오유충(吳惟忠)이 모두 군사를 거느리고 와서 합천(陜川)에서 합류하였다. 나도 역시 그들을 따라 합천에 이른 지 수일 만에 부름을 받고 행재소(行在所)로 가는 길에 안동에 들러 어머님을 뵙고 죽령을 넘어 원주 신림원(新林院)에 이르렀다.

다시 분부가 내려 "우선 본도에 머물러 제장들을 단속하라." 하기에, 드디어 신림에서 도로 청풍에 이르러 한벽루에 올라보니, 사세에 따라 감회가 일어 심정이 말[辭]에 나타나게 되었다. 이때 거가는 해주에 머물러 있었다.

落月微微下遠村　지는 달은 희미하게 먼 마을로 넘어가는데

寒鴉飛盡秋江碧　까마귀 다 날아가고 가을 강만 푸르네.

樓中宿客不成眠　누각에 머무는 손 잠 이루지 못하는데

一夜霜風聞落木　온 밤 서리 바람에 낙엽 소리만 들리네.

二年飄泊干戈際　두 해 동안 전란 속에 떠다니느라

萬計悠悠頭雪白　온갖 계책 지루하여 머리만 희었네.

衰淚無端數行下　서러운 두어 줄기 눈물 끝없이 흘리며

起向危欄瞻北極　아스라한 난간 기대고 북극만 바라보네.

— 류성룡 〈숙청풍한벽루〉 《서애선생문집》 제1권

　한벽루를 다녀간 모든 사람이 시를 짓지는 않았지만, 세상사 시름을 잊게 하는 풍경에 취하여 어떤 이는 인생무상을 느끼고 어떤 이는 삶의 새 힘을 얻기도 했을 것이다. '누 하나의 망가짐과 세워짐으로 한 고을의 슬픔과 기쁨을 알 수 있고 한 고을의 슬픔과 기쁨으로 한 시대의 도의 오르내림을 알 수 있다'고 한 하륜의 정자에 대한 정의는 명언이다.

　퇴계의 무상감과 서애의 비감(悲感), 사암의 무욕과 갓끈을 씻던 삼탄의 꿈. 새봄이 오면 저 높다란 마루에 그들이 찾아와 흥겨운 술판이라도 벌일 것만 같다.

합천 농산정陜川 籠山亭

흐르는 물로
온 산을 에워쌌네

狂噴疊石吼重巒　첩첩 바위 사이를 미친 듯 달려 겹겹 봉우리 울리니,

人語難分咫尺間　지척에서 하는 말소리도 분간하기 어렵구나.

常恐是非聲到耳　속세의 시비 소리가 혹시라도 귀에 들릴세라,

故教流水盡籠山　짐짓 흐르는 물로 온 산을 에워싸게 하였다.

— 최치원 〈제가야산독서당〉

단풍 속 독서당 풍경

만산홍엽(滿山紅葉). 글자 그대로 온 산이 울긋불긋, 가을은 익을 대로 익어 있다. 11월 첫 번째 주말 가야산 홍류동 계곡 '소리길'은 절정에 이른 단풍을 즐기려는 사람들로 가득하다. 두런두런 이야기를 나누며 물가를 따라 올라온 사람들이 철제 구름다리를 밟고 물 건너 길로 들어서는 곳. 아름드리 소나무 숲에 고졸(古拙)한 정자 하나가 콸콸 흐르는 물소리에 귀를 기울이고 있다. 농산정(籠山亭, 경남 문화재자료 172호)이다. 신라 말의 거유(巨儒) 고운 최치원(孤雲 崔致遠, 857~?)이 처음 지은 정자다. 당시 이름은 농산정이 아니었을 것인데 후에 다시 지어지며 최치원의 〈제가야산독서당(題伽倻山讀書堂)〉이라는 시에서 글자를 딴 것으로 보인다.

지금의 농산정은 1936년에 보수한 것이다. 그전에도 정자가 있었지만, 건립 시기는 알 수 없고 1922년에 해체되었다. 앞면과 옆면이 무도 2칸이며 지붕은 팔작지붕으로 구성되었다. 소리길 걷기 코스에 자리하고 있어서 사람들이 신발을 신고 마구 올라가는 통에 난간과 마루판이 거칠다.

앞쪽 계곡 물살은 집채만 한 바위를 헤치며 쏟아지듯 흐르고 뒤로는 빽빽한 솔숲이다. 최치원이 이곳에서 글을 읽으며 노닐다가 어느 날 문득 관(冠)과 신발을 벗어 두고 신선이 되어 떠나 버렸다는 이야기를 믿어야 할 것만 같은 선경(仙境)이다.

낙엽귀근(落葉歸根). 낙엽은 떨어져 다시 뿌리로 돌아간다. 자연의 질서는 숨 막히게 엄숙하다. 그리고 고요하다. 소리 없이 변해 가는 그 거대한 힘이 자연이다. 물소리가 시끄러워도 십 리를 못 가고 바람 소리 요란해도 사나흘을 가지 못한다. 그저 때를 알아 꽃 피고 잎 지는 그 고요한 질서 앞에 만물이 순응하고 있을 뿐이다.

꽃 진 자리에 열매 맺는 도리는 자연이 보여주는 지고한 법문이다. 무한한 순환으로 이어지는 연기적 질서를 누가 거역할 수 있을까? 당대 최고의 학자요 문장가였던 최치원은 홍류동 계곡에서 자연이 들려주는 거대한 법문에 귀가 멀고 눈이 멀어 자연으로 돌아가 버렸는지도 모른다. 잎이 떨어져 뿌리로 돌아가듯.

사람은 갔어도 그의 흔적은 바위글로 정자로 숱한 이야기로 남아 있으니, 농산정으로 건너가는 구름다리에 서서 계곡물을 바라보며 최치원과 농산정의 정취를 그려낸 시 한수를 더듬어 본다. 성종 25년(1494) 합천군수로 재직 중 병사한 유호인(俞好仁, 1445~1464)의 작품이다.

> 林間冠履去茫茫　수풀 사이 관과 신발 벗어두고 가버린 지 아득해도
> 誰識儒仙本不亡　누가 알리오, 유선은 본래부터 없어지지 않았음을.
> 流水籠山吟已遠　유수와 농산을 읊은 일이 이미 멀어
> 風雲空護讀書堂　바람과 구름만 부질없이 독서당을 에워쌌네.
> ── 유호인 〈해인사회고〉(연작시 4수 중 3수) 《뇌계집》 권 2

육두품(六頭品) 최치원. 신라의 유학을 대표할 만한 학자들을 배출한 최씨 가문 출신 최치원은 12세에 당나라로 유학을 떠났다. 신라 말 육두품은 왕족이 아니었으니 그리 화려한 신분이 아니었다. 열심히 공부해서 입신출세의 기반을 다지고도 이런저런 공을 세워야 하는 위치였다.

예나 지금이나 출세를 위한 학업은 해외유학을 통해 더욱 분발되는 것인가? 신라의 육두품들은 당나라 유학길에 오르는 것을 최상의 가치로 여겼고 나라에서도 적극 장려하여 입당(入唐) 유학생들은 모두가 국비생이었다. 12세 최치원의 조기유학도 출세를 위해 절실한 것이어서 그 아버지는 "10년 동안에 과거에 급제하지 못하면 내 아들이 아니다"고 말할 정도였다.

이국땅에서 최치원은 열심히 노력했다. 졸음을 참으려고 허벅지를 찌르고 천정에 상투를 매달았을 정도로. 노력의 대가는 빨리 주어졌다. 유학 6년 만인 18세에 외국인을 위해 설치된 빈공과(賓貢科)에 합격했다. 그리고 그는 2년 동안 낙양(洛陽) 지역을 떠돌며 시 쓰기에 몰두했다. 천하를 감동시킬 시인이 되고 싶어서? 그런 것은 아니었다.

빈공과는 정식으로 인재를 등용하는 과거 시험이 아니었다. 급제를 하면 '그만하면 할 만치 했다'는 정도로 실력을 알아주는 계기가 되거나 하찮은 말직 하나를 얻어 받을 뿐이었다. 최치원의 유랑과 시 쓰기는 신라 사람으로서 당나라의 벼슬을 받기 위해 굉사시(宏詞試)를 겨냥한 것이었다. 그의 집념은 강했다. 지방관 가운데 최고 말단직인 종9품하의 현위라는 벼슬에 만족할 수 없었다. 그래서 율수 고을의 현위 자리를 사임하고 숲에 들어가 시부(詩賦)를 갈고 닦았다.

그러나 시절인연은 최치원의 노력과는 상관없이 돌아가고 있었다. 그가 숲에 들어가 배고픔을 참으며 공부하는 때에 굉사시가 중단되어 버렸122다. 그리고 나라의 과거제도는 혼란에 빠지고 말았으므로 그에게 과거를 통한 출세의 길은 요원해져 버린 것이다. 학문을 수련하며 관직 진출을 열망하던 최치원은 당대의 실세로 부상한 고변(高騈)에게 몸을 의탁할 수밖에 없었다.

海內誰憐海外人	해내 사람 누가 해외 사람을 가엾게 여기리까.
問津何處是通津	묻노니 어느 곳 나루가 내가 가야 할 나루이온지.
本求食祿非求利	본래 먹을거리를 구했을 뿐 이익을 구하지 않았으며
只爲榮親不爲身	다만 어버이 빛내려 했지 내 한 몸 위하지 않았소.
客路離愁江上雨	나그넷길 다시 헤어지는 시름 강 위의 빗줄기로 내리고
故園歸夢日邊春	고향으로 돌아가고픈 꿈은 하늘 끝에 봄날로 펼쳐집니다.
濟川幸遇恩波廣	냇물 건너다 다행스럽게 은혜의 물결 만났으니
願濯凡纓十載塵	속된 갓끈에 십 년 묵은 먼지 다 씻어버리기 바

라옵니다.

— 최치원 〈진정상태위〉《계원필경》

　자신의 방황을 이토록 절실히 표현하고 자신의 일신을 이렇게 절박하게 드러내야 했던가? 최치원은 수많은 시를 지어 바치며 자신의 기량을 유세한 덕분에 마침내 고변에게 발탁되었고 난을 일으킨 황소(黃巢)를 칠 때 종사관이 되었다. 당시 고변에게 지어 바친 시가 30여 수나 된다.

　위기는 새로운 기회를 데리고 오는 법. 최치원은 고변의 종사관이 되어 그 유명한 〈토황소격(討黃巢檄)〉을 지었는데, 황소는 그 글을 읽다가 "천하의 모든 사람이 너 죽일 생각을 할 뿐 아니라, 땅속의 귀신들도 이미 몰래 너를 죽이자고 의논하였을 것이다"라는 대목에서 깜짝 놀라 침상에서 떨어졌다고 한다. 그로부터 황소는 세력을 잃고 항복했으니 최치원의 글 한 편이 천하를 어지럽히던 도적을 물리친 결과로 이어졌음이다.

　최치원은 벼슬이 높아지고 황제로부터 자금어대(紫金魚袋)를 하사받기까지 했다. 자금어대는 궁궐을 마음대로 드나드는 '프리패스'였으므로 이국인 최치원에게 상당한 영예가 아닐 수 없었다. 하지만 이방인에게 벼슬은 한계가 있었고 주변 사람들의 눈치는 갈수록 각박해졌다.

최치원의 좌절과 고독

　결국 17년의 관직 생활을 청산하고 귀국한 최치원은 고국에서 뜻을 펼치고 싶었다. 그러나 육두품의 한계와 오랜 외국 생활로 권력의 핵심에 닿은 '인맥'도 없는 그를 견제하는 무리들 사이에서 잠을 수 있는 것은 별로 없었다. 당나라에서 지은 글들을 묶은 《계원필경》을 왕에게 바치기도 했지만 그게 신통력을 가질 수도 없었다.

　당나라에서 정처 없는 시절을 충분히 겪었건만 돌아온 고국에서도 다시 외로웠다. 귀국 후 최치원은 많은 글을 지었고 많은 일을 했다. 그러나 그가 뜻하는 세상은 오지 않았고 그가 원하는 자리는 주어지지 않았다. 그래서 고독하고 좌절해야 했다.

> 秋風唯苦吟　가을바람 맞으며 괴로이 시를 읊지만
> 擧世少知音　세상 어디에도 마음 알아주는 벗이 적구나.
> 窓外三更雨　창 밖에는 밤 깊고 비가 내리는데
> 燈前萬里心　몸은 등불 앞에 있지만 마음은 아득하여라.
> 　　　　　　　　　　　── 최치원 〈추야우중〉《계원필경》(《동문선》)

　최치원의 대표작이란 수식어가 따라붙는 이 절구에서 그의 절절한 마음을 아리게 읽을 수 있다. 권력의 중심을 떠나 지방관으로 돌던 그는 가야산 홍류동 계곡으로 들어갔다. 해인사에 인연이 있어 선택한 마지막 거주지였다. 육두품 최치원의 치열한 삶은 홍류동 계곡에서 독서와 자연을 닮아가는 둔세(遁世)의 시정으로 마감됐다.

그래서 농산정은 둔세의 상징이 되었고 많은 후인(後人)들이 홍류동과 농산정에서 최치원을 기리는 시를 읊으며 세상살이의 각박함을 비탄해 마지않았다. 최치원이 유학은 물론 불교와 도교에도 깊은 조예를 보였던 만큼 뒷사람들은 사상적인 편견 없이 최치원을 흠모하고 경외했다. 김종직(金宗直)의 시에 그러한 정서가 오롯이 보인다.

孤雲佳遯客　고운은 세상 은둔한 나그네인데
白日大名聞　백일하에 큰 명성이 들리었네
巾屨同蟬蛻　두건과 신은 매미 허물 벗듯 했고
風標混鶴群　풍채는 학의 무리에 섞이었어라
碁盤空剝落　바둑판은 속절없이 이지러졌고
詩石半劖分　시 적은 돌은 반이나 갈라졌네
細履仿佯地　거닐던 지경을 세밀히 걷노라니
追懷祇自勤　추모의 생각만 절로 간절하구나
　　　　── 김종직 〈해인화판상운삼수극기동부〉《점필재시집》 제14권

이 시의 제목을 풀어보면 김종직이 극기(克己)와 함께 해인사 판상에 화답하여 3수를 지었다는 내용이다. 극기는 김종직의 제자로 앞에 시를 보인 유호인의 호이다. 앞에 보인 시도 연작시 중의 일부이듯 이 시 역시 김종직의 연작 3수 가운데 두 번째 시다. 어쩌면 스

승과 제자가 함께 해인사로 와서 홍류동 계곡을 거닐며 최치원의
생애를 이야기하고 마침내 함께 존경과 추모의 마음을 시로 썼는지
도 모르겠다. 아무튼 김종직도 최치원의 삶이 신선의 경지로 승화
되어 있음을 찬탄과 추모의 시정으로 드러내고 있다.

소리길에서 들리지 않는 소리

홍류동 계곡에 '소리길'이 만들어지고 트레킹하는 사람들이 몰려
들면서 농산정에 눈길을 주는 사람들도 늘어났다. 그와 함께 초췌
한 정자의 자태가 더욱 빨리 훼멸되어 가는 것도 막을 수 없는 이치
일 것이다. 별다른 장치 없이 개방되어 있던 정자에 사람들이 신발
을 신은 채 함부로 드나들었던지 돌계단을 위에 줄을 쳐 두었는데
그 모양이 더 안쓰럽다.

내부에는 많은 현판들이 걸려 있다. 상량문과 기문 그리고 시문
들이 적혀 있고 정자가 작아서 현판들도 크지 않다. 정자 옆에는 '고
운최선생둔세지(孤雲崔先生遯世地)'라고 새겨진 비석이 있고, 그 앞
의 집채만 한 바위들에도 빼곡하게 이름들이 새겨져 있다. 계류 중
앙의 바위 위에 '가야산홍류동고운제시석처'라는 제목의 글이 새겨
진 비석도 서 있다. 이 비석은 1996년에 해인사 출신의 지관(智冠,
1932~2012) 스님이 최치원의 생애와 이 농산정에서 둔세한 이야기로
비문을 작성하여 세운 것이다.

농산정(籠山亭, 경남문화재자료 172호).
아래는 농산정 현판에 새겨진 최치원의 〈제가야산독서당(題伽倻山讀書堂)〉.

狂噴疊石吼重巒	첩첩 바위 사이를 미친 듯 달려 겹겹 봉우리 울리니,
人語難分咫尺間	지척에서 하는 말소리도 분간하기 어렵구나.
常恐是非聲到耳	속세의 시비 소리가 혹시라도 귀에 들릴세라,
故教流水盡籠山	짐짓 흐르는 물로 온 산을 에워싸게 하였다.

— 최치원 〈제가야산독서당〉《동문선》권 19

최치원이 농산정 맞은편 석벽에 새긴 이 시는 둔세시의 상징이다. 흐르는 물소리로 온 산을 둘러싸 시비하는 세속의 소리가 들리지 않도록 하려는 절묘한 표현. 최치원이 아니고는 누구도 할 수 없을 절창이다. 그만큼 최치원은 철저히 세속을 버리고 싶었기에 홍류동 계곡에서 신선이 되어 사라졌다는 이야기까지 전해진 것이다.

최치원의 둔세는 출세 지향의 몸살을 앓던 중국에서도 귀국한 고국에서도 뜻을 펼치지 못한 지성인이 가져야 하는 가장 커다란 절망과 좌절을 배경으로 가치를 상승시킨다. 결코 뛰어넘을 수 없었던 신분적 한계와 몰락해 가는 왕조의 균열 속에 들끓는 시기와 견제가 아니라면 그의 둔세는 별 볼 일 없는 도피행각에 불과했을 것이다.

삶은 누구에게나 고단하다. 대부분의 사람이 행복보다는 불행한 순간이 많다고 느끼지만, 그래도 짧은 행복의 기억으로 또 새로운 희망을 길어 올린다. 둔세의 바탕은 행복과 불행의 어느 한 편이 싫고 좋고의 문제가 아닐 것이다. 속세의 시비 소리가 싫고 좋고의 문제도 아닐 것이다.

둔세는 세간을 떠난 출세간에서 삶을 완성하려는 강렬한 원력의 실천이다. 물론 도망쳐 봐야 부처님 손바닥 안일 수도 있다. 세상을 피해 들어간 그곳도 인간 세상이 아닐 수 없으니 말이다. 다만, 물소리를 에워싸서라도 세속의 시비를 듣지 않으려는 그 단단한 마음이 있음으로써 출세간적 삶을 가능하게 할 것이고 그로부터 독야청청할 수 있는 힘도 생기는 것이 아니겠는가?

홍류동은 최치원의 학식과 인격 그리고 삶의 완성을 향한 열정이 새겨진 둔세의 공간이고 그 중심이 독서당이다. 바위벽에 새겨 둔 시 한 수가 그 모든 의미를 입증하며 비바람을 건디고 있다. 오늘날 농산정 안쪽에 걸린 후손들의 글은 농산정이 입증하는 둔세의 미학을 찬탄하고 있다.

하지만 농산정에 걸린 시들은 개인 문집을 남길 정도로 유명한 인물들의 시가 아니다. 군수나 지역 유지들로 보이는 인물들이 이곳을 방문해 최치원을 기리는 마음을 읊은 것들이 대부분이다. 때문에 정자 안에 걸린 판상시들의 번역본을 찾기가 매우 어려워 현암 소병돈(동방대학원대학 교수) 선생에게 번역을 부탁했다.

流水聲中聳翠巒　흐르는 물소리에 푸른 산 우뚝하니
淸風百世在斯間　맑은 바람 백세 동안 여기에 있네.
詩登雅譜亭名擅　시의 족보에 등재되어 이름을 떨치나니
長使人○仰若山　오래도록 사람으로 하여금 산을 우러르게 하네.
　　　　　　　　　　　　　　― 최영하 〈농산정〉 판상시

정자의 뒤편에 걸린 현판은 '농산정'이라는 이름을 크게 새기고 그 왼쪽에 이 시를 붙였다. 말하자면 정자의 이름을 찬탄하는 헌시인 셈이다. 시의 말미에는 작시의 시기와 작가의 이름도 선명하다. "정유 중동 후손통정대부시종원시종영하근고(丁酉 仲冬 后孫通政大夫侍從院侍從榮夏謹稿)"

작가 최영하는 조선 말기의 관료다. 사전에 의하면 1854년에 태어나 1887년 육영공원(育英公院) 사첨(司籤)으로 관직을 시작, 1895년 궁내부 외사과 주사, 궁내부 참서관 겸 외사과장, 시종원 시종, 1899년 농상공부 협판, 외부 협판, 한성부 판윤(겸임 한성부재판소 수반판사), 회계원경 등을 역임했다. 시가 지어진 정묘년은 1897년이니 43세쯤에 쓴 것이다.

무슨 이유에서인지 모르지만, 마지막 구절의 글자 하나가 새겨지지 않았는데 문맥의 흐름상 '情'이나 '心'이 아닐까 싶다. 최영하는 농산정에 현판을 만들어 걸면서 농산정의 풍경과 함께 최치원의 시업을 기리고 그 높은 산(인품)을 우러르는 후손의 경건한 마음을 드러내고 있다.

紅流洞裏白雲繼　홍류동 속에 흰 구름 가득한 산봉우리
勝地奇形露世間　명승지에 기이한 모습으로 세상에 드러났네.
石面千季名不朽　바위들 천 년 지나도 그 이름 여전한데
兩賢筆蹟重於山　두 어른 필적이 산보다 무거운 듯하다오.

── 거창군수 최윤정(崔允鼎)

瀑作銀鈴石作巒　폭포는 은방울 짓고 돌은 봉우리 만드니
先生遺跡在斯間　선생의 유적이 이곳에 있음이라.
一區獨漏烟塵世　한 구석에 유독 세상티끌 없나니
認是三神即此山　이것은 삼신이 이 산에 있기 때문이라오.

— 후손 재붕(在鵬)

萬古紅流吼此巒　만고에 홍류동 물길 이 봉우리서 토하니
腥塵不到洞天間　티끌먼지 이곳에는 이르지 않는다오.
文昌一過遺芬在　문창후께서 지나심에 향기 남았는데
名重儒林志重山　큰 이름 선비의 뜻이 산보다 무겁구나.

巫峽重重十二巒　무협계곡 이어져서 열두 봉우리인데
勝形那似此中間　그 절경은 어찌 홍류동 계곡 닮았던가.
奐然祠宇依雲在　고색창연한 사당이 구름과 벗하나니
慕以羹墻仰以山　제사로 추모하고 홍류동을 우러르네.

— 후학 김규태(金圭泰)

伽倻形勝聳層巒　가야산 모습 층층의 봉우리에 우뚝하니
仙境紅流洞壑間　신선의 땅인 홍류동 계곡 구릉일세.
不忘光賢遺蹟地　높은 현인의 유적지 잊지 못하나니
看亭幽聞是籠山　정자 바라보매 농산의 소리가 들리는 듯.

— 후손 광석(光錫)

先生名節重伽㟧　선생의 이름과 절개 가야산보다 중하니

曾率妻孥隱此間　일찌기 식솔을 이끌고 여기에 은거했네.

百世儒賢追慕地　백세의 큰 선비 추모하는 곳에서

俯聽流水仰看山　허리 숙여 물소리 듣고 고개 들어 산을 보네.

— 후학 전효일(全孝一)

千載孤亭立翠㟧　천 년의 외론 정자 푸른 산에 우뚝하니

雲翁不復趴人間　고운선생 다시는 인간세상 오질 않으시니

誰更昌文東魯地　누가 다시 훌륭한 글로 동쪽에 노나라 세울까

寒烟羅得舊江山　차가운 안개 비단처럼 옛 강산 둘렀네.

— 후예 최한연(崔漢年)

翼然亭子在靑㟧　나는 듯한 정자가 푸른 산에 있나니

風月烟霞水石間　풍월과 연하의 계곡 속에 있다오.

指點先生仙化處　이곳은 선생께서 신선 되신 곳일지니

天空地闊但雲山　하늘과 땅이 드넓고 신령스럽다네.

— 노상동(盧相東)

농산정의 운자로 지은 시들은 한결같이 주변 풍경과 최치원의 삶을 찬탄하고 있다. 그러나 오늘날의 농산정은 사정이 다르다. "물소리가 온 산을 에워싸 세상의 어떤 소리도 들리지 않는" 경지가 어떤 것인지 몰라도, 온종일 농산정 앞길에는 트레킹 나선 산객들의 발

길이 이어졌다. 정자 맞은편 최치원을 배향한 가야서당은 재산권을
둘러싼 후손들의 갈등으로 수년째 문이 닫혀 있다.

　이제 농산정은 둔세의 터전이 아니다. 다시 어디에서 물소리로
산을 에워싸야 할 것인가?

문경 석문구곡 聞慶 石門九曲

아홉 굽이 풍경에 비친
옛 시인의 풍류

道心靜似山藏玉	도를 닦는 마음 산 속에 옥을 숨긴 것과 같고
書味淸於水養魚	책 읽는 맛 물속에 고기를 기르는 것 같네.
四壁雲山摩詰畵	사방에 둘린 구름 낀 산은 마힐의 그림이요
一窓花鳥杜陵詩	창가에 어우러지는 꽃과 새는 두보의 시로다.

― 작자 미상

물과 바위의 공덕

자연 속 좋은 경치를 찾아가는 마음은 예나 지금이나 다를 것이 없다. 피곤한 일상의 휴식을 위해서든 옹졸한 마음을 수양하기 위함이든 자연이 치유의 공간이고 수양의 공간임에 틀림이 없기 때문이다.

자연 속 좋은 경치를 이루는 중요한 요소로 물과 바위가 빠질 수 없다. 꽃이나 나무, 다리와 건축물 등 여러 가지가 추가될 수 있겠지만 물과 바위에 비할 수는 없다. 문학에서 흐르는 물과 기묘한 바위는 풍부한 상상력의 원천이나 메타포의 다양한 보조관념으로 설정된다.

특히 자연에서 도(道)에 이르는 길을 배우고자 했던 유자(儒者)에게 물과 바위는 자신의 심경을 드러내는 중요한 경물(景物)이다. 노자도 '물의 6가지 덕목(水有六德)'이나 '최고의 선은 물과 같다(上善若水)'는 말씀으로 물을 통해 도의 지극한 경지를 보이지 않았던가?

조선의 선비들은 수양의 최적소로 맑은 물과 기기묘묘한 바위는 물론 치솟은 봉우리, 활연한 들판과 유려한 개울들이 펼쳐진 곳을 선호했다. 그러한 자연 공간은 교활하고 삭막한 현실을 벗어나 '좋은 세상'을 추구했던 유자들에게 영원한 유토피아였다. 수양의 방편인 자연이 수양의 경지를 드러내는 방편으로도 십분 활용되며 많은 시가(詩歌)를 생산하게 했다. 인간의 산수지락(山水之樂)은 하늘의 이치와 인간의 도리를 빛내는 열반락(涅槃樂)이다.

무이산에서 불어온 '구곡원림'의 바람

자연에 묻혀 인간세상을 초탈하면서 가장 인간적인 삶을 추구했던 근품재(近品齋) 채헌(蔡瀗, 1715~1795). 그가 경영했던 경북 문경의 석문구곡(石門九曲)은 금천(錦川)의 맑은 물줄기를 따라 9㎞ 길이를 장엄한 산수지락의 수도장이었다. 운달산과 공덕산에서 시작되는 대하천(大下川)과 황정산에서 발원한 동로천(東魯川)을 합해 낙동강 본류를 향해 흐르는 금천의 물줄기를 따라 아홉 곳에 이름을 붙이고, 그 이름의 가치를 드러내는 시를 읊조리는 가운데 그 시적 이상(理想)을 인간 삶의 이상으로 현전시키려 했던 것이다.

산모롱이 길에 아카시아 향기 가득한 5월의 어느 날 《문경의 구곡원림과 구곡시가》(김문기 지음)라는 책 한 권을 들고 석문구곡의 아홉 굽이 승경(勝景)을 찾아 나섰다. 300여 년 전에 태어나 산림에 은일(隱逸)하며 풍류를 즐겼던 한 선비의 흔적에서 '빠름, 빠름~'의 시대를 살아가는 오늘의 사람들이 잊고 지내는 그 무엇을 찾을 수 있지 않을까?

석문구곡은 채헌이 중국 성리학의 집대성자인 주자(朱子, 1130~1200)의 무이구곡(武夷九曲)을 본떠 설정한 것이다. 주자는 1183년 무이산에 무이정사를 짓고 은거했다. 다음해 〈무이도가(武夷櫂歌)〉를 지었는데, 무이산의 아홉 굽이 경치를 읊으며 세속을 초탈한 은자의 심경을 드러냈다. 주자가 즐긴 무이산 구곡의 이름은 1곡 승진동(升眞洞) 2곡 옥녀봉(玉女峰) 3곡 선조대(仙釣臺) 4곡 금계동(金鷄洞) 5곡 무이정사(武夷精舍) 6곡 선장봉(仙掌峰) 7곡 석당사(石唐寺) 8곡 고루암(鼓樓巖) 9곡 신촌시(新村市)다.

푸젠성(福建省) 북쪽에 위치한 무이산은 유네스코가 정한 세계자연유산보호구와 세계문화유산보호구로 지정되어 중국인들에게 큰 자랑거리다. 36개의 봉우리와 99개의 암석, 2개의 절벽과 8개의 고개, 4개의 계곡과 9개의 여울, 5개의 웅덩이, 11개의 골짜기, 13개의 샘이 있다고 한다. 주자가 배를 타고 노닐었던 무이구곡 계곡의 길이는 9.5km이며 대나무 뗏목을 타고 2시간 가까이 흐르며 그 경치를 볼 수 있어 무이산 관광의 진수로 꼽힌다.

〈무이도가〉 또는 〈무이구곡가〉로 불리는 주자의 구곡시는 서시에 해당하는 한 수가 먼저 나오고 뒤따라 아홉수가 나오는데, 속세에서 이상의 세계 '무릉도원'으로 전개된다. 물론 주자가 드러낸 무릉도원은 복사꽃 따라간 '별천지'가 아니라 인간 삶의 현장으로 귀결된다.

武夷山上有仙靈　무이산 위에는 선령이 있어
山下寒流曲曲淸　산 아래 차가운 시내 굽이굽이 맑아라
欲識箇中奇絶處　그 중에 기절처를 알고자 하니
櫂歌閑聽兩三聲　뱃노래 두세 소리 한가롭게 들린다

一曲溪邊上釣船　일곡이라 시냇가에서 고깃배에 오르니

幔亭峰影蘸晴川　만정봉의 그림자가 청천에 잠긴다

虹橋一斷無消息　홍교가 한 번 끊어지니 소식이 없고

萬壑千峯鎖暮煙　만학천암이 푸른 안개에 가려지네

(중략)

九曲將窮眼豁然　구곡에 다달으니 눈앞이 탁 트이는데

桑麻雨露見平川　상마(桑麻)에 달린 이슬 평천(平川)이 모두 보여

漁郞更覓桃源路　사공아 다시 한 번 무릉도원 찾지 마라

除是人間別有天　이곳이 바로 인간 세상 천하 절승 별천지네

　　　　　　　　　　　　　　— 주자《주자전서》권 9

　　주자가 스스로 어부가 되어 노를 저어 물길을 따라 오르며 아홉 곳의 절경을 노래한 이 시는 조선의 선비들이 지향하는 은일자의 생활과 구도의 전형이 되었다. 혹자는 조선의 거의 모든 선비가 〈무이구곡가〉의 차운시를 썼다고 말할 정도다. 주자의 〈무이구곡가〉는 고려시대에 들어왔지만, 그때는 단순히 하나의 문학작품으로 읽혔고 성리학이 국가경영과 인본의 절대적 가치관으로 자리 잡은 16세기부터 선비들의 이상향이 된 것이다. 조선에서 처음으로 구곡시를 쓴 사람은 소요당(逍遙堂) 박하담(朴河淡, 1479~1560)이다. 그는 1536년(중종 31)에 경북 청도의 운문산 일대의 빼어난 풍경을 구곡으로 경영하며 〈운문구곡가〉를 지어 조선 구곡시가의 원조가 됐다.

조선의 선비들이 자연으로 돌아가 원림(園林)을 즐기며 시가를 읊었던 구곡, 이른바 '구곡원림'이 몇 곳이나 되는지는 정확히 조사되지 않았지만 150여 곳으로 추정된다. 경상북도의 경우 2008년과 2012년에 경북대학교 퇴계연구소에 의뢰해 구곡원림 43개소를 밝혀내어 두 차례에 걸쳐 보고서를 낸 바 있는데, 이에 따르면 문경 지역에는 7개의 구곡원림이 전한다.

채헌의 석문구곡도 그 많은 유림의 구곡원림 중 하나다. 석문구곡의 이름은 1곡 농청대(弄淸臺), 2곡 주암(舟巖), 3곡 우암대(友巖臺), 4곡 벽입암(壁立巖), 5곡 구룡판(九龍坂), 6곡 반정(潘亭), 7곡 광탄(廣灘), 8곡 아천(鵝川), 9곡 석문정(石門亭)이다. 거의 모든 이름에 물과 바위의 의미가 들어 있음을 알 수 있다. 이 가운데 정자가 있는 곳은 1곡과 2곡, 3곡, 9곡 등 4곳이다. 채헌의 〈석문구곡가〉는 한글가사의 형태로도 전하고 한시로도 전한다. 필사본으로 전하는 이 시가는 주자의 〈무이구곡가〉를 차운해 지었는데 그 시상의 전개도 닮아있다.

> 이보소 사롬드라 내 노래 드러보소
> 石門亭下 물근물이 아홉구뷔 흘러시니
> 일업슨 이 내 몸이 漁夫노릇 ᄒ여보세
> ── 채헌 〈석문구곡가〉 서시 《석문정집》

자연에 귀의한 선비의 흔적을 따라

새삼 들떠 오르는 마음을 억누르며 도착한 문경시 산양면 존도리 346번지. 금천 물줄기 안에서도 야트막한 산들의 녹음이 짙어 가고 있었다. 둑길이 끝나는 곳에 깨끗한 마당이 있고 마당 어귀 빈 밭 위로 푸른 이끼가 붙은 바위가 축대처럼 놓여 있고 그 위에 정자 한 채가 서 있다. 앞면 중앙에 붙은 '농청정(弄淸亭)'이란 현판과 네 기둥의 주련이 또렷하다.

그 오른쪽은 높다란 바위가 절벽을 이루고 있는데 위쪽에 '태고암(太古巖)'이라는 글씨가 커다랗게 새겨져 있다. 그 바위 아래로 금천의 물길이 휘돌아 흐른다. 정자로 올라가면서 보니 농청정을 받치고 있는 큰 바위에도 '존도와(尊道窩)'라는 글자가 새겨져 있다. 바위 글씨가 전하는 농청정은 까마득한 옛날로부터 그 자리를 지키는 바위의 의연함을 배우고 도를 존숭하는 공간이라는 뜻이겠다.

석문구곡 제1곡인 농청대가 후세에 수리하는 과정에서 농청정으로 변한 듯하다. 그러나 그보다 중요한 것은 건물 안쪽에 붙어 있는 '존도서와(尊道書窩)'라는 현판이다. 농청대의 원래 주인인 청대(淸臺) 권상일(權相一, 1679~1760)이 1739년에 이 건물을 짓고 손수 붙인 이름이 '존도서와'다. 채헌의 스승인 권상일은 퇴계의 문인으로 예조좌랑에서 지중추부사, 대사헌에 이르기까지 여러 관직을 역임하고 물러나 농청대에 존도서와를 짓고 만년을 보냈다.

一曲溯洄學海船　일곡이라 학해선으로 거슬러 오르니

淸臺瘦竹映前川　청대의 수척한 대나무 앞내에 비친다.

先生去後無人弄　선생이 가신 후 완상하는 이 없어

太古巖頭鎖暮烟　태고암 머리에 저문 안개 드리우네.

— 채헌 〈석문구곡차무이도가운〉《석문정집》

　스승의 체취가 서린 농청대를 석문구곡의 제1곡으로 설정한 채헌은 주변 풍경을 읊으며 스승을 그리워하는 심경을 드러냈다. 배움의 끝없는 바다라는 뜻의 '학해'와 '청대의 수척한 대나무'라는 구절이 묘한 의취를 보인다. 스승의 학구열과 검박한 생활, 꼿꼿한 기상이 '학해'와 '수죽'이란 단어에 맑게 투영되어 있다. 농청정의 네 기둥에 붙어 있는 주련의 시 구절도 은일자의 초탈한 삶과 차가운 정신을 노래하고 있는데 누구의 작품인지는 알 수 없다.

道心靜似山藏玉　도를 닦는 마음 산 속에 옥을 숨긴 것과 같고

書味淸於水養魚　책 읽는 맛 물속에 고기를 기르는 것 같네.

四壁雲山摩詰畵　사방에 둘린 구름 낀 산은 마힐의 그림이요

一窓花鳥杜陵詩　창가에 어우러지는 꽃과 새는 두보의 시로다.

— 작자 미상(농청정 전면 기둥에 걸린 시)

　농청대에서 둑길을 되나와 산양면사무소 뒤쪽에서 다리를 건너 다시 금천의 둑길을 따라 1.6㎞ 정도 가면 왼쪽으로 마을이 보이고

석문구곡의 제1곡에 자리한 농청정(弄淸亭).
아래는 제2곡 주암정(舟巖亭).

그 마을의 좌우로 정자가 있다. 이 마을은 문경시 산북면 서중리다. 여기서부터 석문구곡은 산북면 지경으로 접어든다.

좁은 시멘트 다리를 건너 좌회전하여 사과밭과 몇 채의 민가를 돌아간 곳에 아름다운 연못과 배 모양의 두 바위 위에 덩그러니 지어진 주암정(舟巖亭)의 진풍경이 모습을 드러낸다. 석문구곡 제2곡 주암에 지어진 정자다. 주암은 바위의 생김새가 배와 흡사하여 지어진 이름이다. 뒷산의 푸른 숲과 물위를 떠가는 듯한 배 모양의 바위, 그리고 그 바위 위의 아담한 정자가 한 폭의 그림 같다.

원래 주암 아래로 금천이 흘렀는데 어느 해 홍수로 인해 물길이 바뀌어 50여 미터 앞쪽으로 흐른다. 그래서 주암 아래에 연못을 파 물을 대고 연꽃을 심어 배가 물에 떠 있는 형상을 유지하고 있다. 지금의 주암정은 주암(舟巖) 채익하(蔡翊夏, 1573~1615)를 기리기 위해 후손들이 1900년대 초기에 지은 정자다. 팔작지붕에 중간 마루를 중심으로 좌우로 작은 방이 있고 앞쪽에 좁은 마루가 깔려 있다.

> 二曲東亞日月峯　이곡이라 동쪽에 일월봉이 솟아 있고
> 雙巖枕水弟兄容　두 바위 물을 베니 형제의 모습이라
> 亭前浮碧千年久　정자 앞의 부벽은 천년이나 되었고
> 望裏竹林翠幾重　대숲을 바라보니 푸름이 몇 겹인가.
> 　　　　　　　　　　　　　　　　— 채헌, 앞의 책

어위야 興을 따라 二曲으로 올나오니

東의는 浮碧이오 西희는 舟岩이라

두뫼히 마죠이서 日月捍門 되단말가

水中의 누운바회 兄弟모양 긔이할샤

周濂溪의 샤던덴가 염바회 더욱귀타

赫赫홀샤 熊淵祠의 四先生의 忠節이여

嘉猷書塾 川上軒의 絃誦聲 들여셔라

孝婦烈女 예우버 잇건마는

쟝홀시고 孝烈兼全 申氏旌閭 쟝홀시고

— 채헌, 앞의 책

석문구곡의 두 번째 풍경에서 채헌은 1곡에서 스승을 그리워하던 마음을 더욱 확장한다. 그러한 마음은 한시보다는 가사로 노래한 작품에 더욱 애절하게 담겨 있음을 알 수 있다. 한시에서는 주암의 두 바위를 형제로 보았지만 가사에서는 주렴계가 살던 곳의 바위로까지 의미를 확장했다. 뿐만 아니라 한시에서는 거론하지 않은 웅연사의 네 분 선조들의 충절을 기리고 '가유서숙'과 '신씨정려'를 통해 그 주변이 학덕과 정절의 고장임을 드러내고 있는 것이다. 웅연사는 인천 채씨의 중시조인 다의당(多義堂) 채귀하(蔡貴河, ?~?) 인천군(仁川君) 채수(蔡壽, 1449~1515), 졸재(拙齋) 채소권(蔡紹權, ?~?), 우담(雩潭) 채득기(蔡得沂)를 모셨던 사당인데 지금은 전하지 않는다. 오늘날 주암정은 채익하의 10세손인 채훈식(蔡勳植, 70) 씨가 알뜰히 보살피고 있는데 그는 뒷산에 웅연사의 유허비가 있다고 말했다.

三曲灘頭倚暮船　삼곡이라 여울가에 저문 배가 걸리니

友巖臺古幾千年　우암대 지은 지 얼마나 되었는가.

亭亭華柱沙頭立　우뚝 솟은 화주가 모래가에 서 있고

回首濂巖只自憐　염바위 바라보니 다만 절로 어여쁘네.

— 채헌, 앞의 책

제3곡 우암대는 주암정에서 가깝다. 서중 마을의 입구에서 오른쪽으로 400m 정도 거리다. 금천을 내려다보는 낮은 산 아래 자리한 이 정자도 아름다운 풍경 속에 지어졌다. 그러나 돌보는 사람이 없는지 관리가 허술하다. 크기나 건축양식은 농청정이나 주암정과 비슷한데 관리 소홀로 몹시 낡아 올라서기가 무서울 정도다.

우암정은 1801년 군상(君尙) 채덕동(蔡德東)이 지었는데, 그와 교류하던 정상관(鄭象觀)이 지은 〈우암정기〉 현판 하나가 마루 위에 걸려 있어 당시의 풍경을 소개하고 있다.

청대로부터 4~5리 지점에 수풀과 암석으로 이루어진 승경이 있는데 인천 채군상 옹이 그 위에 정자를 지었다. 내가 금년 봄에 한 번 올라가니 정자의 좌우는 모두 푸른 바위이고 앞은 시냇물이 임해 있어 맑은 물이 급하게 흐르는 소리가 자주 난간에 들려왔다. 시내밖엔 밝고 밝은 모래이고 고요한 별장인데 별장이 자리하는 옛 현은 아침과 저녁에 연기꽃과 시내의 아지랑이가 숲의 푸르름과 어우러져 마치 한 폭의 그림이었다.　— 정상관 〈우암정기〉 우암정 판상

신록에 덮인 우암정(友岩亭).

우암정 앞을 흐르는 금천을 위로 따라가면 벽입암과 구룡판, 반정, 광탄으로 이어지는데 물길은 광탄에서 나누어진다. 이 갈림길에서 왼쪽으로 가면 제8곡 아천과 제9곡 석문정이 이어진다. 4곡에서 8곡까지는 정자가 없고 지명과 경치로만 남아 있다.

四曲蒼蒼壁立岩　사곡이라 솟아 있는 푸른 바위 벼랑에
岩苔含露翠氋氋　바위 이끼 이슬을 머금어 푸르게 드리우네.
高見形體無人識　높다랗게 보이는 형체를 아는 이 없고
汪汪後川只滿潭　넓고 넓은 뒷내엔 다만 못물이 가득할 뿐

五曲溪邊路轉深　오곡이라 시냇가에 길이 돌아 깊고
九龍板下柳成林　구룡판 아래에는 버드나무 수풀을 이룬다.
林間幽趣誰能會　숲 사이에 그윽한 흥취를 그 누가 아는가.
一曲棹歌爽客心　한 곡의 뱃노래에 객의 마음 상쾌하여라.

六曲盤亭一帶灣　육곡이라 반정에 물굽이 둘러 있고
白雲深處洞門關　흰 구름 깊은 곳에 동문이 닫혀 있네.
琵山草綠江花落　비파산 풀 푸르고 강가의 꽃 떨어지며
黃鳥綿蠻春意閒　황새가 우지지니 봄뜻이 한가롭다.

七曲行舟上廣灘　칠곡이라 배를 저어 광탄에 오르며
嘉猷書塾更回看　다시금 가유서숙을 되돌아보노라.

却憐夜雨蓬山過　안타까워라 밤비가 봉산을 지나가니
活水源頭添一寒　활수의 원두에 찬물이 불어나네.

八曲鵝川石路開　팔곡이라 아천은 돌길이 열리고
洗心臺下水縈回　세심대 아래에 물이 돌아 흐른다.
渡頭不說桃花網　나루서 복사꽃 줍는 일 말하지 마라.
遊客尋眞逐水來　유객들이 진처 찾아 물을 좇아오리라.

　채헌은 왜 석문구곡이란 이름을 붙였을까? 어디를 봐도 돌로 만들어진 문은 없는데 말이다. 그 궁금증은 아천을 지나 석문정이 있는 곳에 당도하면서 자연스럽게 풀어졌다. 산북면 이목리의 물가에 고즈넉이 자리 잡은 석문정은 매우 가파른 협곡에 묻혀 있다. 그 옛날 정자로 이르는 길은 토끼길 마냥 좁았을 것이고 양옆의 깎아지른 석벽은 하늘을 가리고 남았을 것이다. 그래서 석문이라고 한 것이다.

　채헌은 제8곡 아천의 승경을 읊으면서 "복사꽃 줍는 일 말하지 마라"고 당부하며 세상 사람들이 함부로 찾아올 것을 염려한다. 이미 무릉도원으로서 석문정이 멀리 않음을 시사하는 것이다. 주자가 〈무이구곡가〉의 제8곡에서 "여기부터 속세인은 올라갈 수 없다네"라고 읊은 것과 비슷한 상황이다.

　九曲石門道豁然　구곡이라 석문에 길이 확 열리며

光風霽月滿晴川　광풍과 제월이 청천에 가득하네.

等閒識得尋芳路　등한히 꽃을 찾는 길을 알아내니

飛躍鳶魚摠是天　연비어약이 모두 이 동천이로다.

　　　　　　　　　　　　　　　— 채헌, 앞의 책

桃花 따라 가ㅈㅅ라 九曲石門 가ㅈㅅ라

金鷄峰 ㅂㄹ보니 큰길이 넑너셔라

觀瀾臺 나린물은 晝夜로 洋洋ㅎ니

亞聖의 ㅎ신말슴 긔아니 올토턴야

渭天漁夫 노던덴가 釣臺도 완연홀샤

滿山紅綠 자자ᄂᆞᆫ듸 光風霽月 그지업다
觀魚石 비갠후의 무어시 ᄌᆞ미런고
깁푼못 뛰ᄂᆞᆫ고기 靑天의 ᄂᆞ난쇼록
任意로 노ᄂᆞᆫ양은 自然性 그러커든
하물며 사ᄅᆞᆷ이야 本ᄆᆞᄋᆞᆷ 일흔손가
洗心堂 幽寂ᄒᆞᆫ디 石門을 구지닷고
風月을 버즐ᄉᆞ마 이ᄆᆞᄋᆞᆷ 길러보자 ᄒᆞ노라

—채헌, 앞의 책

석문구곡의 정점이며 구곡시가의 대미가 되는 석문정을 무릉도원으로 설정하는 까닭은 자연의 경물을 벗하여 스스로의 마음을 닦고자 하는 강한 발원 때문이다.

채헌이 석문정을 지은 것은 73세 되던 1788년이다. 생애 후반부를 이 석문정에서 보낸 셈이다. 지금 석문정 앞은 콘크리트 다리가 놓여 있고 간간이 개 짖는 소리가 들리는 민가에 인접해 있지만, 기암괴석으로 문을 삼고 흐르는 물을 보며 무릉도원의 경계를 추구하는 선비의 삶이 한 폭의 그림처럼 그려진다.

그러한 구도의 삶 속에서도 자연을 사랑하고 자연의 경물에 의미를 부여하는 일은 꾸준히 지속되었다. 채헌은 가사체로 〈석문정가〉도 짓고 주변의 여러 승지를 찬탄하여 마지않은 〈석문정산수록〉도 지었다. 또 석문정의 주변 경치 12곳을 선정해 각각에 한 수의 시를 붙인 〈석문정십이경〉을 짓기도 했다.

참으로 각별한 눈으로 자연을 즐겼던 선비의 흔적이 흐르는 물에 씻기지 않고 흐르는 세월에 망각되지 않는 이유는 시문으로 전하는 물 같고 바위 같은 마음이 있기 때문일 것이다.

함양 화림계곡 咸陽 花林溪合

자연의 이치와 인간의 길
다르지 않으니

轉入花林隧　떠돌다 화림의 깊은 곳에 드니

玲瓏穿萬行　곱고 투명한 그림을 뚫고 가듯 하도다.

一天慳勝景　한 하늘엔 좋은 경치를 버티었고

千載屬名亭　천 년에 이름난 정자를 속하게 했도다.

認是山中樂　알지어다 이 산중의 즐거움이여

超然物外情　초연히 물외의 정이었나니

聊將武夷句　애오라지 무이의 구절로써

朗詠立閒汀　한가한 물가에 서서 밝게 읊도다.

— 송병선 〈거연정운〉

내면을 향해 걷기

걷기가 대세다. 직립보행으로 만물의 영장이 된 인간에게 걷기란 욕망의 가장 적극적인 표현이다. 더 빨리 걷고 더 빨리 달리기 위해 짐승(말)을 길들여 탔다. 그리고 바퀴와 동력장치를 개발하여 고속도로와 철도를 만들었고 비행기를 만들어 하늘을 날았다. 그런 인간에게 그것도 물질문명의 극적 발달을 이룬 21세기에 '걷기 열풍'이란 미묘한 아이러니다. 오늘날의 걷기는 긴 세월 추구해 온 속도에 들러붙은 긴장감을 떨쳐내려는 또 다른 욕망이다. 밖을 향해 속도를 내던 문명사(文明史)의 피로에 대한 반동이 안을 향해 속도를 줄이는 성찰의 길을 닦는 것이다. 포탈라 궁을 향해가는 오체투지의 길이나 산티아고의 순례길도, 자연을 느끼고 건강을 다지고자 하는 이 땅의 수많은 둘레길도 그 궁극은 사람의 내면을 향해 나 있지 않은가?

경남 함양군 서하면 봉전리 봉전교에서 시작되는 화림계곡의 선비길(선비문화탐방로)도 그러한 많은 길들 중의 하나다. 크고 작은 암반을 쓸어안으며 흐르는 물길을 따라 6Km가량을 걷는 길. 이름이 암시하듯, 옛 선비들이 소요(逍遙)하며 맑은 정신과 깊은 도학을 연마하던 길이다. 울창한 숲 사이 기기묘묘한 바위틈을 흐르는 계류가 있어 더욱 신령스러운 선비의 길. 물이 흐르는 길과 사람이 거니는 길의 어우러짐은 자연의 일이겠지만, 그 길에서 인간의 길을 묻고 인간의 길을 개척해 낸 선비들의 정신은 무량한 시간을 따라 전해지고 있다.

선비들이 지팡이를 끌며 걷던 길에는 어김없이 정자가 있다. 포행(布行)의 길을 수도(修道)의 공간으로 완성시키는 지점에 정자가 지어졌다. 자연을 감상하고 시를 짓고 강학(講學)을 하던 정자는 개인의 휴식처이자 집단적 수도장이었다. 화림계곡에는 그러한 정자가 8개나 있어 '팔담팔정(八潭八亭)'의 명소로 이름을 얻었다.

풍경 속으로 들어간 정자

화림계곡은 예로부터 안의삼동(安義三洞)으로 각광받아 온 승경이다. 안의삼동이란 용추계곡과 심원정이 있는 심진동, 수승대와 요수정이 있는 원학동 그리고 농월정에서 거연정에 이르는 8개의 정자가 있던 화림동을 말한다. 남덕유산에서 남쪽으로 월봉산을 지나 황석산으로 뻗는 능선과 금원산 기백산으로 이어지는 능선이 새겨놓은 세 줄기의 계곡이 이루어낸 절경이다.

지금 화림계곡에서 눈여겨볼 정자는 거연정(居然亭, 경남유형문화재 제433호)과 그 인근의 군자정(君子亭, 경남문화재자료 제380호) 그리고 2Km가량 떨어진 황산리의 동호정(東湖亭, 경남문화재자료 제381호)이다. 화림계곡의 팔담팔정을 대표하던 안의면 월림리의 농월정(弄月亭)은 2003년 5월 방화로 소실되어 버렸다.

물 좋고, 정자 좋고, 자연만큼이나 좋은 인심과 깊은 학문의 세계를 자랑하던 선비들의 발길이 남아 있는 화림계곡. 그 계류에 지어진 정자에 걸린 수많은 기문과 시판(詩板)에서 수백 년 시간은 아침 물안개의 포말처럼 자욱할 뿐이다.

碧峯高挿水如藍　푸른 봉우리 깎아 세운 듯 물빛은 쪽빛인 듯
多取多藏不是貪　이는 많이 가지고 많이 간직해도 탐욕이 아니리
捫虱何須談世事　이를 잡으면서 하필 세상사를 이야기하는가
談山談水亦多談　산 이야기 물 이야기 또한 이야깃거리 많은데.
　　　　　　　　　　　— 조식 〈유안음옥산동〉《남명선생집》권 1

　남명 조식(南冥 曺植, 1501~1571)이 화림계곡을 여행하며 읊은 시다. 기득권의 훈구파와 신진 사림파의 격돌로 사화(士禍)가 거듭되던 16세기, 끝까지 재야의 지식인으로 남았던 남명은 안음(安陰, 안의의 옛 이름) 화림계곡의 절경 앞에서 '텅 빈 충만'을 역설하고 있다. 몸에 이가 득실대는 가난한 선비에게는 산과 물이 주는 감동이면 족하다. 가난을 즐길 줄 모르는 사람은 가난 속에서 자꾸만 출세에 미련을 두는 법, 그래서 이를 잡으면서 세상일을 논하는 것을 꾸짖는 것이다.
　남명이 거닐며 보았던 봉우리와 맑은 물은 오늘이라고 다르지 않을 것이다. 산과 물은 사람이 다르다고 모양을 달리하지 않는다. 다른 것은 사람의 마음이니 산과 물 이야기보다 살림살이 걱정을 더 하는 현대인의 '선비길 걷기'가 무색할 따름이다.

남명의 시를 되뇌며 남천 한가운데 우뚝한 바위 위에 서 있는 거연정에 오른다. 거연정을 처음 지은 이는 조선 인조 때 동지중추부사를 지낸 전시서(全時敍, ?~ ?)다. 전시서는 고려 말 충절을 지켜 두문동으로 들어갔던 72명 중 한 사람인 채미헌(採薇軒) 전오륜(全五倫, ?~ ?)의 7세손이다. 화림재(花林齋)란 당호를 썼던 그는 1640년(인조 18) 봉전마을에 서산서원을 짓고 그 옆의 계류 가운데 억새로 정자를 지었다. 서원에서 강학하며 여가에는 억새로 만든 정자에서 물소리 들으며 마음을 가다듬었으리라.

서원은 1853년(철종 4) 불에 탔으나 이듬해에 복구했는데, 1868년(고종 5) 대원군의 서원철폐령은 피할 수 없어 훼철되었다. 이때 전시서의 후손 전재학(全在學) 등이 무너진 서원의 재목들을 모아서 초가로 전해오던 정자를 새로 지었다.

정자는 정면 3칸 측면 2칸이며 2층의 다락마루에는 판재로 뒷벽을 막은 작은 방이 하나 들어앉아 있다. 앞과 좌우를 막았을 판문(板門)은 없다. 누각 아래를 받치는 기둥[樓下柱]은 주초를 쓴 것도 있고 쓰지 않은 것도 있는데, 자연 암반 위에 지은 정자의 특징이다. 사면의 추녀 끝 부분에 활주를 세워 건물을 안정감 있게 한 것이 돋보인다. 거연정은 건축의 아름다움도 높이 살 만하지만 물길 한가운데 자연 암반 위에 지어진 그 위치가 '거연'의 뜻과 어우러져 많은 공감을 낳는다. 거연정을 소개하는 글에 '전시서의 장구소(杖屨所)'라는 말이 나온다. 장구소란 '지팡이 놓고 신발을 벗어 머물던 곳'이란 말이다. 지팡이를 끌며 산책을 하다가 지팡이를 내려놓고 신발마저

벗어놓고 머무는 곳의 한가함!

　8월 초순의 화림계곡은 물놀이 온 사람들로 붐빈다. 넓지 않은 공간의 거연정 누마루에서는 오감이 즐겁다. 귀에는 물 흐르는 소리가 들리고 눈에는 푸른 하늘과 크고 작은 바위들이 들어온다. 불어오는 바람은 몸을 스치며 시원함을 주고 어디선가 꽃향기도 진한 듯 엷은 듯 다가온다. 누마루의 사면 들보에 걸린 기문과 시판은 길쭉한 쇠못이 가운데를 관통해 있다.

　현판들은 크지 않고 다소 글자가 흐려져 있지만 거연정의 내력과 이 정자에서 시정을 뽐어낸 옛 문객들의 정취를 전하고 있다.

　후손인 재택, 재학, 재갑 등은 옛터에 몇 칸의 정자를 짓기로 합의하고 가까운 곳, 물과 바위가 기이하고 빼어난 곳에 정자를 짓고 안이고 밖이고 당실에 구액(舊額)을 걸고 당의 측면에 원기록 중에서 취한 거연천석(居然泉石)의 말로 이름을 정하기를 장차 거연이라 할 것이니라.

— 임헌회 〈거연정기〉 판상기문

　서하(西河) 임헌회(任憲晦, 1811~1876)가 쓴 〈거연정기(居然亭記)〉의 중간에 이 정자의 이름이 품은 뜻이 나온다. 거연천석. 이 말은 주자(朱子)의 시 〈정사(精舍)〉에 나온다. "거문고 타며 공부한 지 사십 년, 나도 모르게 산중 사람 다 되었네. 띳집 하나 짓기 하루면 족하니, 문득 나와 샘과 돌이 하나네.(琴書四十年 幾作山中客 一日茅棟成 居

새벽 안개 속의 거연정(居然亭).

然我泉石)"

거연정은 자연과 일체를 이루고자 하는 바람의 절정이 낳은 보물이다. 대개의 정자들이 자연을 바라보는 위치에 지어졌다면 거연정은 자연의 풍경 속에 들어가 앉아 있으니 말이다. '거연(居然)의 도(道)'는 바로 자연 속에서 그대로 자연이 되는 것이다. 스스로 그러함이 자연이라 했던가? 그렇다면 거연이란 스스로 그러함 속에서 다시 스스로 그러함이라 해야 할 것이다.

임헌회가 이 〈거연정기〉를 쓴 것은 타계 2년 전의 일이다. 기문에서 그는 "기문 짓기를 청탁받고 4백 리 길을 내려왔으며" "영남의 빼어난 경치를 대표하는 삼동[안의삼동] 중의 경승인 화림동에서 이 정자가 최고"라고 칭찬을 하고 있다. 그런데 이 기문현판의 끝 부분에 "숭정오갑술맹하일(崇貞五甲戌孟夏日)"이라는 글자가 눈에 걸려 입맛이 조금 씁쓸해진다. '숭정오갑술'의 숭정은 명나라 마지막 황제의 연호다. 즉 명나라 제16대 황제 명사종(明思宗) 주유검(朱由檢)의 연호로 1627부터 1644년까지 17년간 사용되었다. 숭정 17년(1644) 3월 이자성(李自成)이 베이징을 함락시키자 숭정제는 스스로 목을 매어 자살하며 명나라는 멸망했다. 그런데 조선의 유자(儒者)들이 쓴 연호 가운데 '숭정' 혹은 '숭정후(崇貞後)'로 시작되는 것은 '명나라가 망한 해를 기준으로'라는 의미. 그러니까 '숭정오갑술'은 명나라가 망한 해(1644년) 이후 5번째 갑술년이란 뜻으로 1874년이다. 조선의 연호로 치면 고종 11년에 해당된다.

초막인 거연정을 팔작지붕의 기와집으로 고쳐 지은 후손 전재학의 〈거연정기〉가 새겨진 현판도 중앙 보에 걸려 있다. 기문의 내용은 임헌회의 것과 비슷하여 그의 7대조인 화림재 전시서의 행적과 거연정의 의미 등을 설명하고 있다. 그 역시 기문의 말미에 "숭정후 오경진중춘상한"이라고 일자를 표기하고 있다.

老去猶餘興　늙어감에 오히려 흥이 겨워서
佳辰輒有行　가진에 문득 오게 되었네.
名區三洞地　이름난 곳 삼동 땅에는
全氏百年香　전씨 가문 백년이나 향기롭네.
人在光天界　사람은 빛나는 천계에 있고
山會太古情　산은 태고의 정을 모았느니라.
幽閑盈敞類　깊숙이 한가롭고 영창한 무리들
微詠下貴汀　잔잔히 읊으며 빼어난 물가로 내려가도다.

— 송병선 〈거연정운〉 판상시

송병선(宋秉璿, 1836~1905)의 〈거연정운〉은 거연정의 내력과 그 풍광 그리고 인간의 도리를 읊고 있다. 송병선은 송시열의 9세손으로 1884년의 의제변개(衣制變改)를 강력 반대했으며 1905년 을사늑약이 체결되자 고종에게 '을사오적'을 처형할 것을 건의했던 강직한 선비다. 그는 국권의 상실에 대한 통분을 삼키며 황제와 국민 그리고 유생들에게 유서를 남기고 자결했다. 거연정에는 송병선이 쓴 〈거연정중수기〉 현판도 걸려 있는데 그는 중수기 말미에 '숭정후'

연호를 쓰지 않았다.

轉入花林隧　떠돌다 화림의 깊은 곳에 드니
玲瓏穿萬行　곱고 투명한 그림을 뚫고 가듯 하도다.
一天慳勝景　한 하늘엔 좋은 경치를 버티었고
千載屬名亭　천 년에 이름난 정자를 속하게 했도다.
認是山中樂　알지어다 이 산중의 즐거움이여
超然物外情　초연히 물외의 정이었나니
聊將武夷句　애오라지 무이의 구절로써
朗詠立閒汀　한가한 물가에 서서 밝게 읊도다.

— 송병순 〈거연정〉 판상시

이 시를 지은 송병순(宋秉珣, 1839~1912)은 송병선의 동생이다. 은진(恩津)이 본관인 이들 형제는 큰아버지 송달수에게 학문을 지도받았다. 송병선은 형의 순국 소식을 접하고 구국의 길을 갈 것을 결심했으며, 1909년 경술국치를 당해 투신자살을 기도했으나 실패하고 1912년 일제가 회유책으로 접근하자 형을 따라 독약을 먹고 자결했다. 두 형제가 어떻게 거연정을 유람했는지는 알 수 없으나, 그들이 자연의 이치와 인간의 길이 둘이 아니라는 것을 말하고자 한 뜻은 반듯하고 밝다. 이 밖에도 거연정에는 김계진, 신병진 등의 시와 전서의 후손들이 새겨둔 시판이 걸려 있다.

군자의 길, 군자의 풍류

군자정은 거연정에서 불과 300여 미터 떨어진 곳에 있다. 계류 가의 너럭바위 '영귀대(詠歸臺)' 위에 지어진 단아한 정자로 최근 하부와 마루판과 일부 서까래를 교체했다. 군자가 머물던 곳이라는 의미의 이 정자는 거연정의 주인 전시서의 후손 전세걸(全世杰, ?~?)이 정여창(鄭汝昌, 1450~1504)을 기리고자 1802년에 지은 것이다.

김종직의 문하로 지고한 학풍을 세웠던 일두 정여창은 사림파의 정맥을 이었고, 갑자사화에서 부관참시의 화를 입었다. 전세걸이 그를 기리는 정자를 지은 것은 봉전리에 처가가 있어 이곳을 방문하면 영귀대 아래서 유영(遊詠)하기를 즐겼던 일을 상고한 것이다.

정여창이 유유히 거닐며 시를 읊었을 영귀대. '영귀'라는 말은《논어》〈선진편〉에 보인다. 공자가 제자들에게 각자의 포부를 말해 보라고 했을 때 증점(曾點)이 "늦은 봄에 얇은 봄옷이 마련되면 예닐곱 명의 아이들과 함께 기수에 목욕하고 무우에 바람 쐬고 읊으며 돌아오겠습니다.(暮春者 春服旣成 冠童六七人 浴乎沂 風乎舞雩 詠而歸)"라고 한 데서 비롯됐다.

한 선비의 발자취가 스치어 갔음을 잊지 않고 그 족적을 기리고자 정자를 세운 전세걸의 정성이 참으로 극진하다. 앞사람의 길이 뒷사람의 길이 되고 그렇게 전승의 궤적이 쌓이고 쌓여 인류의 지식과 기술이 전해지는 것이다.

依杖臨寒水　지팡이에 의지하고 차가운 물에 임하니

披襟立晚風　옷깃을 헤치고 늦은 바람 쏘이네.

相逢好君子　서로 만난 좋은 군자들

爲庠說漁翁　헛되이 고기 잡는 늙은이라 이르더라.

— 전세걸 〈주부자군자정시〉 판상시

小亭臨水築　작은 정자는 물에 닿게 지었으니

緩步把風光　늦은 걸음은 풍광을 잡았도다.

世遠文猶在　세상은 멀어져도 글은 오히려 있으니

楣題仰晦翁　문미의 글씨에 매옹(주자)을 우러렀네.

— 송래희 〈군자정〉 판상시

亭前潋灎碧玻光　정자 앞에 물이 넘쳐 푸른 유리 빛나고

亭下盤陀白玉床　정자 아래는 물결 일렁대는 백옥의 상이로다.

半醉靑華孤鶴月　반쯤 취한 신선세계 외로운 학의 달이요

朗吟玄圃六鼈霜　맑게 읊은 신선세계 여섯 자라의 서리로다.

巖花似笑仙源夢　바위 꽃이 웃는 듯 선원의 꿈이요

山葉堪成曲水觴　산의 잎새는 견디어 곡수의 술잔 이루었네.

五馬遲遲芳草路　오마는 꽃다운 풀길에 더디고 더디니

新林高士臥西庄　새로운 숲 높은 선비 서쪽 농막에 누웠구나.

— 윤수익 〈군자정〉 판상시

남천과 어우러진 군자정(君子亭)의 자태.
아래는 군자정 현관에 새겨진 전세걸의 〈주부자군자정시〉.

첫 번째 시는 군자정을 지은 전세걸이 그 건립의 뜻을 담아 지은 것이다. 정여창의 지고한 학문 세계와 생애가 애잔한 잔상을 남기는 듯하다. 제목에 '주부자'라 한 것은 정여창이 주자학의 정통을 계승한 고매한 학자임을 드러낸 것이다. 이 시의 뒤에는 "주사의 정맥이오 염락(濂洛)의 준적(準的)이라"고 시작하는 해설이 따로 붙어 있다. 여기서 염락이란 송나라 때 주자학의 대가 주돈이(周敦頤)와 정호(程顥), 정이(程頤)를 대표하여 부르는 것으로, 이들이 살던 지역 명칭이 각각 염계(濂溪)와 낙양(洛陽)인 것에서 비롯된 말이다. 정여창의 주자학적 위치는 송래희의 시 결구에서도 잘 드러난다. "문미의 글씨에 매옹(주자)을 우러렀네"라는 감탄은, 군자정이라는 이름을 새겨 현판을 단 것은 주자의 학덕을 계승한 것을 칭송함과 같은 의미라는 것이다.

윤수익의 시는 고절한 학풍의 정여창을 기리는 정자를 신선의 경지로 끌어 올리고 한바탕 풍류의 현장으로 그려냈다. 특히 나뭇잎이 떨어져 물결을 따라가는 모습을 구불구불한 물길에 술잔을 띄우고 노는 유상곡수(流觴曲水)의 멋진 풍류로 비유한 것이 일품이다.

자연 속에서 다진 충절

화림계곡 선비길을 따라 2Km쯤 가면 물 건너로 번듯한 정자가 하나 보인다. 동호정이다. 맑은 물과 눈부신 암석이 화림계곡의 진면목이라면 동호정 앞의 드넓은 바위 차일암(遮日巖)과 깊은 옥녀담(玉女潭)은 그 진면목의 절정이다. 그 절정의 풍치를 내려다보는 곳이 동호정이다.

정면 3칸 측면 2칸의 제법 큰 중층 누각이다. 네 귀의 추녀를 활주로 떠받치고 있어 더욱 장엄해 보인다. 두 개의 통나무를 듬성듬성 쪼아 만든 계단을 밟고 올라간 2층에서는 바깥의 절경도 눈을 시원하게 하지만 안쪽의 치장도 탄성을 내뿜게 한다. 건물 전체에 오색단청을 올렸는데 창방과 들보에 공자의 일화를 표현한 그림과 꽃 모양의 화려한 채색 화반, 용과 호랑이 그림들을 가득 채웠다. 다소 조악해 보이는 채색과 그림이 정자를 더욱 돋보이게 하는 묘한 여운으로 다가온다. 선비들의 시문을 새긴 시판도 빙 둘러 걸려 있다.

동호정에 전하는 기문과 중수기, 상량문 등을 종합해 보면 동호정은 조선 선조 때 좌승지를 지낸 동호(東湖) 장만리(章萬里, ?~ ?)가 복거(卜居)하던 곳을 기려 후손 장대진(章大震) 등이 1895년에 처음 지었고, 1936년에 중수가 있었다. 재미있는 것은 〈동호정기〉와 〈상량문〉의 말미에 연도 표시에서는 '숭정' 연호를 쓰지 않고 '상지(上之) 33년'과 '상지(上之) 32년'으로 표기하고 있다. 이는 현재의 임금 연호를 쓴 것으로 고종 33년(1896)과 고종 32년(1895)에 해당한다.

東流湖水水之濱　동쪽으로 흐르는 물의 호숫가에
尋得名區卜築新　이름난 곳 찾아 얻어 새로이 집 지었네.
泉石有緣光看手　천석에 인연 있어 먼저 간수하였고

雲林無辱可終身　운림에 욕심 없이 생을 마칠 수 있네.

釣臺蒻立烟波雨　낚시터에 도롱이 삿갓 쓰고 안개비를 맞고

絶壁桃花玉洞春　절벽의 복사꽃은 옥동의 봄이로다.

巖穴許爲猿鶴友　바위굴에 하락하여 원숭이 학 벗 삼으니

聖明天地一閒人　성스럽고 밝은 세상에 오직 한 사람이라네.

　　　　　　　　— 장만리 〈초현복거〉 판상시

獨來巖上坐　홀로 바위 위에 와서 앉으니

山靜白雲濃　산은 고요한데 흰 구름만 짙어가네.

積水盈其下　물은 가득 차 그 아래로 쌓이니

眞源在此中　참된 근원이 이 가운데 있도다.

輞川開別業　망천의 냇가에 별업을 열었고

箕峀仰餘風　기산의 묏부리에 남은 풍치 우러르네.

一曲芝歌歇　한 곡조 풀꾼들의 노래 그치니

仙翁庶可逢　신선을 자주 만날 수 있으리.

　　　　　　　　— 장만리 〈유차일암〉 판상시

遯跡花林歲七過　자취를 화림에 감춘 지 일곱 해가 지나니

幡然今日解烟蓑　번연히 오늘은 연기 낀 도롱이를 풀게 되었네.

詩人莫使文稱北　시인들아 글귀로 임금께 아뢰었다 하지 마오

王事多艱復禁何　왕의 일에 어려움 많으니 어찌하리오.

　　　　　　　　— 장만리 〈피명출산〉 판상시

동호정(東湖亭)의 추녀와 노송 뒤로 흐르는 남천.
동호정 2층 누각에는 오색 단청으로 채색된 들보에 선비들의 시판이 빙 둘러 걸려 있다(아래).

동호정의 들보에 걸린 현판 중에는 장만리가 남긴 시 3수가 보인다. 위에 든 〈초현복거(綃峴卜居)〉와 〈유차일암(遊遮日巖)〉 그리고 〈피명출산(被名出山)〉이다. 〈초현복거〉는 화림계곡의 절경이 펼쳐진 초현마을에서 고요히 살다가 생애를 마치고자 하는 바람이 잘 드러난 시다. 〈유차일암〉 역시 한적한 산중 생활의 만족을 읊고 있다. 그러나 〈피명출산〉은 화림계곡에 노닐게 된 지 7년 만에 나라에 변고가 생겨 임금의 부름을 받고 산문을 떨쳐 나가는 정황을 노래하고 있다. 장만리는 벼슬을 놓고 자연으로 돌아왔다가 국가의 변고를 당해 전장으로 나아가 임금을 극진히 보필하다 전사한 것이다.

東湖隱士宅　동호공의 숨은 선비 집에는

滿地烟霞濃　땅 가득 이내가 짙었구나.

桐栢青山裏　오동나무 잣나무 산 속에서 푸르고

桃花紅水中　복사꽃은 물속에도 붉구나.

深感迷世路　깊이 세상 길이 미혹하기에

肯搆述家風　긍구하여 가풍을 지었네.

何日携樽酒　어느 날 술 단지 이끌고 와서

與君亭上逢　군자와 더불어 정자 위에 만나리.

— 송병찬 판상시

군자정에 시를 남긴 송병선, 송병순과 4촌이 되는 송병찬은 이 시의 제목 자리에 자신이 시를 쓰게 된 동기를 밝히고 있다. 즉 "화림 장대진은 정자를 그 선조 처사공이 머물던 터에 짓고 나에게 시를 짓기를 청하거늘 드디어 그 원운(原韻)에 화답하니라"라면서 〈유차 일암〉의 운자를 빌어 장만리의 행적을 찬탄하는 시를 지은 것이다.

장만리가 남긴 세 수의 시에 흐르는 은일의 미덕과 충절의 활달함은 후손들에게 적지 않은 사표가 되었다. 동호정을 찾은 묵객들은 저마다 장만리의 시에 차운하여 한 수씩을 남기니 그 또한 적극적으로 한 생애를 살다 간 지식인의 길을 따르고자 하는 뒷사람의 열정이 아닐까?

주자학을 숭앙하던 조선 선비들의 체취가 물씬 풍기는 화림계곡의 선비길은 앞사람의 길을 따라가는 뒷사람의 자세가 어떠해야 하는가를 생각하게 한다.

3부 만 리 바람 머금었네

밀양 영남루 密陽 嶺南樓

어부는 빗소리 낚고
행인은 산그늘 밟고 가네

嶺南樓下大川橫　영남루 아래 큰 물 비껴 흐르고

秋月春風屬太平　가을 달 봄바람이 태평이로세.

忽得銀魚森在眼　문득 눈앞에 삼삼한 은어

斯文笑語可聞聲　사문(儒學, 士林)의 웃음소리 귀에 들리는 듯.

— 이색 〈영남루〉

밀양의 봄 햇살

밀양(密陽). 대학생 시절에 한 번 와 본 뒤로 처음이었다. 30년 만인 셈이다. 몇 해 전 영화를 통해 이 도시의 이름을 되새긴 것 말고는 이 도시에 대한 아무런 추억이 없다. 그래서 별 감회 없이 밀양역에 도착한 것은 당연한 일. 그런데 막상 기차에서 내리니 뭔가 은근한 기대 같은 것이 피어올랐고, 천천히 이 도시를 느끼고 싶은 마음이었다.

걸었다. 그리 넓지 않은 역 광장에서 오른쪽으로 돌아 길게 이어진 거리를 걸었다. 휴일 아침이라 거리에 사람은 거의 없었다. 우체국과 요양병원과 중국음식점, 컴퓨터 수리점, 안경점 등이 이어진 거리에 햇살만 가득했다. 봄 내음이 살짝 묻어나는 햇살.

20여 분 걸어 만난 용두교를 건너면서 이 도시의 햇살이 참으로 투명하고 싱싱하다는 생각을 했다. 밀양이라는 이름에 겹쳐진 아침의 분위기가 그런 느낌을 부추긴 것일 수도 있다. 용두교를 건너 다시 아주 평범한 도시 풍경 속을 걸었다. 강변에 단정히 서 있는 아파트가 강물에 투영되고 그 위에 물오리가 떠 있다. 그 언저리의 산책길을 몇 사람이 걷는 모습까지 합쳐진 풍경은 한 장의 엽서 같았다.

천천히 걷다가 문득 고향집 문 앞에라도 선 듯한 느낌으로 걸음을 멈추었다. 넓은 강물과 그 건너 언덕에 우뚝한 영남루(嶺南樓)가 한눈에 들어왔다. 밀양교 남단에서 먼발치로 만나는 영남루는 역사책 속의 영웅이 살아온 듯한 감동을 주었다. 그래서 곧바로 다리를 건너지 않고 둔치로 내려가 누각을 바라보았다. 영웅의 모습을 좀 더 천천히 오래 볼 생각에.

대대로 이어온 명루

남천강을 굽어보는 언덕에서 먼 들판과 하늘을 한눈에 조망하는 영남루는 예로부터 진주 촉석루, 평양 부벽루와 더불어 조선의 3대 명루로 손꼽힌다. 지금의 건물은 1844년 밀양부사 이인재(李寅在, 생몰년 미상)에 의해 중창된 것인데 정면 5칸 측면 4칸에 양쪽으로 익랑(翼廊)을 두어 매우 웅장한 규모를 자랑한다. 1963년에 보물 제147호로 지정됐다.

《신증동국여지승람》제26권 경상도 밀양도호부 조에는 "옛 영남사(嶺南寺)의 작은 누각인데, 절은 없어졌다. 지원(至元) 을사년에 김주(金湊)가 군수가 되어 예전대로 고쳐 세우고, 인하여 절의 이름으로써 이름 지었다. 뒤에 부사 안질(安質)이 중수하였다. 천순(天順) 경진년(1460)에 부사 강숙경(姜叔卿)이 또 중수하여 옛 규모를 넓히니, 크고 아름답기가 비길 데가 없다"고 영남루를 소개하며 김주와 신숙주의 기문을 비롯 여러 편의 시를 첨부하고 있다.

고려 후기의 문신 김주(?~1404)는 전라도 낙안 사람으로 공민왕 14년(1365)에 밀양 군수를 지냈는데, 그때 낡은 영남루를 새롭게 짓고 기문을 남겼다. 그의 기문에는 영남루를 고쳐 짓는 군수의 애틋한 마음과 나이 든 목수의 이야기가 극적으로 기술되어 있다.

을사년 봄에 내가 서울을 나와서 군수가 되어 일을 보는 여가에 이 누각을 보았는데, 규모가 좁아 집이 작고 추녀가 짧아 바람이 비끼면 비가 들어오고 해가 기울면 볕이 들어와서, 누각에 오르는 것을 즐긴다 하여도 메마르고 축축함을 제거할 수 없으므로 낡은 것을 고치려고 모두 다 걷어버리려고 생각하나, 공장(工匠)을 얻기 어려워서 군사람들에게 물으니, 모두들 말하기를, "군노(郡奴) 한 사람이 평소에 훌륭한 공장이라 일컬어졌는데, 이미 늙고 또 병들어 일을 맡기는 어렵지만, 그래도 누워서 지시할 수는 있습니다." 하기에, 내가 곧 아전을 보내서 불러다 그 까닭을 말하고, 진양(晉陽, 진주)에 보내서 촉석루(矗石樓)의 제도를 그림으로 그리게 했더니, 돌아옴에 미쳐서는 병이 비로소 조금 나았다. 또 일꾼들을 거느리고 산에 들어가 재목을 거두니 날로 조금씩 힘이 붙어 일어나서 걸을 수 있게 되어 그 척도(尺度)를 헤아리고 승묵(繩墨)을 보고, 그 일을 마치게 되어서는 드디어 아주 병이 나았으니 이 어찌 천행이 아니랴. 집을 네모지게 넓히고 추녀를 겹쳐서 깊게 하니, 마루와 기둥이 넓고 높아서 바람과 비를 물리치게 되었다. 이윽고 단청을 하니, 사치스럽지도 않고 누추하지도 않았다. 그런 뒤에 바람과 비가 닥쳐도 근심하지 않고 뙤약볕의 뜨거움을 근심하지 않았다. 손님과 주인이 함께 기뻐하며 술을 서로 권하고 받았는데, 돌아다니고 움직이고 가만히 있기에 오히려 여지가 있고 올라가서 글을 읽으면 가슴속이 후련하니, 대개 좋은 경치의 고상한 멋을 더한 까닭이다.

— 《신증동국여지승람》 제26권

영남사라는 절은 신라 때부터 있었으나 고려 중기 이후 없어진 것으로 보이는데, 영남루도 이미 김주의 시대 이전에 객관의 누각 기능을 하고 있었던 것을 알 수 있다. 《신증동국여지승람》에는 고려 의종(毅宗, 1127~1173) 때의 사람으로 추측되는 임춘(林椿)이 영남사를 제재로 쓴 고율시 한 수를 소개하고 있다. 임춘은 가전체소설의 대표작인 〈국순전〉과 〈공방전〉의 작가다.

> (前略)
>
> 洛城遷客來何時　서울에서 오는 손님 언제 오는지
> 樓上欲窮千里目　다락 위에서 천리까지 다 보았으면.
> 山耶雲耶遠一色　산인지 구름인지 멀리 다 같은 빛인데
> 雁點長空行斷續　기러기 긴 하늘 점점이 끊었다 이었다 하네.
> 天涯晚色正蒼然　하늘가에 저녁 빛이 사뭇 어스름한데
> 其奈思家心更速　어찌 그리 집 생각에 다시 바쁜고.
> 不用重來登此樓　다시 이 다락에 오를 일 없으리니
> 煙波好處使人愁　안개 물결 좋은 곳이 사람을 근심케 하네.
>
> — 임춘 〈제영남사(題嶺南寺)〉 《서하선생집》 제2권

제목은 〈제영남사〉이지만, 시에는 이미 경치 좋은 누각이 절과 함

께 있음을 보여준다. 그러니까 영남루의 자리에는 신라 때부터 영남사가 있었고, 절의 누각이 점차 명소로 이름을 얻었다. 절의 기능이 쇠퇴한 고려 후기에는 객관의 누각 역할을 했으며 공민왕 때 김주에 의해 중수된 뒤로는 영남루로 이름과 그 자리를 굳혀 온 것으로 보인다.

강좌웅부(江左雄府) 교남명루(嶠南名樓)

밀양교 북단에서 영남루로 올라가는 길에는 '배려'의 철학이 깔려 있다. 돌계단의 중심을 지그재그식 길로 이어가고 있다. 최근 공원을 조성하며 고령자나 장애인을 위해 특별히 고안한 오르막길이 무척이나 정겹다. 돌계단 길을 올라서면 곧바로 영남루를 만나게 되는데, 누각의 앞에 서면 가장 먼저 커다란 현판들이 눈을 가득 채운다.

마당에서 누각을 바라보는 중간 지점에 서면 누각의 앞쪽 추녀에 걸린 '영남루'라는 현판과 그 좌우에 걸린 '강좌웅부(江左雄府)'와 '교남명루(嶠南名樓)'라는 커다란 현판 글씨가 보인다.

앞쪽의 '영남루'는 조선 후기 명필로 진주 촉석루, 수원성의 방화수류정 등의 현판을 쓴 송하(松下) 조윤형(曺允亨, 1725~1799)의 글씨로 현재의 건물이 지어지기 이전에 쓰던 것을 그대로 걸어 둔 것으로 보인다. 오른쪽으로 보이는 '강좌웅부'는 낙동강 왼쪽의 커다란 고을이라는 뜻으로 밀양을 지칭하고, 왼쪽으로 보이는 '교남명루'는

누각 정면에 걸려 있는 영남루의 현판들.

문경 새재 이남의 유명한 누각이란 뜻이다. 현판은 둘 다 판자 12장
을 이어서 짰다. 조선 후기 학자이자 개화파로 《임하필기》를 편찬
한 귤산(橘山) 이유원(李裕元, 1814~1888)의 글씨다.

능파각 쪽으로 올라가 누마루에서 천정을 보면 창연하게 빛바랜
천정에 수많은 용이 그려져 있고, 들보에 걸린 현판들이 영남루의
역사를 말해주고 있다. 누군가 일일이 용의 형상을 세어보니 11마
리나 된다고 했다. 원래는 시와 기문들을 적은 현판이 빼곡하게 걸
려 있었겠지만, 지금은 그리 많지 않은 현판들이 시간의 흔적을 보
여주듯 걸려 있다.

그중에 대형 현판은 '강성여화(江城如畵)' '용금루(湧金樓)' '영남제일

루(嶺南第一樓)' '현창관(顯敞觀)' '영남루' 등이 걸려 있다. '강성여화'는 누각 아래 남천강과 밀양 성중이 한 폭의 그림같이 조망됨을 뜻하고 '용금루'는 높은 절벽에 우뚝 솟은 누각이라는 의미다. '영남제일루'는 소백산 죽령 이남에서 으뜸가는 누각이라는 뜻인데 이 현판의 글씨는 누각을 중수한 밀양 부사 이인재의 큰아들 이중석이 11세 때 쓴 것이라는 내용이 병기되어 있다.

'현창관'이란 멀리까지 조망되는 곳임을 나타내니 영남루를 뜻하는 말이다. '영남루'라는 활달한 글씨의 현판은 이인재의 둘째 아들인 이현석이 7세의 나이에 썼다는 설명이 있으니 놀라운 일이 아닐 수 없다.

누정에서 보기 드문 문익점의 시판

영남루에는 현판에 못지않게 자세히 봐야 할 시판이 두 개 있다.

嶺南樓下大川橫 영남루 아래 큰 물 비껴 흐르고

秋月春風屬太平 가을 달 봄바람이 태평이로세.

忽得銀魚森在眼 문득 눈앞에 삼삼한 은어

斯文笑語可聞聲 사문(儒學, 士林)의 웃음소리 귀에 들리는 듯.

— 이색 〈영남루〉판상시

목은 이색(李穡, 1328~1396)의 판상시(위)와 문익점(文益漸, 1329~1398)의 시 〈영남루〉.

사실, 들보에 걸린 목은 이색의 시판에는 제목은 보이지 않고 시만 새겨져 있다. 시에 이어 시판이 새겨져 걸리게 된 경위를 적은 글이 새겨져 있다.

> 위 문장은 우리 목은 선조의 시이다. 옛날에 판각이 있었는데 임진 계사의 재난에도 화를 면했으나 읍 사람들이 잘 간수하지 못하여 없어졌으니 참으로 개탄스럽다. 소자(小子)는 마침 누각이 불에 탄지 십 년이 지난 뒤에야 부임하여 유허에 올라 돌아보고는 고적이 점차 사라짐을 침울하게 생각하여, 고쳐 짓기로 마음먹고 재목을 모으고 돌을 캐다가 여덟 달에 거쳐 드디어 공사를 마쳤다. 누각이 완성되니 선생께서 남긴 편액을 다시 걸어 놓지 않을 수 없다. 그러므로 삼가 판각에 부쳐서 후세에 전하여 보이고자 하니, 아마 누각과 더불어 없어지지 않으리라. 갑진년 늦가을 하순 16대손 부사 인재 삼가 쓰다.

현재의 영남루를 중창한 이인재가 이전에 걸려 있다가 사라져 버린 목은 이색의 시판을 다시 새겨 걸게 된 과정이다. 말미의 갑진년은 1844년이니 이 시판은 영남루와 나이가 같은 셈이다. 두 아들에게 현판을 쓰게 하고 자신은 선조의 시판을 복구하는 등 부사 이인재의 정성이 매우 지극했음을 엿볼 수 있다.

또 하나 눈길을 끄는 현판은 문익점(文益漸, 1329~1398)의 시를 새긴 것이다. 원나라에서 붓 뚜껑에 목화씨를 넣어 와 우리나라 의료(衣料)와 경제에 혁명적인 변화를 일으킨 문익점의 시를 누정에서 만나기란 쉽지 않아서 시판을 보는 마음이 새롭다.

聞說神仙有洞天	내 듣자니 신선이 사는 곳에 있었던 골짜기를
六鰲頭戴忽移前	여섯 마리 자라가 머리에 이고 이곳에 옮겼다지?
晴川芳草好風裡	하늘 맑고 냇가 우거진 풀에 산들바람 불고
孤鶩落霞斜日邊	외로운 오리 지는 노을 석양 가에 있네.
曠野馬牛分客路	넓은 들 말과 소는 나그넷길을 나누고
遠村鷄犬接人煙	먼 마을 닭과 개 짖는 소리, 인가의 연기가 이어
	지네.
別區光景言難竟	별난 곳 나누어 풍경을 말로 다하기 어려워
畵取吾將獻御筵	나는 그림으로 그려다가 임금께 바치려 하네.

— 문익점 〈영남루〉 판상시

이 문익점의 시판도 제목을 따로 새기지 않고 본문만 새겼는데, 시에 이어 시판의 제작 경위가 설명되고 있다.

선조 삼우당 충선공께서 홍무 병진년(1376)에 청도 군수로 왔을 때 영남루 시를 지었는데, 유고에 실려 있다. 이제 걸어 놓은 시판이 없는 것은 필시 세월이 오래되고 여러 번 화재를 겪었기 때문이리라. 서글피 추모하는 마음에 삼가 시판에 새겨 걸어 둔다. 숭정 이후 네번째 병오년(1846)에 후손 병렬이 삼가 쓰다.

이로 보면, 이 시판 역시 영남루가 중창되고 바로 후손에 의해 새겨져 걸린 것이다. 명루가 중건되어 그 역사와 명맥을 되살리니 뜻 있는 선비들이 자신의 선조들이 읊은 옛 시문을 판에 새겨 걸었던 것이다. 옛 지식인들에게 누정은 가슴에 새길 좋은 시구를 전승하는 공간이었고, 문학과 철학이 계승되는 학습의 장이기도 했던 것임을 다시 한 번 느낄 수 있다.

문익점이 본 영남루는 신선이 사는 곳, 그것도 자라가 머리로 옮겨 놓은 신선의 처소와도 같이 아름답고 그윽한 곳이었다. 문익점은 정치적으로 순탄치 못한 생애를 보냈다. 원나라가 공민왕을 폐하고 흥덕군을 세우려 한 데서 비롯된 사건에도 휘말렸고, 목은 이색 등과 함께 이성계의 전제 개혁에 반대했다. 그로 인해 정치의 중앙무대에서 빛을 보지 못했고 한때 청도 군수로 좌천되기도 했다. 그래서인지 이 시의 마지막 구절 "그림으로 그려다가 임금께 바치려 하네"에 남는 여운은 길고 애처롭다.

넓고 경쾌한 시상(詩想)을 따라

고개를 쳐들고 시판을 보고 나서 누마루 가장자리로 다가가니 남천강과 밀양 시내 풍경이 한눈에 들어왔다. 이리 보면 이쪽이 절경이고, 저리 보면 저쪽이 빼어났다. 아래쪽 대나무 숲에는 아랑각이 있고, 남천강 푸른 물은 흐르는 듯 흐르지 않는 듯 하늘을 머금고 있는데 어디선가 꽃망울 터지는 소리라도 들리는 듯 귀가 간지러웠다.

高樓登眺若登天	고루에 올라 조망하니 하늘 위에 오른 듯
景物紛然後忽前	경물이 현란하게 뒤에 있다가 홀연히 앞에.
風月雙淸是今古	바람과 달이 맑은 것은 지금이나 옛날이나
山川十里自中邊	산과 내는 십 리에 걸쳐 한복판과 변두리에.
秋深官道映紅樹	가을 깊은 관도엔 단풍나무 어른어른
日暮漁村生白煙	날 저무는 어촌엔 흰 연기 모락모락.
客子長吟詩未就	객자 길게 읊조리며 시를 짓지 못했는데
使君尊俎秩初筵	원님이 마침 연회를 열고 불러주셨도다.

— 이숭인 〈영남루에 제하다〉《도은집》 제2권

목은 이색이 '중국에서 찾아도 많지 않을 명문장가'라며 칭찬을 아끼지 않았던 이숭인(李崇仁, 1347~1392)의 시는 지금의 영남루에서 읊어도 그 정취가 어색하지 않다. 수련의 "경물이 현란하게 뒤에 있다가 홀연히 앞에"라는 표현은 갑자기 아름다운 그림 한 장을 '짠!' 하고 눈앞에 내놓는 듯한 신선함으로 읽힌다. 그 경쾌함이 다음 연으로 이어져 산과 내가 서로 십 리에 걸쳐 어우러져 복판과 변두리를 나누는 풍경으로 심화되고 있다. 그 맑고 밝은 경치는 거기서 그치는 것이 아니라 다시 날 저무는 어촌 흰 연기 피어오르는 그윽함으로 확대되어 마침내 시조차 짓지 못하는 나그네의 마음으로 드러나고 있다. 이렇게 시상의 전개가 드넓게 펼쳐질 수 있는 것은 영남루

의 조망이 그만큼 넓기 때문일 것이다. 그렇게 무한정 펼쳐진 시정
(詩情)은 원님이 마련한 회식자리에서 얼마나 도도한 풍류로 토설되
었을지 짐작이 간다.

金碧樓明壓水天　단청은 울긋불긋 강물 위에 솟았는데

昔年誘構此峯前　어느 해 어느 누가 이 다락을 세웠는고.

日竿漁父雨聲外　고기 잡는 어부는 빗소리를 낚아내고

十里行人山影邊　길 가는 행인들은 산그늘을 밟고 가네.

入檻雲生巫峽曉　산들은 옹기종기 구름 밖에 솟아 있고

逐波花出武陵煙　무릉의 꽃잎은 올랑촐랑 파도 따라 떠나가네.

沙鷗但聽陽關曲　떠도는 갈매기가 양관곡을 어이 알리오

那識愁心送別筵　헤어지기 싫어하는 이 내 시름을.

— 도원흥 〈영남루〉《신증동국여지승람》제26권

　이숭인과 같은 시대를 살았던 도원흥(都元興, 생몰년 미상)은 맑은
수채화를 그려내듯 영남루를 묘사한다. 한번 올라 그 경치에 반하
면, 무릉도원 같은 그곳에서 다시 내려가고 싶지 않은 누각이 영남
루이다.

高樓百尺控長天　백 척 높은 누대 중천에 닿은 듯

風景森羅几案前　온갖 풍경은 책상 앞에 널렸구나.

川近水聲流檻外　내 가까우니 물소리 난간 밖에 흐르고

雲開山翠滴簷邊	구름 열리니 산의 푸른 기운 처마 끝에 듣는구나.
千畦疃畝禾經雨	천 이랑 밭두둑엔 비 맞은 벼요
十里閭閻樹帶煙	십 리 마을엔 연기 띤 나무로다.
匹馬南遷過勝地	필마로 귀양길에 승지를 지나다가
可堪登眺忝賓筵	올라 조망할 만하여 손들 모인 자리에 참여하였
	거니.

— 권근 〈밀성 영남루시의 운을 차하여〉 《양촌집》 제7권

　양촌(陽村) 권근(權近, 1352~1409) 역시 "중천에 닿은 듯" 높다란 영
남루의 형상에서 시를 시작했다. 가까운 물소리와 먼 산의 푸른 기
운 그리고 그 사이 밭이랑과 마을 풍경을 한 움큼 쥐고 있다가 문득
펼쳐 보이는 듯한 시상의 전개다. 귀양길에 올라서도 잔치 자리에
끼이는 호방함이 대미를 장식하니 그 또한 영남루의 풍류라 할 것
이다.

시흥으로 솟구치는 선비들의 연회

　이숭인 이후로 운용되고 있는 영남루 시의 운자는 마지막 '연(筵)'
자가 압권이다. 영남루와 같이 좋은 풍광을 두고 잔치가 빠질 수 없
거니와, 선비들에게 명승과 잔치는 곧바로 시흥(詩興)이기 때문이
다. 물론 그 시흥은 놀고 마시는 '먹자판'이 아니다. 객지의 고단한

벼슬살이 속에 맺힌 시름을 풀고, 시대의 아픔을 논하고, 인생의 덧
없음을 회한하는 지식인의 고뇌를 시로 승화시키는 자리였다. 그래
서 중앙 정치무대에서 먼 곳인 영남루는 눈에 보이는 자연만으로도
충분히 '힐링'이 되는 명소였다.

登臨正値浴沂天	올라간 것이 마침 늦은 봄을 만났는데
灑面風生倚柱前	낯 스치는 바람이 기둥 기댄 앞에서 나오네.
南服山川輸海上	남방의 산천들은 모두 바다에서 다하고
八窓絲竹鬧雲邊	팔창의 관현악 소리는 구름 가에 들리어라.
野牛浮鼻橫官渡	들소는 코만 내민 채 관선 나루를 횡단하고
巢鷺將雛割暝煙	백로는 새끼 데리고 저녁연기를 가르누나.

方信吾行不牢落　이제야 믿노니 내 행차 적막하지 않음은

每因省母忝賓筵　늘 모친 뵙는 틈에 빈연에 참여한 때문일세.

　　　　　— 김종직 〈영남루에서 차운하다〉《점필재집》 제5권

樓觀危臨嶺海天　누각은 영해 하늘 우뚝이 솟아 있고

客來佳節菊花前　좋은 시절 국화 앞에 객은 찾아왔도다.

雲收湘岸靑楓外　소상강 언덕인가 푸른 숲에 구름 걷히고

水落衡陽白雁邊　형산 남쪽 흰 기러기 물은 떨어지누나.

錦帳圍將廣寒月　비단 장막 광한전의 달을 싸고도는데

玉簫吹入太淸烟　옥퉁소 소리 태청의 연기 속에 들어가네.

平生儘有騷人興　평생에 진실로 시인의 흥이 있어

猶向尊前踏綺筵　술두루미 앞에서 비단 자리에 춤추노라.

　　　　　— 이황 〈영남루〉《퇴계집》 제1권

　조선 전기와 중기에 이름을 떨친 성리학의 대가들도 영남루의 풍
광 앞에서 비단 위에 꽃 그림을 그리듯 시를 읊었다. 밀양이 고향인
김종직(金宗直, 1431~1492)은 늦은 봄날의 영남루 풍경을 맑게 그렸
다. 특히 구름 가에서 울려 퍼지는 천상 주악을 듣는 웅장한 이미지
를 통해 영남루를 묘사한 대목은 그의 고절한 인품을 닮았다.
　이황(李滉, 1501~1570)의 경우도 중국의 절경으로 꼽히는 소상강과
형산을 들어 영남루의 경치를 추켜세우고, 다시 광한전과 태청[天上]
을 통해 신선의 경계로 격상시키며 "시인의 흥"과 "비단 자리에 춤

추노라"며 풍류를 한껏 펼쳐 보인다.

영남루의 구조적 특징 가운데 가장 눈에 띄는 것은 익랑(翼廊)이다. 동쪽의 능파각은 누마루와 같은 높이에 방을 들인 별도의 건물이고 서쪽의 침류각은 누마루 아래쪽에 지어져 있다. 그래서 침류각과 누마루로 통하는 계단이 3단구조로 되어 있는데, 이 구조가 매우 독특한 아름다움을 자아낸다. 지금은 목재의 훼손 위험으로 보행이 금지되어 있는데, 누구나 한 번쯤 그 계단을 통해 누마루로 올라가고 싶은 충동이 느껴진다. 인간 세상에서 신선의 세상으로 오르는 계단일 것만 같은 느낌을 주기 때문이다.

영남루 하나만으로 눈은 즐겁고 마음은 경쾌한데 주변에도 볼 것이 많다. 남천강을 굽어보며 "남천강 굽이쳐서 영남루를 감돌고 벽공에 솟은 달은 아랑각을 비추네ㅡ"라는 〈밀양아리랑〉 가사를 읊조린다. 비운의 소녀 아랑의 전설을 간직한 아랑각은 영남루 아래 푸른 대나무밭에 정갈히 지어져 있다.

옛사람들이 밀양을 웅부(雄府)라 한 이유는 영남루에서 바라보는 세상의 넓이에 있을 것 같다. 영남루에서 보이는 세상은 인간의 시야가 갖는 가시거리의 한계를 훨씬 넘어서는 무한으로 펼쳐지기 때문이다.

안동 영호루 安東 映湖樓

천 봉마다 달이요
만 나무에 꽃이로세

客中愁思雨中多	나그네 시름이 비 만나 더한데
況値秋風意轉加	더구나 가을바람에 더욱 심란하구나.
獨自上樓還盡日	홀로 누에 올랐다 해 저야 돌아옴이여
但能有酒便忘家	다만 술잔 들어 집 그리움 잊는다.
慇懃喚友將歸燕	은근히 벗을 불러 돌아가는 제비는
寂寞含情向晚花	쓸쓸히 정을 품고 늦은 꽃을 향하는구나.
一曲淸歌響林木	한 곡조 맑은 노래 숲 속을 울리는데
此心焉得似枯楂	이 마음 어쩌다 마른 삭정이처럼 되었나.

—— 이황 〈영호루〉

낙동강변의 시 창작 공간

"한국정신문화의 수도 안동으로 오세요." 안동시청 홈페이지에 링크된 경북관광진흥협동조합 홈페이지 대문에 걸린 문구다. 안동 지역을 여행하다 보면 '한국정신문화의 수도 안동'이라 쓰인 현수막을 가끔 만나게 된다. 서울은 행정수도(首都)이고, 정신문화의 수도는 안동이다? 지역 홍보 카피치고는 상당히 도발적(?)이란 느낌이 든다. 그러나 안동에서 하루만 지내보면 그 도발적인 카피의 속내를 이해하게 된다. 안동시 권역 전체가 역사와 문화의 현장이다. 박제된 역사도 아니고 연출된 문화도 아니다. 과거의 '현재'와 현재의 '과거'가 생동감 있게 공존하는 곳이 안동이다.

영호루(映湖樓). 밀양의 영남루와 진주 촉석루, 남원 광한루와 함께 남한 땅 4대 명루에 속하고 그 가운데 가장 오랜 역사를 지녔다는 누각이다. 당연히 안동의 자랑이고, 안동을 정신문화의 수도이게 하는 중요한 콘텐츠다. 안동 시내 남쪽을 흐르는 낙동강은 강원도 태백 검룡소에서 발원하여 험준한 골짜기들을 다 겪고 안동호를 지나 이제 평탄한 흐름으로 접어드는 참이다. 거기에 일월산에서 발원하여 영양을 거쳐 임하호에 갇혀 있다가 다시 남으로 흘러내린 물이 반변천을 돌아 낙동강 본류에 섞이며 넓은 호수를 이룬다.

푸른 물결 만만(漫漫)한 강 남쪽 건너에 자리한 영호루는 낙동강 700리에서 가장 유서 깊은 문학창작 공간으로 맥을 이어 왔다. 처음 지어진 시기는 알 수 없다. 다만 고려의 김방경(金方慶, 1212~1300) 장군이 1274년에 지은 시 〈동정일본과차복주등영호루(東征日本過次福州登映湖樓)〉가 전하는 것으로 볼 때 13세기 이전부터 영호루라는 이름의 누각이 있었음을 알 수 있다. 복주는 안동의 옛 이름.

영호루의 원래 자리는 지금의 영호루 건너편 안동 시내 쪽 강변이었다. 물가에 인접해 큰물이 질 때마다 누각이 떠내려가거나 유실됐고 그때마다 새로 짓거나 중수하기를 거듭했다. 기록에 전하는 것만도 10여 차례에 이르는 영호루의 중수 이력. 그 이력의 행간에 아주 중요한 정신문화의 유전자가 별처럼 박혀 있다. '영호루'라는 이름을 지키기 위한 부단한 노력과 수많은 명유(名儒)들의 시 창작이 영호루 유전자의 핵이다.

주차장에서 바라보는 영호루의 남쪽 처마 중간에는 한글 현판이 걸려 있다. 박정희 전 대통령의 글씨다. 강 건너의 영호루는 1934년 대홍수로 떠내려가 버리고 주춧돌만 몇 개 남아 있었다. 이를 안타깝게 여긴 지역민들이 성금을 거두어 영호루 복원에 나섰고 시비와 국비를 보태 1970년 이 자리에 철근콘크리트로 누각을 지었다.

그렇게 새마을운동 하듯 복원된 영호루는 지금은 4차선 도로가 되어버린 강 건너 옛터를 바라보고 있을 뿐이다. 누각의 북쪽 처마 중간에는 한자로 된 현판이 걸려 있는데 고려 공민왕(1330~1374)의 글씨다. 지금 걸린 현판은 2011년에 복제한 것이고 진본은 안동민속박물관에 보관되어 있다.

영호루와 공민왕 그리고 공민왕이 쓴 현판. 여기에 영호루의 가치를 극도로 고양시킨 역사적 사건이 내재한다. 《고려사절요》 제27

권에 "공민왕 2년(1361) 12월 임진일에 왕이 복주(福州)에 이르렀다"는 기사와 함께 "왕이 영호루에 거둥(擧動)하여 얼마 동안 경치를 바라보더니, 이윽고 누에서 내려와 배를 타고 놀므로 구경하는 자들이 줄지어 늘어서고, 혹은 돌아서서 탄식하는 자도 있었다"는 기록이 보인다.

이른바 복주천도(福州遷都)다. 원나라 말엽 북방에서 발흥한 홍건적(紅巾賊)의 2차 침입(1361년 9월)에 고려는 수도 개경을 잃게 되고 공민왕은 복주까지 피난한 것이다. 공민왕이 복주에 머무는 동안 복주는 고려의 수도였다. 공민왕은 복주에서 군사를 다시 모아 개경을 되찾는 반격을 명했고, 그 전투에 승리하여 왕은 50여 일 만에 개경으로 돌아갔다. 1366년 공민왕은 안동을 대도호부로 격상시키고 직접 '영호루'와 '안동웅부(安東雄府)'라는 커다란 글씨를 써서 판전교시사(判典校寺事) 권사복(權思復, ?~?)에게 주었다.

왕이 직접 쓴 누각과 대도호부의 현판, 거기에는 외적의 침입으로 천도해야 했던 불행과 제자리로 돌아온 뒤의 안도감 같은 끈적거리는 기억이 묻어 있다. 그래서 그 현판은 더욱 애틋했을 것이다. 왕의 글씨를 받은 안동 판관 신자전(申子展, ?~?)은 누각의 크기가 맘에 걸렸다. 왕의 글씨를 현판으로 새겨 걸기에 누각이 작았던 것. 그래서 누각을 넓히고 위치도 좀 더 물이 가까운 곳으로 옮겼다.

공민왕의 천도로 높아진 이름

이렇게 공민왕의 천도와 편액의 하사 그리고 누각의 중수와 이전이 이루어지면서 영호루의 명성은 높아갔고 명사들의 시 창작 공간으로 사랑을 받게 되었다. 이후 수많은 거유와 문객들이 영호루에서 시를 지었고, 오늘날 영호루 안쪽 사방 보에는 46장의 시판이 3장의 기문 현판과 함께 걸려 있다.

山水無非舊眼青　산과 물은 모두 옛날에 보던 푸르름인데
樓臺亦是少年情　누대도 또한 바로 어릴 때 그 정겨움이라.
可憐故國遺風在　기특하여라, 고향에는 옛 풍속이 남아 있어서
收拾鉉歌慰我行　악기와 노래를 갖추어서 내 걸음을 위로하네.
　　　　　　— 김방경 〈동정일본과차복주등영호루〉《동문선》권 20

오늘날 전하는 영호루 시 가운데 가장 오래된 시다. 김방경은 안동 김씨의 중시조로 삼별초 토벌의 공을 세운 명장이다. 그가 고려 병력 8천 명을 이끌고 원나라와 합세하여 1차로 일본 정벌에 나간 것이 1274년(충렬왕 1)이다. 거친 파도로 실패하고 돌아오는 길에 자신의 본관인 안동에 들렀고 영호루에 올라 이 시를 지은 것으로 보인다.

시는 담백하다. 방금 전쟁을 치르고 돌아온 장군이 아니라 타향을 떠돌다 모처럼 고향에 들른 문객의 소슬한 감상마저 엿보인다.

영호루에는 김학순의 '낙동상류 영좌명루' 대형 현판과 (위)
46장의 시판들이 누마루에 걸려 있다.

영호루의 풍경이 안팎으로 혼란했던 정세를 온몸으로 헤치며 살았던 무장의 마음속에 잠자던 시심을 흔들어 깨웠으리라.

海山當日往來多　평생 바다와 산에 많이 다녀 보았어도
物外精神到此加　물외의 정신이 예 오니 더해지네.
初謂夢遊雲雨峽　처음엔 꿈에 운우협에 노는가 했더니
漸疑身入畫圖家　차차 몸이 그림 속에 드는가 싶네.
南江秋夜千峯月　남강 가을밤엔 천 봉마다 달이요
北里春風萬樹花　북리 봄바람엔 만 나무에 꽃이로세.
雖是無情閑道者　제아무리 무정하고 한가한 도인이라도
登臨不得似枯槎　예 와선 마음이 마른 등걸처럼 되진 못하리.
　　　　　　— 채홍철 〈복주영호루〉《동문선》권 14

　김방경의 사위 채홍철(蔡洪哲, 1262~1340)의 시다. 문신으로 불교와 음악 그리고 의약에 조예가 깊었던 채홍철은 영호루를 선경(仙境)으로 끌어 올린다. 수련(首聯)과 함련(頷聯)에서 바다와 산을 찾아다니며 물외의 정신을 가다듬는 자신의 이상향을 초 회왕과 신녀가 노닐었다는 무산의 운우협과 그림 속의 세상으로 확장시킨다. 이어 영호루 주변 풍광이 바로 그 이상세계에 닿아 있음을 노래하고, 이러한 곳에서는 제아무리 도를 통한 사람이라도 마음이 움직일 수밖에 없을 것이라고 말한다.
　이렇게 영호루의 풍경을 신선의 세계로 끌어 올린 작품으로는 조간(趙簡, ?~?)과 정자후(鄭子厚, ?~?)의 시가 있다.

此樓風景惱人多	영호루 좋은 풍경 사람을 뇌쇄(惱殺)하니
八詠雙溪不敢加	쌍계팔영(雙溪八詠)인들 예보다 더 나으랴.
旗蓋影交樵牧路	오가는 사람들 길 가득 분분하고
管絃聲落吏民家	관아며 집마다 음악 소리 드높아라.
跨空簷豁膚生粟	덩그렇게 높은 처마 몸이 오싹 떨리는데
照水軒危眼眩花	물에 비친 난간 보니 눈앞이 아찔하네.
玉斧修成廣寒殿	옥도끼로 다듬어서 광한전을 지은 듯
飄然不訝上仙槎	표연히 신선의 뗏목에 오름 같네.

　　　　　　　　　　　— 조간 〈영호루〉《동문선》권 14

起樓詩眼費功多	누를 세운 시적(詩的) 안목 들인 공도 많구나.
月斧雲斤亦未加	달도끼 구름날인들 예서 무얼 더하랴.
自訝登臨橫翠閣	천상의 횡취각에 온 것 같으니
誰敎飛上太淸家	뉘가 나로 하여금 태청가에 오르게 했나.
春江綠漲葡萄酒	봄 강물 푸르름이 포도주처럼 불어나고
夕照紅酣躑躅花	저녁 별 붉은 기운 철쭉꽃에 무르익네.
待過已知軒蓋近	돌아가길 기다리는 헌개 이미 왔는가
樹頭時有鵲槎槎	나무 위의 까치가 때때로 우짖으니.

　　　　　　　　　　　— 정자후 〈영호루〉《동문선》권 15

조간과 정자후는 고려 충숙왕 때의 문신들이다. 정자후는 복주 목사를 지냈다. 원나라와의 외교가 매우 복잡했던 당시의 문신들은 자연스럽게 이상향의 세계를 동경하는 마음이 깊었을 것이다. 영호루는 그러한 마음을 달래주고 시심으로나마 선계를 노니는 흥을 돋우는 명승이었기에 이같이 아름다운 시들이 창작되었을 것이다. 하지만 모든 시인이 영호루에 올라 이상향만 그린 것은 아니다. 우탁(禹倬, 1263~1342)의 경우는 일상의 풍경을 묘사하며 백성이 편안하게 먹고살기를 바라는 마음을 노래했다.

嶺南游蕩閱年多 영남에 여러 해 동안 두루두루 놀았으나
最愛湖山景氣加 이 호수와 산의 경치를 내 가장 사랑하네.
芳草渡頭分客路 풀 우거진 나루터에 나그네의 길이 나누어지고
綠楊堤畔有農家 수양버들 푸른 뚝 가에 농가가 있네.
風恬鏡面橫煙黛 거울에 바람 자니 물 연기눈썹 비끼었고
歲久墻頭長土花 오랜 세월 담 머리에는 흙 꽃이 자랐구나.
雨歇四郊歌擊壤 비 갠 뒤 온 들판에 격양가 부르는 소리
坐看林杪漲寒槎 앉아서 저 수풀 끝에 밀려 있는 떼 보노라.
— 우탁 〈영호루〉《동문선》권 15

시에 나오는 '격양가(擊壤歌)'는 태평성대의 상징이다. 요(堯) 임금이 천하를 다스린 지 50년 만에 민정을 살펴보려고 미복(微服)으로 거리에 나가 보았더니 한 노인이 배불리 먹고 흙덩이를 치며 노래

[擊壤歌]하기를, "해 뜨면 일하고 해지면 쉬며, 농사지어 밥 먹고 우물 파서 마시니, 임금이 나한테 무슨 은덕이냐(日出而作 日入而息 鑿井而飮 耕田而食)"고 했다는 데서 유래한다.

김방경과 채홍철, 조간, 정사후, 우탁의 시대에 영호루 시의 운자가 다(多), 가(加), 가(家), 화(花), 양(樣) 등의 평성 운자로 상속되기 시작했다. 학자들은 우탁의 시가 이 운자로 가장 먼저 지어진 것으로 보고 있다. 풍광과 신선의 세계를 동경하던 시심(詩心)은 공민왕 때로 접어들면서도 그대로 상속되고 있다. 고려 말 격동의 시기에도 영호루는 아름다운 것을 아름답게 느끼고, 오히려 그 아름다움에서 초월적 미감을 얻어내 민생의 복락(福樂)을 염원하는 공간이었던 것이다.

물에 비치는 시름과 감격의 심경

공민왕이 복주까지 피난을 내려오는 동안 어가(御駕)를 호종했던 전녹생(田祿生, 1318~1375)의 경우 눈에 보이는 자연을 끌어들여 눈에 보이지 않는 시국 정세를 중첩시키며 영호루를 읊었다.

北望景華疊峯多　북으로 서울(송도)을 보니 첩첩 산봉들
樓高客恨轉承加　누 높아 객의 한은 더욱 더하네.
仲宣作賦非吾土　고향을 생각하며 중선은 부를 썼고

江令思歸未到家　못 가는 집 그리워 강령은 슬퍼했네.

楊柳自搖愁裏縷　시름겹게 실가지를 흔드는 버들아

辛夷初發亂餘花　난리 뒤 처음으로 꽃 핀 개나리야

若爲江水變春酒　만약에 이 강물이 모두 다 술이라면

一洗胸中滓與槎　가슴속 쌓인 시름 말끔히 씻으련만.

　　　　　　　— 전녹생 〈영호루〉《동문선》권 15

　안동에서 북으로 향하는 눈길은 당연히 홍건적에게 함락되어버
린 수도 개경을 향한다. 거기 눈길을 막는 첩첩 산봉우리들은 가시
적인 산일 뿐 아니라 졸지에 개경을 빼앗긴 현실적인 정세다. 이어
지는 고사(故事) 또한 현실의 암담함을 빗댄 표현이다.

　중선은 중국 위나라의 시인 왕찬(王粲, 177~217)의 호다. 시뿐 아니
라 부(賦)에도 천재적 기질을 보였던 그의 〈등루부(登樓賦)〉라는 작
품에 "이 고장은 참으로 아름답지만 내 고향이 아닌 이상 잠시 머
무르는 곳 이상의 무슨 가치가 있겠는가(雖信美而非吾土兮 曾何足以少
留)"라는 구절이 있다. 아무리 아름다운 곳이라도 내 고향이 아닌 이
상 깊이 정 붙일 수 없다는 말이 잠시 천도한 곳에서 환궁을 바라는
염원을 더욱 간절하게 드러낸다.

　강령은 육조시대 양나라의 문인 강엄(姜淹, 444~505)인데, 젊은 시
절 문장에 뛰어난 재주를 보이다가 뒤늦게 벼슬살이를 하면서 문장
이 쇠퇴하여 '강랑재진(姜浪才盡)'이라는 고사가 나온 주인공이다. 그
가 고향을 그리는 시를 많이 지었음에 착안하여 전녹생은 개경을

그리는 마음을 드러내고 있다. 그러나 전녹생은 실의에 빠지는 것이 아니라 왕을 모시고 환도할 기대와 의욕을 드러내며 시를 마무리한다.

到處樓臺摘勝多　　도처에 누대 있고 절승도 많지만
此樓贏得賞心加　　이 누에 오르니 더욱 맘이 끌리네.
蒹葭岸外西南路　　갈대 핀 언덕 너머 서남으로 나뉜 길
桑枯村中數四家　　뽕나무 우거진 마을 두서너 농가.
三字御書金照水　　세 글자 어필이 금빛으로 어리니
一區仙境錦添花　　금상첨화일세, 한 갈피 선경이여!
早年攀折江邊柳　　어릴 제 꺾고 놀던 강변의 버들
老倒歸來尙來槎　　늙어서 와 보니 아직도 그대롤세.
　　　　　　　　　　　── 권사복 〈영호루〉《동국여지승람》

권사복은 공민왕이 영호루의 현판을 큰 글씨로 써서 면전에서 내려준 신하다. 그는 이제 왕의 글씨가 현판으로 걸린 영호루에 올라 시를 읊고 있다. 시의 도입은 주변 풍경을 묘사하고 있지만, 경련의 '세 글자 어필이 금빛으로 어리니'의 대목에 그의 감격이 얼비친다. 권사복처럼 금빛으로 단장한 어필 현판이 주변 풍경과 어우러져 영호루를 '새로운 가치'로 승화시키는 점을 부각시킨 시는 후대로도 계속 지어진다.

별처럼 빛나는 정신문화의 유전자

조선에 들어 영호루의 역사는 그야말로 훼손과 복구의 반복이었다. 큰 물가에 지어진 누각은 큰물이 지면 어김없이 부서지고 떠내려갔고, 그럴 때마다 관(官)이든 민(民)이든 복구와 중수에 팔을 걸어붙였다. 대대로 전해오는 아름다운 누각 하나는 단지 하나의 누각이 아니라 이 지역의 정신이고 국혼(國魂)의 한 부분이었다.

영호루가 홍수 피해를 당하고 중수, 중건되기를 반복하는 동안 공민왕의 친필인 현판도 기구한 세월을 겪었다. 《조선왕조실록》 명종 2년(1547) 조, 7월 3일 자에는 "안동에 큰 비가 내려 영호루가 침몰되어 공민왕이 쓴 편액이 어디로 갔는지 알 수 없다"는 내용이 있고 이틀 뒤인 5일 자에는 김해의 홍수 상황이 보고되는데 "안동 영호루의 액자현판이 경내의 강어귀에 떠 있는 것을 건졌다"는 내용이 보인다. 1934년의 대홍수 때도 현판이 물에 떠내려가 구미 인근에서 건졌다는 기록이 있다.

客裏登臨感歎多　나그네로 누에 오르니 감회도 많아라
倦遊贏得鬢絲加　이리저리 떠돌다 몸만 늙었네.
海天流落空懷國　바다 밖을 헤맬 때는 고국이 그리웠는데
鄕郡歸來未有家　고향이라 돌아와도 내 집도 없구나.
百尺危欄浮碧落　아스라이 높은 난간 빈 공중에 떠 있고
九重宸翰耀金花　임금님의 내린 글씨 금빛으로 찬란해라.

長川逈與銀河接　긴 내가 멀리 은하와 접했으니

直欲迢迢一泛槎　곧바로 아득히 배 한번 띄우고 싶네.

— 권근 〈영호루시〉《동국여지승람》

　조선 초기의 명신 권근(權近, 1352~1409)의 시다. 안동이 본관인 그
는 나이 들어 고향에 돌아온 감회를 스산한 가을 날씨처럼 묘사하
고 있다. 그러나 그의 심경에 빛을 주는 것은 다름 아닌 공민왕의 글
씨 현판, 그 금빛의 광채다. 그 찬란함으로부터 '아득히 배 한번 띄
우고 싶은' 소망이 솟구친다. 조선 초기 신하들은 고려를 지나온 사
람들이다. 전조(前朝)에 대한 정치적 입장은 철저히 배제했으나 경

물로서 영호루를 찬탄하는 시심은 고려의 문객들과 다를 것이 없다. 정도전(鄭道傳, 1342~1398)의 칠언절구 〈영호루〉도 "밤에 구경할 때 촛불 켤 일 없네. 신기한 광채가 물가를 쏘니(夜賞不須勤秉燭 神光萬丈射汀洲)"라고 읊고 있다.

　안동을 정신문화의 수도이게 하는 학자는 단연 퇴계 이황(退溪 李滉, 1501~1570)일 것이다. 도산서원을 중심으로 조선의 도학을 꽃피웠던 퇴계 역시 영호루에 올라 과거로부터 전해오는 시편들을 보고 차운(次韻)하여 판상시를 남겼다.

客中愁思雨中多	나그네 시름이 비 만나 더한데
況値秋風意轉加	더구나 가을바람에 더욱 심란하구나.
獨自上樓還盡日	홀로 누에 올랐다 해 져야 돌아옴이어
但能有酒便忘家	다만 술잔 들어 집 그리움 잊는다.
慇懃喚友將歸燕	은근히 벗을 불러 돌아가는 제비는
寂寞含情向晚花	쓸쓸히 정을 품고 늦은 꽃을 향하는구나.
一曲淸歌響林木	한 곡조 맑은 노래 숲 속을 울리는데
此心焉得似枯槎	이 마음 어쩌다 마른 삭정이처럼 되었나.

　　　　　　　　　　　　　　　— 이황 〈영호루〉《퇴계선생문집별집》 권 1

　고려의 채홍철은 "도인이라도 예 와선 마음이 마른 등걸처럼 되진 못하리"라고 했다. 그러나 퇴계는 지금 영호루에 올라 "이 마음 어쩌다 마른 삭정이같이 되었나" 하고 자탄의 한숨을 쉬어 보인다. 퇴계의 시는 수련부터 비 만난 나그네 시름과 가을바람에 심란한 마음이 드러난다. 이어지는 함련에서도 집 생각에 심란한 마음을 달래려고 누각에 오르고 술 마시는 심사를 내비치고 있다. 제비가 돌아감과 늦은 꽃의 이미지로 확장되어 온 심란한 마음이 결국 미련의 자탄으로 이어진다. 아마 퇴계의 자탄은 자탄이 아니라 마른 삭정이 마음으로도 영호루의 아름다움을 충분히 음미하는 경지를 드러내는 것일 게다.

풍경을 보고 풍경만 그린다면 예술이 아니다. 풍경 속의 인간만사와 자연의 질서 그리고 우주적 진리의 고갱이를 포착해낼 때 예술이 된다. 낙동강의 흐름처럼 유장하게 시 창작 공간으로 사랑받아 온 영호루는 왕과 신하와 백성이 둘 아니게 세상을 살아가는 원융과 상생의 정신을 담아 온 축복의 공간이다.

이 누각에 깃든 정신문화의 유전자는 면면상속(綿綿相續)의 힘일 터인데, 그 힘은 의외로 소박하다. 김종직의 〈영호루중신기〉에서 그 답을 찾는다.

이 누각을 수리한 뜻은 편안히 노닐기 위함이 아니요, 후세에 명성을 얻기 위함도 아니며, 다만 옛 규모를 떨어뜨리지 않는 데 그친 것이다.

진주 촉석루 晉州 矗石樓

세월의 흥폐에도
물은 동으로 흐르네

戰場無恙只名區　전쟁에도 아름다운 곳 그대로 남아
人世崢成百尺樓　세상 어지러워도 백 척 다락을 다시 지었네.
納納乾坤遙岤岤　산들은 멀리 봉우리가 솟아 있고
溶溶今古大江流　예나 지금이나 남강 물 넘쳐흐르네.
船橫官渡隨緣在　배들은 나루터에 비스듬히 매어 있고
鷗占煙波得意浮　아지랑이 속에 흰 갈매기 날려고 하는구나.
景物有餘佳況少　경치 좋아 좋은 일 어찌 없으랴
詩情寥落晉康州　시정이야 진주가 제일이리라.

　　　　　　　　　　　　　— 강대수 〈촉석루〉

진주성에 비친 이미지들

초여름 더위가 기승을 부리는 일요일 오후. 진주성(사적 제118호)의 북쪽에 위치한 공북문(拱北門)으로 들어가 큰 칼을 들고 호령하는 김시민 장군 동상을 보는 순간부터 엷은 긴장감이 찾아왔다. 이어서 김시민 장군 전공비와 촉석정충단비, 임진대첩계사순의단 등을 보며 걷는 동안 진주성은 임진왜란의 아픈 기억 그 자체라는 것을 새롭게 느낄 수 있었다. 마침 전투복을 입은 육군사관학교 1학년 생도들이 진주성을 탐방하고 있어 더 묘한 분위기를 자아냈다.

진주라는 도시 이름에는 촉석루와 남강 그리고 논개(論介, ?~1593)의 이미지가 물비린내처럼 따라붙는다. 임진왜란. 한반도를 황폐하게 했던 400년 전의 그 7년 전쟁에서 자못 의미가 컸던 진주대첩의 현장. 촉석문 안쪽 '수(帥)' 자가 써진 흰색 깃발이 펄럭이는 솟을대문 앞에서 잠시 숨을 골랐다. 문을 들어서면 촉석루(矗石樓, 경남문화재자료 제8호)이기 때문이었다.

잔칫집 같았다. 번듯하게 서 있는 촉석루의 측면으로 들어서는 순간 누마루에서 한바탕 잔치가 벌어진 줄 알았다. 누마루로 올라가는 일곱 개의 층계에는 크고 작은 신발들이 각양각색을 뽐내며 가지런히 정리되어 있고, 마루에는 둘러앉아 이야기꽃을 피우는 사람들과 서서 남강을 바라보는 사람들로 가득했다. 중간에서는 걸음마를 연습하는 아기가 걷다가 기다가를 반복하고 아기를 둘러싼 가

족들의 손뼉소리와 웃음소리가 왁자했다. 술동이라도 있으면 영락 없는 잔치마당이었다. 누마루에 올라서는 순간 긴장감 같은 것은 말끔하게 사라졌고 발아래로 흐르는 남강의 물결과 멀리 아파트 단 지 뒤로 푸른 산마루가 눈에 들어왔다.

> 누각의 흥폐(興廢)로써 인심과 세도(世道)의 실상을 볼 수 있다. 세 도가 오르고 내림에 따라 인심의 애락(哀樂) 또한 같지 않으니 누각 의 흥폐도 이를 따르게 된다. 한 누각의 흥폐로써 한 고을의 인심을 알 수 있고 한 고을의 인심으로써 한 시대의 세상도리를 알 수 있다.
>
> — 하륜 〈촉석루기〉《호정집》

하륜(河崙, 1347~1416)은 촉석루의 내력을 기록한 기문에서 누각은 한 시대의 성쇠와 인심을 비춰주는 거울로 보았다. 이러한 주장을 실은 문장은 청풍의 〈한벽루기〉에서도 그대로 차용되고 있다.

그렇다면, 잔칫집을 연상시키는 2014년 초여름의 촉석루는 무엇 을 보여주고 있는가? 손안의 스마트 폰으로 지구 반대편에서 벌어 지는 축구경기를 실시간으로 보는 첨단 시대의 촉석루는 시민들의 휴식공간일 뿐인가? 그렇지는 않을 것이다. 말없이 흐르는 남강 물 결에 비쳐드는 촉석루에는 난세의 상처와 태평성대의 풍류가 겹쳐 있고, 우리의 핏줄기에는 그것을 기억하는 인자(因子)가 있지 않겠 는가.

촉석루는 원래 용두사(龍頭寺)라는 절의 누문(樓門)이었는데 고려 고종 28년 진주 목사 김지대(金之岱, 1190~1266)가 누각으로 처음 지은 것으로 전해진다. 규모가 크고 건물이 아름다우며 주변 풍경도 절경이어서 처음부터 명루(名樓)로 꼽혔다. 즉 경복궁 경회루, 평양의 부벽루와 함께 '조선의 3대 누각'으로 불리고, 부벽루와 밀양의 영남루, 삼척의 죽서루와 함께 '한국의 4대 누각', 영남루와 남원의 광한루와 함께 '남도의 3대 누각', 영남루와 안동 영호루와 함께 '영남의 3대 누각' 등으로 꼽히고 있다.

그 이름에 대해서는 하륜이 〈촉석루기〉에서 담암(淡庵) 백문보(白文寶)의 기문을 인용해 "강 가운데 돌이 쫑긋쫑긋 나와 있어 이름을 촉석이라 했다."고 전하고 촉석루를 짓고 중수한 이들이 다 과거에 장원(壯元)한 사람들이어서 '장원루'라는 별칭도 있다고 전한다. 이후 촉석루는 진주성의 남쪽 지휘소로 남장대(南將臺)라는 이름을 겸했고 과거 시험이 치러지는 장소로 사용되기도 했다. 임진왜란 이후에는 진주 기생들이 논개의 제사를 지내는 장소로도 활용했다.

촉석루는 초건 이후 8차례의 중수와 재건을 거쳤는데 임진왜란과 6·25 전쟁 시에는 완전히 소실되었었다. 현재의 건물은 1960년 진주고적보존회가 시민의 성금으로 지은 것이다. 정면 5칸 측면 4칸의 팔작지붕이며 전면과 남강 쪽 후면에 촉석루라는 현판이 걸려 있고 누 안쪽에는 '영남제일형승(嶺南第一形勝)'과 '남장대'라 쓰인 대

자(大字) 현판이 걸려 있다. 고려 이후 여러 선비의 시와 기문이 새겨진 현판도 걸려 있다.

정면 5칸인 촉석루의 가로 방향에는 모두 6개의 기둥이 서 있다. 그 처음과 끝 기둥에는 주련이 두 장 붙어 있어 8행의 율시 한 편이 주련으로 걸려 있다.

晉陽城外水東流　진양성 바깥 강물은 동으로 흐르고
叢竹芳蘭綠映洲　울창한 대숲 아름다운 풀은 모래섬에 푸르다.
天地報君三壯士　이 세상엔 충성 다한 삼장사가 있고
江山留客一高樓　강산엔 손을 머물게 하는 높은 누각 있구나.
歌屛日照潛蛟舞　따뜻한 날 병풍 치고 노래하니 잠자던 교룡이 춤
　　　　　　　　추고
劍幕霜侵宿鷺愁　병영 막사에 서리 내리니 졸던 가마우지 걱정스
　　　　　　　　럽네.
南望斗邊無戰氣　남으로 북두성 바라보니 전쟁 기운은 없고
將壇笳鼓半春遊　장군단에 피리 북소리 봄을 맞아 노닌다네.
　　　　　　　　　　　　　　　— 신유한 〈촉석루〉

진주성의 풍경과 봄날의 정취를 세밀하게 묘사한 이 시를 쓴 신유한(申維翰, 1681~1752)은 숙종과 영조 대를 살았던 문장가다. 임진왜란의 상처가 다 아물지 않은 시절이라 진주성을 한껏 아름답게 묘사하지만, 은근한 근심이 애처로이 스미어 있다. 함련에 나오는

삼장사는 진주성 2차 전투에서 끝까지 항전하다 패전하고 남강 물에 몸을 던진 김천일(金千鎰), 고종후(高從厚), 최경회(崔慶會) 세 장수를 말하는 것이다. 국난을 맞아 분연히 일어서 의병을 지휘하고 마침내 목숨을 던진 이들의 충성심과 촉석루의 대비가 처연한 슬픔을 자아내기도 한다. 아닌 게 아니라 촉석루의 상징이 된 논개는 바로 최경회의 여인이었고, 최경회의 자결 후 논개는 촉석루에서 벌어진 승전 축하연에 기생으로 가장해 들어가 왜장을 끌어안고 남강으로 몸을 던졌다.

둘러앉은 산 모두가 그림 같은 경치

촉석루를 읊은 시는 임진왜란을 기준으로 확연히 다르다. 왜란 이전의 시는 풍경과 인심을 주요 제재로 사용했지만, 전쟁 이후의 작품들은 전쟁의 처참한 기억과 군관민의 충심 그리고 논개의 의로운 죽음 등을 다룬 것이 대부분이다. 말하자면, 촉석루와 임진왜란은 일체적인 정서로 각인된 것이다. 촉석루를 읊은 가장 오래된 시는 누각 들보에 걸려 있는 면재(勉齋) 정을보(鄭乙輔, 1285~1355)의 배율육운(排律六韻)이다.

> 黃鶴名樓彼一時　이름 높은 황학루도 한때의 일이러니
> 崔公好事爲留詩　최공도 시 지어 남기기를 좋아하였네.

登臨景物無增損	올라보니 경치는 옛날 같은데
題詠風流有盛衰	시를 읊는 풍류는 성쇠가 있네.
牛礱漁磯秋草沒	소먹이고 낚시하던 언덕엔 가을 풀이 시들고
鳥梁鷺渚夕陽遲	백로와 수리 놀던 물가엔 해가 저무네.
靑山四面皆新畵	둘러앉은 푸른 산 모두 금방 그린 그림인데
紅粉三行唱古詞	분홍으로 치장한 세 행렬은 옛 노래 부르네.
玉笛高飛山月上	옥피리 소리 멀어져가는 산 위에 달이 뜨고
珠簾暮捲嶺雲垂	해 저물어 걷는 주렴에 고갯마루 구름 드리웠네.
倚欄回首乾坤小	난간에 기대어 둘러보니 시야가 좁아
方信吾鄕特地奇	우리 고을 아름다운 모습 확실하게 알겠네.

— 정을보 〈촉석루〉 판상시 《동문선》 제15권

이 시는 촉석루가 처음 지어진 시대의 작품인데 지은이는 이 누각을 중국 양자강의 명루(名樓) 황학루(黃鶴樓)에 비견하여 전반부에 최호를 등장시키고 있다. 시 가운데 "옥피리 소리 멀어져 가는"이라는 표현에서도 황학루의 이미지를 겹쳐 준다. 촉석루의 아름다움을 강조하기 위해 중국의 황학루가 세워진 원인 설화를 암시한 것이다. 설화의 내용은 이렇다.

옛날 한 여인이 경치 좋은 곳에 주막을 열었다. 하루는 어떤 노인이 찾아와 술을 마셨는데 돈이 없었다. 노인은 몇 달을 그렇게 외상 술만 먹었는데 인심이 후덕한 여인은 불평하지 않았다. 하루는 노인이 벽에다 귤껍질로 학을 한 마리 그려놓고 사라졌다. 신기하게도 사람들이 와서 술을 마시면 그림 속의 학이 나와 춤을 추었다. 그래서 여인은 술장사가 잘 되어 돈을 많이 벌었는데 노인이 다시 나타나 학을 타고 하늘로 올라갔다. 사람들은 그를 신선이라 했다. 여인은 그 신선을 기리기 위해 주막 자리에 정자를 짓고 황학정(黃鶴亭)이라 했고 시인묵객들의 발길이 끊이지 않았으며 뒷날 황학루가 되었다.

정을보의 시는 촉석루를 황학루의 신비한 이야기까지 동원하여 그 아름다움을 상승시키고 있는 것이다. 이렇게 촉석루의 풍경을 읊은 고려시대 시로는 담암(淡庵) 백문보(白文寶, 1303~1374)의 작품도 가작(佳作) 중의 가작이다.

登臨偏憶舊遊時　올라서니 생각은 예전에 와 놀던 일
強答江山更覓詩　강산에 대한 인사로 시를 지으려네.
國豈無賢戡世亂　난세를 평정할 인재 나라에 어찌 없으리.
酒能撩我感年衰　술에 휘감기니 나도 이제 늙었구나.
境淸易使塵蹤絶　맑디맑은 이 지경에 속진이 어이 얼씬
席闊何妨舞手垂　넓은 자리는 춤추기에도 아주 좋고
點筆謾成春草句　붓을 들어 시를 쓰니 춘초구를 얻었네.
停杯且唱竹枝詞　잔 멈추고 들으련다 죽지사를 불러라.
妓從坐促爲歡密　자리에 가득한 기생들은 바싹 앉아 정답고
人與時偕欲去遲　사람들은 시절과 함께 얼른 가지 않으려네.

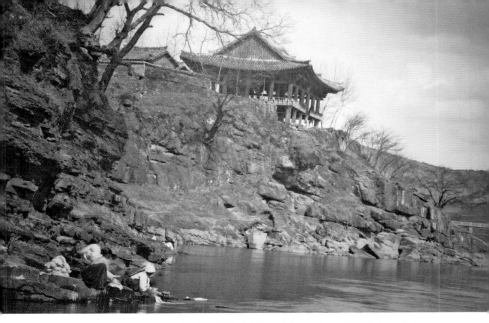

1927년에 촬영한 촉석루와 강변에서 빨래하는 아낙네들. 국립진주박물관에 전시된 사진.

此地高懷眞不世　이 땅의 높은 회포가 진정 속세 아니니
赤城玄圃未全奇　적성과 현포보다도 기특하다 하리라.

— 백문보 〈촉석루 시에 차운하다〉《담암일집》제1권

　정을보의 시가 그렇듯 백문보의 시도 촉석루의 아름다움과 누각
에서 즐기는 풍류의 즐거움을 한껏 발산하고 있다. 시의 내용으로
볼 때 백문보는 젊은 시절에 촉석루를 다녀갔고 이제 나이가 들어
다시 찾아왔다. 살아온 날들을 회상하며 속진의 번뇌를 씻어내고자
시를 쓰고 술을 마시며 기생들의 춤과 노래도 곁들이는 것이다.
　그렇게 촉석루에서 익어가는 풍류는 그냥 마시고 즐기는 풍류가
아니라 '춘초구'를 얻는 시창작의 즐거움이니 전설 속에 나오는 신

선의 세계인 적성과 현포가 부럽지 않은 것이다. 춘초구란 깜짝 놀랄 만한 시구를 말한다. 시를 쓰는 사람이라면 누구나 열망하는 '세상 사람들이 깜짝 놀랄 만한 한 구절' 말이다.

송나라의 사혜련(謝蕙連, 397~433)은 어릴 때부터 문장이 뛰어났다. 그래서 집안의 형뻘 되는 사영운(謝靈運, 385~433)에게 늘 칭찬을 받았다. 문장과 시가 뛰어난 이 두 형제를 사람들은 '대소사(大小謝)'라 불렀다. 어느 때 형인 사영운이 시를 짓다가 맞춤한 한 구절이 떠오르지 않아 온종일 끙끙댔지만 소용없었다. 그날 밤 꿈에 문득 동생인 사혜련을 만나 '못에 봄풀이 난다[池塘生春草]'는 한 구절을 얻게 되었다. 물론 그 구절은 사영운이 깜짝 놀랄 만한 것이었다. 이 때문에 사영운이 항상 "이 구절에는 신공(神功)이 들어 있어서 내가 할 수 있는 말이 아니다."라고 극찬했다고 한다.

興廢相尋直待今	흥폐를 거듭하여 지금에 이르러
層巓高閣半空臨	층층바위 절벽위에 높은 누가 하늘에 닿았네.
山從野外連還斷	들 넘어 산줄기 끊어질 듯 이어 돌고
江到樓前闊復深	누각 앞에 이른 강물 깊고 넓구나.
白雪陽春仙妓唱	백설 양춘은 기생들이 즐겨 부르고
光風霽月使君心	광풍제월은 군자의 심사로다.
當時古事無認識	그때의 옛일을 뉘라서 알리오만
倦客歸來空獨吟	나그네 돌아와 홀로 시를 읊네.

— 정이오 〈촉석루〉 판상시

정을보의 증손자인 교은(郊隱) 정이오(鄭以吾, 1354~1440)의 시다. 촉석루에서 무한한 시간의 흐름 속 인간사의 덧없음을 절절히 느끼는 선비의 고적한 마음을 드러내 보인다. 전반에서는 촉석루의 풍경을 보이고 후반부에는 인간 세상의 무상한 도리를 일깨우는 내용이다. 기생들의 풍류도 뜻을 지닌 사나이의 호연지기도 시간을 따라 덧없이 흘러가 버린다. 그러므로 미련에서는 스스로 고독한 존재일 수밖에 없음을 호소한다.

임진왜란의 영웅과 상처

고려 시대 촉석루에서 창작된 시들은 자연에 대한 외경적 묘사와 인생에 대한 관조적 심상으로 장식됐다. 그러나 조선시대 특히 임진왜란을 겪은 뒤 촉석루에서 지어진 시들은 처참한 전쟁의 상흔과 진주성 전투의 영웅들에 대한 찬탄이 주를 이룬다.

龍歲兵焚捲八區	임진년 난리가 조선팔도 휩쓸 적에
魚殃最慘此城樓	재앙은 이 성루가 가장 처참했다오.
石非可轉仍成矗	구르지 못하는 돌은 촉석이 되어 섰건만
江亦何心自在流	그래도 강물은 하염없이 흘러만 가네.
起廢神將人共力	신도 사람을 도와 일으켜 주려 하는데
凌虛天與地同浮	침범을 당한 이 세상 온통 들떠만 있네.

須知幕府經營手　모름지기 알 것 같은 이 고을 다스리던 솜씨
壯麗非徒鎭一州　장하고도 훌륭한데 어찌 한 고을만 지키랴.

— 정문부 〈촉석루〉 판상시

정문부(鄭文孚, 1565~1624)는 임진왜란 때 함경도에서 의병을 일으
켜 공을 세운 충신이다. 이 시는 전쟁이 끝난 후에 지은 것이다. 진
주성이 두 차례의 큰 전쟁을 치르고 마침내 피폐될 대로 피폐한 곳
이었음을 그는 잘 알고 있기에 촉석 아래 하염없이 흐르는 강물을
보는 마음이 애절하기만 하다. 전쟁의 상흔을 극복하려는 민생의
노력은 분주하고, 진주성의 영웅들은 그 의로운 죽음으로 온 나라
를 지킨 것이니 감사한 일이 아닐 수 없다. 직접 의병을 일으켜 지휘
했던 정문부의 입장에서 진주성을 답사하는 마음은 누구보다 처연
하고 절절했을 것이다.

그러나 전쟁의 상흔도 역사의 아픔도 시간이 지나가면 아물게 된
다. 그 아픔의 뿌리까지 아물지는 못해도 인간에게 부여된 망각의
장치는 지난날의 아픔보다는 새로운 날의 희망에 더 빨리 젖어들게
한다.

戰場無恙只名區　전쟁에도 아름다운 곳 그대로 남아
人世虧成百尺樓　세상 어지러워도 백 척 다락을 다시 지었네.
納納乾坤遙岦立　산들은 멀리 봉우리가 솟아있고
溶溶今古大江流　예나 지금이나 남강 물 넘쳐흐르네.

船橫官渡隨緣在　배들은 나루터에 비스듬히 매여 있고
鷗占煙波得意浮　아지랑이 속에 흰 갈매기 날려고 하는구나.
景物有餘佳況少　경치 좋아 좋은 일 어찌 없으랴
詩情寥落晉康州　시정이야 진주가 제일이리라.

― 강대수 〈촉석루〉 판상시

　전쟁이 일어나기 전해에 출생한 강대수(姜大遂, 1591~1658)의 경우 전쟁 후의 피폐한 세상을 겪으며 어린 시절을 보냈을 것이다. 51세에 진주 목사를 지냈는데 아마 이 시는 그때 지어진 듯하다.

　그 처참한 전쟁을 겪고도 아름다운 촉석루는 다시 지어져(1618년 병마절도사 남이흥이 전보다 더 큰 규모로 중건함) 옛 멋을 되살렸으니 그 주변 풍경 또한 되살아났다. 그래서 시인은 촉석루의 은성하던 과거도 되살아났음을 기꺼워하고 있다. 촉석루에 판상된 하진(河溍, 1597~1658)의 시에서도 그러한 정서가 엿보인다. 전후의 시인들은 의연히 일어서 새로운 삶을 가꾸어 가는 동시대인들을 위해 하염없는 찬사를 보내며 진주 땅의 아름다움을 노래하는 것이다.

滿目兵塵暗九區　전쟁의 어둠이 온 나라에 가득하고
一聲長笛獨憑樓　홀로 누에 기대어 피리 분다네.
孤城返照紅將斂　외진 성채에 저녁 놀 잦아지고
近市靑嵐翠欲浮　저잣거리 아지랑이 걷히어 가네.
富貴百年雲北去　부귀 백년이야 구름이고

廢興千古水東流　오랜 세월 홍폐에도 물은 동으로 흐르네.

當時冠蓋今蕭索　당시의 명관들은 어디에 있는가?

誰道人才半在州　누가 나라 인재 반이 진주라 했는가.

　　　　　　　　　　　　　— 하진 〈촉석루유감〉 판상시

논개, 꽃잎을 입에 물고

　촉석루가 명루임엔 틀림없지만, 그 이름을 천하에 알린 배경에는 임진왜란이라는 역사적 사건이 있었고 그 사건의 정점에 논개가 있었다. 두 차례에 걸친 진주성 전투의 영웅은 김시민 장군을 비롯한 장수들이었지만, 성이 함락되고 민생이 농락당하던 시간 속의 영웅은 논개였다.

　촉석루에서 남강 쪽으로 난 계단을 따라 내려가면 논개를 기리는 비각과 의암(義岩)이 있다. 의암은 논개가 적장을 유인해 함께 춤을 추다가 물에 빠져 순절한 현장이다. 그 아름다운 이야기는 유몽인(柳夢寅, 1559~1623)이 채록하여 〈어우야담(於于野談)〉에 실음으로써 세상에 널리 전해지게 되었다.

　의암과 '의기논개지문'이란 현판이 걸린 비석은 물가에 있지만, 논개의 영정을 모신 사당 의기사(義妓祠)는 촉석루 오른쪽 지수문(指水門) 안에 있다. '지수'란 물에 뜻을 두었다는 의미다. 의기사 앞쪽 벽에 다산(茶山) 정약용(丁若鏞)이 지은 〈의기사기〉 현판이 걸려

안중식(安中植, 1861~1919) 작 〈촉석루〉(1913).

있다. 정약용은 의기사의 기문을 지었을 뿐만 아니라 시도 몇 수 남겼다.

蠻海東瞻日月多　동쪽의 왜놈 바다 노려본 지 얼마런고
朱樓迢遞枕山阿　붉은 누각 아스라이 산허리를 베고 있네.
花潭舊照佳人舞　연꽃 못은 지난날 미인의 춤 비추었고
畫棟長留壯士歌　단청한 기둥 이제껏 장사의 노래 남았다오.
戰地春風回艸木　전쟁터의 봄바람 초목 끝에 감돌고
荒城夜雨漲煙波　낡은 성의 밤비에 강 물결이 불어난다.
只今遺廟英靈在　오늘날 남은 사당 영령이 서려 있어
銀燭三更酹酒過　촛불 켜고 삼경 밤술 올리고 지나가네.
　　　── 정약용 〈촉석루에서 옛일을 회상하며〉《다산시문집》 제1권)

정약용처럼 술 한 잔을 올릴 상황은 아니었지만 영정 앞에 조용히 손 모아 합장하고 나오는데, 전투복을 입은 육군사관생도들 10여 명이 의기사 안으로 들어왔다. 묘한 감동이 마음속으로부터 솟구쳐 올랐다.

강 건너 전망대에서 가지고 간 정동주의 장편서사시 《논개》를 펼쳐 읽는 동안에도 그 묘한 감동은 지워지지 않았다.

입술엔 꽃잎을 물고
가슴엔 칼 지닌 채,

입술에 문 꽃잎으로 악(惡)의 요정 유혹하여

가슴에 지닌 은장도로 악의 가슴 찌른 후에

그 님 혼은

진주 남강 푸른 물살에

씻기우는 바위 하나 되어 앉았어라.

— 정동주《논개》부분

임진강 정자들

산은 외로운 달 토하고
강은 만 리 바람 머금었네

林亭秋已晚 숲 속 정자에 가을이 이미 깊으니

騷客意無窮 시인의 생각 끝없이 일어나네.

遠水連天碧 멀리 보이는 저 물빛은 하늘에 닿아 푸르고

霜楓向日紅 서리 맞은 단풍은 햇볕 받아 붉구나.

山吐孤輪月 산은 외로운 달을 토해 내고

江含萬里風 강은 만 리 바람을 머금었네.

塞鴻何處去 변방 기러기는 어디로 가는가

聲斷暮雲中 그 소리 저녁 구름 속으로 사라지네.

— 이이 〈화석정〉

반구정, 갈매기와 벗하는 휴식처

북쪽으로 달린다. 자유로를 달린다. 신호등이 없는 자유로. 그러나 총연장 46.6Km의 그 길은 달리는 자유를 누리기에 너무 짧다. 곳곳에 설치된 감시카메라는 시속 90Km라는 규정을 강요한다. 맘껏 달릴 자유가 없는 자유로가 끝나는 곳에 임진강(臨津江)이 있다. 한강의 제1지류인 임진강은 북한의 강원도 법동 두류산(1323m)에서 발원해, 판교군과 이천군을 지나 남쪽의 철원과 연천, 적성, 파주를 거쳐 한강과 만나 서해로 흘러든다.

9월의 맑은 날, 임진강은 하늘을 품고 흐른다. 가을 하늘은 강물보다 푸르고 그 푸른 하늘은 강물에 고스란히 담겨 있으니, 강은 하늘을 흘려보내고 하늘은 강에 몸을 맡겼다. 사람도 그렇게 '나' 속에 '너'를 담고 '너' 속에 '나'를 비추며 살 수 없는 것일까?

> 백성이 오직 나라의 근본이고
> 근본이 튼튼해야 나라가 편안하다.
> 民惟邦本 本固邦寧

황희(黃喜, 1363~1452) 정승의 말이다. 여차하면 사람이 죽어 나가는 개국 초기의 정치판. 황희 정승은 그 격동의 시절에 중앙 정치 무대에서 '명재상' '청백리'라는 불멸의 호칭을 얻었다. 이름 뒤에 '정승'이라는 직함이 따라붙지 않으면 자연스럽지 못할 정도다. 두 나라의 여섯 임금 아래서 74년 동안 공직을 수행했고 정승 자리를 23년 지켰다.

방촌(厖村) 황희 정승은 장수(長壽)했다. 90세를 살았으니 천수를 누린 셈인데, 오랜 시간 관료생활을 한 만큼, 퇴직 후 휴식은 길지 못했다. 14세에 말단 공무원이 되어 87세에 공직의 옷을 벗고 90세에 이승을 하직했으니 3년의 휴식이 전부였다.

퇴직 후의 3년. 그의 생애에서 가장 평온했던 시간이었을 것이다. 정치판은 하루도 조용할 수 없다. 파벌의 잇속이 날카롭게 대립하고, 가치관의 차이와 갈등이 얼기설기 뒤엉킨 곳이 아닌가. 아무리 달관의 경지에서 임금의 눈을 읽고 관료들의 마음을 간파하는 '정치의 고수'라 해도 관복을 입고 출퇴근을 하는 동안은 단 하루도 평온할 수 없었을 것이다.

청백리의 은퇴, 영귀의 뜬구름

황희 정승의 몸은 어땠는지 몰라도 마음은 늘 공중을 날아다녔다. 갈매기와 함께한다는 반구정(伴鷗亭, 경기도문화재자료 제12호)은 자유로의 끄트머리 문산 나들목을 빠져나가 첫 삼거리에서 왼쪽으로 안내판을 따라가면 어렵지 않게 닿을 수 있다. 휴전선을 품은 채 북쪽의 물을 싣고 내려온 임진강이 남쪽의 물 한강과 만나는 곳이다. 강 건너 북한 땅은 깊은 침묵으로 떠 있는 섬처럼 보인다.

반구정과 앙지대(仰止臺), 방촌영당(厖村影堂, 경기도기념물 제29호), 방촌기념관, 황희 정승 동상, 월헌사(月軒祠, 황희 정승의 고손 황맹헌의 신위를 모신 사당) 등이 '황희 선생 유적지'로 꾸며져 있다. 시간을 조금만 할애하면 황희 정승의 묘(경기도기념물 제34호)에도 갈 수 있다.

> 이는 이전 성대(盛大)의 재상 황익성공의 정자다. (중략) 상공의 혁혁한 업적은 온 백성이 저마다 칭송하는 바이다. 상공은 나아가 조정에 임하여서는 선왕(先王)을 도와 정치의 체제를 세우고 여러 관료를 바로 잡았으니 어질고 재능 있는 이를 관직에 맡겨 온 사방이 걱정이 없고 백성이 생업에 안락하게 되었으며, 물러나 강호(江湖)에 은퇴해서는 갈매기나 해오라기와 같이 세상을 잊고 영귀(榮貴)를 뜬구름처럼 여겼으니 대장부의 훌륭한 사업이 반드시 이 같아야 한다.
> ── 허목(許穆)〈반구정기(伴鷗亭記)〉판상기문

'물 좋고 정자 좋은 곳이 어디 흔하냐'는 말은 여러 가지 조건을 잘 갖추기가 어렵다는 의미다. 하지만 물도 좋고 정자도 좋은 곳이 있다는 것을 반구정에 올라보면 알 수 있다.

옛사람들은 넘실대는 강물과 우거진 숲 그리고 아담한 정자가 주는 풍치야말로 황희 정승의 품 너른 삶을 닮았다 했을 것이다. 지금이라고 그 풍경이 변했을 리 있겠는가? 유적지 보존을 위해 당(堂)과 길과 마당이 말끔하게 단장된 것은 시절인연의 부합이고, 황희 정승의 어진 인덕과 맑은 가르침은 '청백리(清白吏)'의 표상으로 남아 있다.

기념관을 둘러보고 청정문(清政門)을 거쳐 반구정에 오른다. 서로 다투고 찾아와서 하소연하는 두 종에게 모두 "네 말이 맞다"고 긍정해 주고, '시비를 가려 주지 않고 다 옳다고 하면 어쩌느냐'는 질녀에게 "네 말도 옳다"고 했던 그 달관의 노재상(老宰相)을 생각하며 돌계단을 오른다. 그의 유물은 기념관 안에 진열되어 있지만, 그가 풍미했던 시간은 지금도 넘실넘실 강물을 핥으며 갈매기를 불러들인다. 전화(戰火)와 퇴락의 질곡을 딛고 우뚝한 정자로 거듭나고 거듭나 강심을 내려다보는 반구정이 아닌가?

하지만 황희 정승을 생각하며 오른 반구정에서는 어쩔 수 없는 분단의 현실도 아리게 맛보아야 한다. 발아래 강변을 따라 차가운 철책이 쳐져 있고 경계 초소의 적막감이 심장을 억누르니, 황희 정승의 시대나 지금이나 완전한 평온이 아니기는 마찬가지다.

名亭一笠管名區	삿갓 모양의 유명한 정자가 이름난 고장을 맡아 있고
丞相當年揭伴鷗	그해 재상은 반구정이란 간판을 걸었네.
彊場中分空遺恨	나라를 가운데로 갈라놓으니 부질없이 한이 남고
江山不變更添愁	강산은 변하지 않으니 다시 수심이 더해 가네.
朋交月滿同靑眼	친구와 사귀는데 달이 밝아서 눈이 푸르게 보이고
世事雲輕已白頭	세상일은 구름처럼 가볍고 머리는 이미 희어졌네.
肯構省孫能醉客	아비가 시작하고 자손이 이어받아 술 취한 길손

이 되어

心樽終日使人留　많은 술 종일토록 마시니 사람을 떠나지 못하게
하네.

　　　　　　　　　　　— 김순동 〈파주반구정〉《창애유고》

　충남대학교 창설의 주역 창애(蒼崖) 김순동(金舜東, 1898~1972) 선생
이 반구정에 들렀을 때가 언제인지 모르겠지만, 그때도 철책과 초
병의 총구가 강가에 있었을 것이다. 그의 문집《창애유고(蒼崖遺稿)》
에 실린 이 시는 세월의 무상함과 분단의 아픔, 그래서 술로 달래는
인생의 시름이 적적하기만 하다.

　정면과 측면이 각각 두 칸인 사각(四角) 단층 정자 반구정 안
에는 여러 개의 현판이 걸려 있다. 가장 오래된 것은 허목(許穆,
1595~1682)의 〈반구정기〉이다. 바로 옆에 붙어 있는 윤희구(尹喜求,
1867~1926)의 〈반구정중건기〉는 1917년 3월에 새겨진 것이다. 윤희
구의 중건기 말미에는 '정사3월 전규장각 전제관 해평 윤희구 기'라
고 밝히고 있지만, 허목의 〈반구정기〉 말미는 '허목 기'라고만 적혀
있다. 자세히 보니 필체가 같다. 의성 김창숙의 〈반구정중건에 붙이
는 글〉(1957)과 파주 군수 송달용이 새겨 건 〈반구정중수기〉(1962),
파주 군수 남상집의 〈반구정 중수기〉(1967)가 바람을 맞으며 정자의
안쪽을 지키고 있다.

　사방이 훤히 열린 정자의 안은 어디이고 밖은 어디인가? 대를 이
어 살아가는 사람들의 마을과 한순간도 끊임없이 천고를 흐르는 강

물, 그 사이에 우뚝한 정자 하나. 거기 어지러이 날아드는 갈매기를 바라보던 옛사람과 지금 사람의 경계는 무엇인가?

十五年前坐崖頭　십오 년 전에 이 낭떠러지 위에 앉았었고
羞將白髮更臨流　지금은 부끄럽게도 백발이 되어 강물에 임하였네.
遙林歸鳥烟中沒　멀리 숲으로 돌아가는 새는 안갯속에 사라지고
密葉鳴蟬雨後稠　빽빽한 나뭇잎 속 매미 우는 소리는 비 온 뒤 더욱 요란하네.
風月有情留客醉　풍월은 정이 있어 머무는 길손을 취하게 하고
江山無語使人愁　강산은 말없이 사람으로 하여금 근심스럽게 하네.
自來自去身如燕　저절로 왔다가 저절로 가는 제비 같은 이 몸은
不羨波心乏乏鷗　물 가운데 둥실둥실 뜬 갈매기가 부럽지 않네.
　　　— 김부륜 〈반구정운을 따라서(次伴鷗亭韻)〉《설월당선생문집》

설월당(雪月堂) 김부륜(金富倫, 1531~1592)은 15년을 간격으로 두 번이나 반구정을 올랐던가 보다. 그의 문집《설월당집》에 전하는 이한 편의 시는 조선의 많은 선비들이 반구정을 순례하며 황희 정승의 인덕을 흠모했음을 알게 한다. 시간은 흐르고 정자는 남아 옛사람을 흠모하는 시를 지으니, 그 문자향(文字香)이 다시 시간을 거슬러 올라가는 묘약(妙藥)이 되는 것이다.

앙지대, 어진 사람들의 나라를 꿈꾸며

반구정 옆에 또 하나의 정자가 있다. 앙지대(仰止臺). 원래 이 자리
가 반구정의 자리였다. 1915년 반구정을 좀 아래쪽 넓은 곳으로 옮
기고 그 자리에 육각의 모임지붕으로 정자를 지었다. 정자 안에 걸
린 〈앙지대 중건기〉는 1973년 파주 군수 우광선(禹光璿)이 쓴 것이
다. 그에 따르면 이 앙지대도 황희 정승이 만년에 지은 것이라 한
다. 유적지 안내 팸플릿에는 앙지대의 상량문에 이런 대목이 있다
고 소개한다.

오직 선(善)만을 보배로 여기고 다른 마음이 없는 한 신하가 있어
온 백성이 우뚝하게 솟은 산처럼 모두 쳐다본다. 아름답구나! 앙지
대란 이름은 시경(詩經)의 호인(好仁)이라는 뜻을 취했다.

"부국군호인천하무적(夫國君好仁天下無敵)". 《시경》에 나오는 "나
라의 임금이 인을 좋아하면 천하에 적이 없다."는 공자의 말을 인용
한 것이다. 앙지대의 이름이 '호인'에서 왔다면 어짊을 좋아하는 시
대를 갈망하는 뜻을 정자에 담은 것이다.

앙지대 안쪽 벽에는 옆으로 길쭉한 목판 하나가 있는데 1973년
광복절에 이은상(李殷相, 1903~1982) 선생이 글을 짓고 김충현(金忠顯,
1921~2006) 선생이 글씨를 썼다. 아쉽게도 음각에 덧칠한 회가 박리
된 부분이 많아 글자를 알아볼 수 없다. 시간이 갉아먹은 음각의 안

쪽은 깊지 않고 햇살마저 반사되어 아무리 눈을 비비고 들여다봐도 해독할 수 없다. 역사도 결국 그런 것이려니, 우리에게는 지워지지 않은 것만 보이는 것이다. 맞은편 시판 아래 친절하게 풀이를 해 둔 시 한 편을 읽는 것으로 앙지대의 정신을 느낄 뿐이다.

> 단청도 새롭구나 다시 지은 앙지대
> 달빛 아래 물가에 하얀 분벽(粉壁)이 부침(浮沈)하네.
> 만고(萬古)의 산(山) 모습은 병풍 안의 그림이요
> 천추(千秋)의 오랜 옛일 꿈속에 흐르네.
> 반구정은 당시의 일을 말하지 않고
> 가로 뻗은 삼팔선만 고국의 시름 더해주네.
> 익성공 어른께서 노시던 곳이 어디멘가
> 필시 임진강 가의 저 한 고루(高樓)겠지.
>
> ― 황유주 〈앙지대운〉 판상시

황희 정승의 17대손으로 한학자였던 우산(友山) 황유주(黃留周, 1912~1983) 선생의 시를 읽으며 눈길이 자꾸만 임진강을 건넌다. 가을이 익어가는 바람에 물결만 넘실대고 건너편에는 아무런 움직임도 없다.

"매일 조수(潮水)가 들고 나면 하얀 갈매기들이 날아드는데 주위가 너무도 편편하여 광야도 백사장도 분간할 수 없고……." 허목의 〈반구정기〉 마지막 대목 그대로의 풍경이 펼쳐져 있을 뿐이다.

황희 정승의 품 너른 삶을 음미할 수 있는 반구정(伴鷗亭, 위)과 앙지대(仰止臺).

화석정, 율곡의 시재(詩才)가 드러난 곳

반구정에서 4Km쯤 임진강을 거슬러 가는 37번 국도를 따라가면 화석정(花石亭, 경기도 유형문화재 제61호)이 나온다. 옛 임진나루 위쪽인데, 지금은 왕복 4차선 국도가 강나루와 정자가 앉은 능선을 갈라놓았다. 쌩쌩 달리는 차들의 엔진 소리가 이른 가을 쓰르라미 소리만큼이나 요란하다. 그래도 화석정에 오르면 눈 아래로는 휘돌아 흐르는 임진강 줄기가 유장하고, 멀리 개성의 송악산 연봉들이 한눈에 들어온다.

율곡(栗谷) 이이(李珥, 1536~1584)의 5대 선조인 이명신(李命晨, 1392 ~1459)이 1443년(세종 25)에 처음 지었다. 1478년(성종 9) 율곡의 증조부 이의석(李宜碩)이 보수하고 몽암(夢庵) 이숙함(李淑諴)이 화석정이라 이름 지었다. 화석정이라는 이름은 당나라 재상인 이덕유(李德裕, 787~850)의 별장 평천장(平泉莊)의 기문에 나오는 화석(花石)이라는 글자를 따다 붙인 것이다. 이덕유의 평천장은 천하의 기화이초(奇花異草)와 진송괴석(珍松怪石)이 다 모여 마치 선경(仙境)을 방불케 했다고 한다.

화석정은 율곡과 깊은 인연을 지닌다. 율곡이 8세 때 이 정자에 놀러 와서 시를 지었는데 주위 사람들을 깜짝 놀라게 하는 명편이었다. 율곡이 노닐던 화석정은 많은 시인묵객이 찾아와 임진강을 굽어보며 시흥을 돋우는 명소가 되었지만, 임진왜란 때 불탔다. 몽진 길에 오른 선조가 한밤중에 임진강을 건너려 할 때 이항복이 화석정을 태워 그 빛에 의지해 임금의 도강을 도왔다는 설이 전해 온다. 10만 양병설을 주장했던 이이는 살아생전 화석정의 바닥을 닦을 때 들기름을 바르게 했는데 그 덕분에 정자가 더욱 밝은 빛을 내며 탔다는 이야기도 전한다.

1673년(현종 14)에 율곡의 증손들이 화석정을 복원했지만 6·25 전쟁 때 다시 불에 타 자취만 남게 되었다. 정면 3칸 측면 2칸의 팔작지붕에 우물 천정으로 제도를 갖춘 지금의 화석정은 1966년에 파주 지역 유림들이 성금으로 모아 지은 것이다.

정면 중앙에 건물에 비해 다소 크게 보이는 현판이 걸려 있는데 '화석정'이라는 글자 끝에 '병오 4월 박정희(丙午 四月 朴正熙)'라는 휘호가 있다. 병오년은 1966년이다. 정면 현판 바로 뒤쪽에는 율곡 이이가 8세 때 지었다는 시 〈화석정〉을 쓴 현판이 걸려 있는데, 말미에 '신해소춘 후학 밀양후인 박일규 근서(辛亥小春 後學 密陽后人 朴一圭 謹書)'라고 낙관이 되어 있다. 신해년이면 1971년이니 화석정이 지금의 모습으로 지어진 5년 뒤이다. 글씨를 쓴 서석(瑞石) 박일규 선생은 박정희 대통령의 특사를 지낸 서예인으로 현대 한국 서단의 거목으로 존경받는 원로다.

화석정의 좌우에는 수령이 600년 가까운 아름드리 느티나무가 서 있어 운치를 더한다. 왼쪽 느티나무 곁에 율곡 이이가 8세 때 지었다는 5언 율시를 새긴 비가 서 있다. 비의 높이가 여덟 살 아이의 키와 비슷하다.

林亭秋已晚　숲 속 정자에 가을이 이미 깊으니
騷客意無窮　시인의 생각 끝없이 일어나네.
遠水連天碧　멀리 보이는 저 물빛은 하늘에 닿아 푸르고
霜楓向日紅　서리 맞은 단풍은 햇볕 받아 붉구나.
山吐孤輪月　산은 외로운 달을 토해 내고
江含萬里風　강은 만 리 바람을 머금었네.
塞鴻何處去　변방 기러기는 어디로 가는가
聲斷暮雲中　그 소리 저녁 구름 속으로 사라지네.

— 이이 〈화석정〉 《율곡전서》 제1권

　8세의 율곡이 지었다는 사전 정보가 없다면, 한 생을 잘 살고 난 시인의 만년시라고 해도 될 서정과 서사의 조화가 돋보인다. 수련에서는 가을 정취를 언뜻 비추고 이어지는 함련에서 물빛의 푸름과 단풍의 붉음을 절묘하게 대비시켰다. 그리고 산의 달과 강의 바람을 대비시키며 시적 긴장과 풍만함을 극대화하고 저녁 구름 속으로 날아가는 기러기를 통해 무상의 경지를 드러냈다. 한 시대를 풍미하고 후세에 길이 이름을 떨치는 천재적인 학자 율곡 이이. 그의 동심은 이미 인생무상을 알아차렸던가 보다.
　율곡의 앞 시대를 풍미한 시인 가운데 으뜸이라 할 서거정(徐居正)이 읊은 〈화석정〉은 자못 유장하다. 정자의 내력을 들먹이고 그 풍

율곡이 지은 오언율시와 함께 그의 생애가 스민 화석정(花石亭).
화석정이라는 현판은 박정희 전 대통령의 글씨를 새긴 것이다.

치를 읊으며 인생의 무상을 노래한 7언 배율 32구의 장시는 임진강 줄기를 닮아 있어 읽는 데 긴 호흡이 필요하다.

花石亭上雲千秋 화석정 위의 구름은 천 년의 옛 구름이요
花石亭下江自流 화석정 아래 강물은 절로 흘러만 가는데
花石主人謫仙後 화석정의 주인은 적선의 후예이기에
風流詩酒能箕裘 풍류와 시주가 가업을 이을 만했도다.
主人何年此卜築 주인이 어느 해에 이곳에 살 터 잡았나.
無奈靑氈舊別業 어쩌면 청전의 옛 별장이 아니었는지.
不是李愿盤之中 여기는 이원이 살던 반곡 안은 아니요
定是德裕平泉宅 정히 이게 바로 덕유의 평천장이로다.
主人早策靑雲勳 주인은 일찍 청운의 길에 들어섰건만
急流勇退歸田園 급류에서 용퇴하여 전원으로 돌아가선
江山風月作知己 강산풍월을 자신의 지기지우로 삼고
過眼簪紱如浮雲 언뜻 지나친 벼슬은 뜬구름처럼 여겼네.
亭中四時花滿開 정자 안엔 네 계절마다 꽃이 만발하여
紅白燦爛雲錦堆 붉고 흰 찬란한 꽃이 가득 쌓인 놀 같고
亭前流水去悠悠 정자 앞에 흐르는 물은 하염없이 흘러
綠漲恰似葡萄醅 벌창한 물이 흡사 포도주와 같네.
有時乘興泛輕舠 때로 흥겨우면 가벼운 거룻배를 띄우고
蘭槳桂棹截江濤 난장계도로 강의 파도를 가로질러서
中流泛泛縱所如 중류에 둥둥 띄워 가는 대로 놓아두고

豪談轉雷驚龍蛟	호쾌히 담론하면 교룡도 놀라고말고.
把酒對月月色多	술잔 잡고 달 대하면 달빛은 하 밝은데
月不落兮江無波	달은 넘어가지 않고 강물은 잔잔할 제
左招黃鶴右白鷗	왼편 오른편으로 황학 백구를 불러 대라
蟣蠓人世於吾何	하루살이 세상이 내게 무슨 상관이리오.
嗟君此樂無人知	아 그대의 이 낙을 아는 사람이 없으니
如君明哲今古稀	그대 같은 명철함은 고금에 드물다마다.
我亦菟裘在長湍	나 또한 은거할 곳이 장단에 있건마는
十載欲歸今未歸	십 년을 돌아가려 했건만 아직 못 돌아갔네.
安得風帆破巨浪	어찌하면 돛단배로 큰 파도를 헤쳐 가
載酒萬斛一相訪	만 말의 술을 싣고 한번 서로 방문해서
鯨吞轟飮醉如泥	고래처럼 들이마시고 곤드레로 취하여
高謌兩脚鼓雙舫	두 다리로 뱃전 치며 고성방가를 해 볼꼬.

— 서거정 〈화석정〉《사가집(四佳集)》제45권

시에 나오는 "이원이 살던 반곡 안은 아니요"라는 대목의 반곡은 중국 태항산(太行山) 남쪽에 있는 지명이다. 이곳은 골짜기가 깊고 산세가 험준하여 은자(隱者)가 살기에 알맞은 곳이라고 한다. 당(唐)나라 때 문신 이원이 일찍이 벼슬을 사직하고 물러가 이곳에 은거했다. 또 "난장계도(蘭檣桂棹)"는 글자대로 풀면 '모란 상앗대와 계수나무 노'라는 뜻인데 소동파(蘇東坡)의 명작 〈전적벽부(前赤壁賦)〉에 나오는 대목의 인용이다. 즉 "이에 술을 마시고 즐거움이 고조에 달

화석정에서 내려다보이는 임진강 전경. 강 너머로 개성 송악산 자락이 아스라히 펼쳐진다.

하여 뱃전을 두드리며 노래하기를 '계수나무 노와 목란 상앗대로, 맑은 물결을 치며 달빛 흐르는 강물을 거슬러 오르도다. 아득한 나의 회포여, 하늘 저 끝에 있는 미인을 그리도다.'(於是飮酒樂甚 扣舷而歌之 歌曰 桂棹兮蘭槳 擊空明兮泝流光 渺渺兮余懷 望美人兮天一方)"라는 대목에서 따온 것이다. 난장계도는 흔히 배의 미칭(美稱)으로 쓰인다.

김종직(金宗直, 1431~1492)은 〈화석정 그림에 이판관 의석을 위하여 읊다(花石亭圖爲李判官宜碩賦)〉라는 시에서 "이후는 참으로 훌륭한 자손이로다(李侯眞箇子孫賢) 선조의 당을 지금까지 잘 보전하였네(堂構如今不墜先)"라며 화석정을 중수해 보존한 이의석을 칭송했다.

18세기 중후반을 살다간 선비 이덕무(李德懋, 1741~1793)의 경우 화석정을 거쳐 임진강을 건너는 여행길에서 "옷이 밝으니 나무 끝의 저 강은 달빛을 이루었고(衣明樹末江成月) 짚신이 따뜻하니 성 밑 길이 꽃밭으로 들어가는구려(鞋暖城根逕入花)"라고 다소 몽환적인 분위기로 화석정과 임진강을 노래했다.

하늘이 깨질 듯 파란 가을날, 화석정에서 내려다보이는 임진강은 고요하다. 율곡이 다시 살아온다면 이 고요를 어떻게 노래할까? 서거정이라면 어떤 시를 지을까? 늙은 느티나무 아래서 북쪽을 바라보며 잠시 부질없는 생각에 잠겼다.

문도 없고 방도 없어 언제나 비어 있는 정자에는 주인이 없다. 무심한 강산풍월이 드나들며 주인 노릇을 하고 더러 찾아오는 사람들이 옛사람의 생애를 더듬으며 나그네 행세를 할 뿐이다. 황희와 율곡의 생애가 녹아 있는 임진강 가의 정자들은 분단의 아픔까지 품고 있어 가슴이 더욱 아리다.

신륵사 강월헌 神勒寺 江月軒

바위에는 흰 물결
탑에는 푸른 이끼로다

獨夜東臺塔 밤에 홀로 동대 탑에 올라

烏紗立逈然 오사모 쓰고 멀리 보며 섰노라니

松虛風淅淅 무심한 소나무에 속삭이듯 바람 불고

江靜月娟娟 강이 고요하여 달빛 유난히 밝네.

末路無長策 남은 길 무슨 별수 있다던가

浮生已晚年 뜬 인생 이미 늘그막인 것을.

扁舟有歇泊 조각배를 여기다 댄 것이

不是愛雲煙 구름 연기 좋아서가 아니라네.

— 정약용 〈夜泊神勒寺登東臺〉

나옹 스님 화장한 곳에 세운 정자

봉황의 꼬리[鳳尾]. 봉황을 본 사람이 없는데 그 꼬리를 본 사람인들 있겠는가. 봉황은 지극한 아름다움과 고귀함 그리고 태평천하를 꿈꾸며 만들어 낸 상상 속의 새다. 그래서 그 이름이 붙는 사물은 신성성과 존엄성 그리고 아름다움의 의미를 부여받고 있다.

봉미산(鳳尾山). 경기도 여주시의 북동쪽에 있다. 해발고도 158m에 불과한 이 산은 북서로 너른 평야를 조망하고 동남으로 남한강을 굽어보며 흐른다. 그 흐름이 그치는 곳, 그러니까 봉황의 꼬리 끄트머리에 신륵사(神勒寺)가 있다.

신라 진평왕 때 원효 스님이 창건했다고 전하는 신륵사는 고려 말의 고승 나옹혜근(懶翁惠勤, 1320~1376)이 입적한 곳으로 이때부터 이름 높은 절이 되었다. 그 후 조선 중기, 세종대왕의 능인 영릉(英陵)을 수호하는 원찰이 되어 보은사(報恩寺)로 불리기도 했다. 신륵사는 벽사(甓寺)라는 이름으로도 불렸는데, 동쪽 절벽 바위 언덕에 높이 9.2m의 다층전탑(多層塼塔, 보물 제225호)이 서 있기 때문이다.

나옹 스님이 신륵사에서 입적하게 된 것은 '주체할 수 없는 인기' 때문이었다. 《고려사절요》 제30권에 "나옹(懶翁)을 밀성군(密城郡)으로 내쳤다. 이때에 나옹이 양주(楊州) 회암사(檜巖寺)에서 문수회(文殊會)를 베풀었는데, 중앙과 지방의 남녀들이 귀한 사람, 천한 사람 할 것 없이 다투어 포백(布帛) 과실 떡을 싸 가서 보시하기 위하여 서로 먼저 이르려고 절의 문이 메워질 지경이자 추방한 것이었다. 가다가 여흥 신륵사(神勒寺)에 이르러 죽었다."는 간략한 기록이 있다. 보다 구체적인 기록은 목은 이색(牧隱 李穡, 1328~1396)의 〈보제존자 시선각탑명병서(普濟尊者諡禪覺塔銘幷序)〉라는 글에 나온다. 내용인 즉, 나옹 스님이 회암사를 중수한 뒤 스님의 인격과 도력을 흠모하 는 사람이 점점 늘어나자 조정 대신들이 "회암사는 경읍(京邑)과 매 우 가까워서 선비와 여인들의 왕래가 밤낮으로 잇달게 되어 혹은 생업을 폐지하기에 이르니 금지하는 것이 좋겠다."는 건의를 하기 에 이르렀다. 그러자 공민왕은 나옹 스님을 밀양 영원사(瑩源寺)에 가서 살라고 명했다. 왕명을 받고 회암사를 떠난 나옹 스님은 한강 을 따라 뱃길로 여주에 이르렀을 때 몸에 병이 깊어져 신륵사에 며 칠 머물다가 입적했다.

제자들은 나옹 스님의 법체(法體)를 불가(佛家)의 법식에 따라 신 륵사 동쪽 커다란 바위 언덕에서 화장(火葬)했다. 수많은 사리가 쏟 아져 나왔고 절 뒤쪽 언덕에 석종(石鐘)을 만들어 사리를 안치했다. 바위 언덕에는 3층 석탑을 세워 스님의 화장터를 기념했다. 그리고 정자도 하나 지었는데 그 이름을 스승의 당호(堂號)를 따라 강월헌 (江月軒)이라 했다.

오늘날 신륵사가 보유한 보물급 문화유산 7점 가운데 4점이 나옹 스님과 관련한 유물들이다.

나옹 스님의 사리를 모신 보제존자 석종(보물 제228호)과 보제존자 석종비(보물 제229호), 보제존자 석종 앞의 석등(보문 제231호), 조사당 (보물 제180호) 등이다. 조사당에는 나옹 스님과 스승 지공 화상, 제자 무학 대사의 영정이 모셔져 있다.

광활함 속 맑은 휘파람

강월헌은 남한강을 굽어보는 최적의 전망대다. 지금의 강월헌은 1974년에 철근 콘크리트로 지은 것이다. 기존의 정자가 홍수로 쓸려가 버려서 급하게 다시 지은 것이라 한다. 육각형의 정자로 오르는 계단 위에 현판이 하나 걸렸을 뿐 계판(揭板)된 시문은 없다. 계자 난간을 두르고 2층에 마루를 깔았지만 시멘트 정자의 질감은 투박하고 멋없다. 그러나 강월헌에 오른 사람은 정자 안쪽에 눈길을 줄 시간이 없다. 훤하여 멀리까지 조망되는 풍경이 오래도록 사람의 눈길을 빼앗기 때문이다. 그리고 정자 옆 소담한 3층 석탑과 그 위의 전탑이 정자의 외경을 더욱 운치 있고 근엄한 공간으로 만들어 준다.

강월헌에 올라 푸른 물결을 바라보다가 '나옹 스님의 제자들은 왜 여기에 정자를 지었을까?' 하는 생각이 들었다. 스승의 화장터에 기념탑을 세우고 정자를 짓는 경우는 매우 드물기 때문이다. 보통 고승이 입적하면 화장하여 얻은 사리를 부도에 모시고 생애를 기록한 탑비를 세운다. 그리고 조사당을 짓거나 영정을 그려 그 모습을 흠모하고 문집을 발간하여 가르침을 전승시킨다. 그런데 나옹 스님의 제자들은 정자를 지어 강월헌이란 현판을 걸었다.

강월헌(江月軒)은 보제(普濟)가 거처하던 곳으로 보제의 몸은 이제 이미 불에 타서 없어졌으나 강과 달은 전일과 같도다. 이제 신륵사는 장강(長江)에 임하였는데, 석종(石鐘)이 버티고 있어 달이 뜨면 그림자가 강에 기울어져서 하늘빛 · 물빛 · 등불그림자 · 향 피우는 연기가 그 속에 섞이어 모여드니, 이른바 강월헌은 비록 몇 천 년을 지나더라도 보제가 생존했을 때와 같을 것이다.

— 이색 〈여강현 신륵사 보제사리석종기〉《동문선》제73권

강월헌은 나옹 선사가 거처하던 집이다. 집 주인은 가고 없지만, 강과 달은 영원하다. 집주인의 유해인 사리가 모셔진 석종이 있어 달에 비친 그림자가 강에 잠기니 강과 달과 주인은 한 몸인 것이다. 천 년이 지나도록.

이색이 말한 대로 강월헌은 나옹 스님과 둘이 아니므로, 물가 바위 위에 정자를 세움으로써 나옹 스님은 육신을 다비한 그 자리에 영원히 살아 있게 되었다. 역사적 현재와 종교적으로 초월된 시간이 강물에 어리고 달빛이 비치며 면면히 이어지는 공간이 바로 강월헌인 셈이다.

그러한 강월헌에 여러 시인묵객들이 찾아와 시를 읊는 것은 당연한 일이다. 앞에 유유히 흐르는 강물은 한양과 영남, 강원을 잇는 중요한 뱃길이었으니 더욱 많은 사람이 신륵사 앞에서 절과 탑과 정자를 바라보며 풍경을 감상했을 것이다. 신륵사를 읊은 대다수의 시가 절과 탑과 정자를 둘 아니게 보고 있으며, 강과 달 역시 나옹

스님의 체취와 둘 아니게 묘사되고 있다.

> 遠岫長江外　먼 산봉우리는 긴 강의 밖이요
> 疏松翠石傍　성긴 소나무는 푸른 돌 곁이로다.
> 招提開福地　사찰은 신선의 경계가 열리었고
> 普濟敞眞堂　보제의 영당은 환하게 트이었네.
> 縣令頻腰笏　현령은 자주 홀을 허리에 꽂고
> 山僧獨面墻　산승은 홀로 담장을 향하누나.
> 何當尋野艇　어떻게 하면 거룻배를 찾아가서
> 清嘯倚蒼茫　광활함 속에 맑은 휘파람 불어 볼꼬.
>
> — 이색 〈신륵사 단운〉《목은집(牧隱集)》제10권

  시는 풍경으로 시작되고 있다. 산과 강 그리고 소나무와 푸른 바위가 모두 동원되어 신륵사 풍경을 그렸다. 그리고는 곧바로 그 풍경을 '신선의 경계'로 끌어올리고 '보제(普濟)의 영당이 환하다'는 표현으로 나옹 스님에 대한 그리움과 절의 위엄을 살려냈다.

  경련의 "현령은 자주 홀을 허리에 꽂고"라는 말은 당나라 때의 고사(故事)를 인용한 것인데, 여주 고을 수령이 경치 좋은 여강에 '접대용 뱃놀이'를 자주 나온다는 뜻이다. 때문에 이어지는 "산승은 홀로 담장을 향하누나"라는 구절이 묘한 대조를 이룬다. 스님들은 세간의 뱃놀이에 아랑곳 않고 면벽 수행에 힘쓴다는 것으로 읽으면, 선비들의 시끌벅적한 뱃놀이와 절집의 고요한 분위기가 극적으로 대

조되며 시의 긴장감을 끌어 올리는 것이다.

그러한 세간과 출세간의 경계를 한 눈으로 바라보는 이색은 마지막 구절에서 "맑은 휘파람"을 갈망하는 속내를 비친다. 선비의 길이든 스님의 길이든 그 종착은 결국 "거룻배를 찾아가서" "맑은 휘파람"을 부는 것이니, 거룻배는 흐트러짐 없는 정진을 휘파람은 깨달음을 뜻하는 것이 아니겠는가?

我來愛此好江山　　강산이 하도 좋아 내 여기 와서
終日乘舟又倚欄　　종일토록 배 타고 또 누(樓)에 기댔네.
水底森羅開佛刹　　물 밑에 너울너울 사찰이 서 있고
林間隱約見仙壇　　숲 사이 아른아른 강이 보이네.
指心頓教遙傳慧　　지심의 교는 혜사(慧師)에게 전수받고
載事雄文酷以韓　　사적 실은 문장은 한유(韓愈)와 같네.
珍重老禪勤授簡　　진중한 늙은 스님이 시를 청하는데
留題還愧後人看　　뒷사람이 볼까 봐 부끄러운걸.

— 권근 〈차운신륵사판상시〉《양촌집(陽村集)》3권

이색의 제자로 정몽주, 이숭인, 정도전 등과 함께 수학한 양촌 권근(陽村 權近, 1352~1409)은 신륵사의 풍경이 좋아 종일 뱃놀이를 하고 누각에 기대어 숲과 강을 바라보며 시를 읊고 있다. 휴식의 여유로움이 시의 앞부분을 장식하고 있다. 그러나 뒷부분은 팽팽하다. 혜능(慧能) 대사로부터 전승되어 온 직지인심의 선법(禪法)을 전해

받은 나옹 스님의 행적과 당나라의 대문호 한유(韓愈)에 비하는 문장력을 갖춘 이색의 비문을 상기시키고 있기 때문이다.

그렇게 신륵사의 역사와 문화를 상기하는 자신에게 스님이 시 한 수를 청하다니! 양촌 선생은 슬며시 허투루 썼다가는 후세에 망신이나 당하지 않을까 꼬리를 낮추며 시를 매듭짓는다. 은근하면서도 해학적인 양촌의 심사가 재미있다.

長巖平怗可盤脚　긴 바위가 평평하여 앉아서 쉴 만한데
靑楓銀杏高林幽　푸른 단풍 은빛 은행에 숲은 그윽하여라.
俯視澄潭百尺強　맑은 못물 굽어보니 백 척이 넘을 듯해
淸嘯劃然驚陽侯　맑은 휘파람을 불어 양후를 놀라게 한다.
　　　　　　　　　— 박은 〈밤에 신륵사……〉《읍취헌유고(挹翠軒遺稿)》 제2권

박은(朴誾, 1479~1504)의 〈밤에 신륵사(神勒寺)에 묵으며 달빛 비친 벽탑(甓塔) 아래에서 술을 마시다〉라는 시 앞부분이다. 시의 제목에 "승려 법희(法熙)·신련(信連)·의조(義照)·처관(處寬) 등 네 사람이 함께 있었다"라는 설명이 붙어 있다. 박은은 18세에 과거에 급제하고 사가독서자(賜暇讀書者)로 선발되어 문재(文才)를 주목받았던 선비다. 성품도 강직하여 벼슬살이에 뜻을 두지 않았지만, 갑자사화로 옥사(獄死)했다.

이 시에도 '맑은 휘파람[淸嘯]'이라는 단어가 등장한다. 목은 이색의 시에 나오는 '맑은 휘파람'과 같은 의미다. 속세의 번뇌를 떠난

'깨달음의 경지' 즉 초월적 세계에 대한 동경 말이다.

"맑은 휘파람을 불어 양후를 놀라게 한다"는 대목은 《회남자(淮南子)》에 나오는 고사를 인용한 것이다. 《회남자》 남명훈(覽冥訓)에 "무왕(武王)이 주(紂)를 치러 가는 길에 맹진(孟津)을 건너는데 양후(陽侯)의 파도가 흐름을 거스르며 격렬히 일어났다."는 대목이 있고, "양후는 능양국(凌陽國)의 제후로 물에 빠져 죽은 뒤 수신(水神)이 되어 큰 물결을 일으킬 수 있다"는 주(註)가 붙어 있다. 그러니까 이색과 박은이 신륵사 풍경에서 수신이 된 옛사람의 이야기를 통해 세상 모든 잡사(雜事)를 떨치고 싶은 심경을 드러낸 것이라 하겠다.

寺門老檜氣蕭瑟	절 문 앞의 노송은 쓸쓸한 느낌이요
東臺雙塔高崒屼	동쪽 대 위 쌍탑은 드높이 솟았구나.
懶翁碑版牧翁筆	나옹 비석 새긴 글은 목옹의 솜씨이고
後來挹翠詩更絶	후대에 쓴 읍취헌(挹翠軒) 시 또한 절창이라.
靑楓銀杏自古今	청풍이며 은행나무 에나 지금 그대론데
怪鳥晝鳴跳魚出	이름 모를 새가 울고 물고기 뛰어노네.
向來逸興如目前	이전 사람 느낀 흥취 지금과 마찬가지.
俯仰百年心悽然	인생 백년 돌아볼 제 마음 절로 처량하네.
不須灰劫問胡僧	영원한 세월 이치 승에게 묻기보다
且向丹丘訪神仙	우선 단구 향해 가서 신선을 찾아볼까.

— 김창협 〈벽사(甓寺)〉 《농암집(農巖集)》 제3권

김창협(金昌協, 1651~1708)이 지은 〈벽사〉의 후반부다. 이 시는 서울에서 배를 타고 신륵사 앞까지 올라가 절 풍경 속에서 나옹 스님과 목은의 자취를 찾아보고 박은(朴誾)의 시를 찬탄하는 내용으로 엮인 20행의 칠언고시다.

김창협은 시의 말미에 "청풍(靑楓), 은행(銀杏), 괴조(怪鳥), 도어(跳魚)는 모두 읍취헌의 시에 있는 말이다"라는 설명을 덧붙였다. 그는 신륵사의 풍경 속에서 옛 자취와 시를 떠올리지만, 현실에서 자신이 느끼는 무상감도 크게 드러낸다. 그래서 스님에게 '영원한 세월 이치'를 물으니 "단구를 향해 가서 신선을 찾아볼까"라는 독백으로 시를 마무리했다. 불교가 말하는 적멸의 경지보다는 그윽한 풍경 속 신선이 되는 길을 선망한다는 뜻으로 보인다.

懶翁遺迹有東臺　나옹 화상 남긴 자취 동대 위에 남았는데
臺下滄江衮衮來　대 아래론 푸른 강이 끊임없이 흘러오네.
日落馬巖翻白浪　해가 저문 마암에는 하얀 물결 일렁이고
春回雁塔長靑苔　봄 돌아온 안탑에는 푸른 이끼 끼어 있네.
登臨只自觀流水　대에 올라 흐르는 물 바라다만 볼 뿐이고
代謝無因問刼灰　가고 옴에 대해서는 겁회 물을 길이 없네.
怊悵慈航人不渡　슬프게도 자항 타고 사람들은 안 건너매
片帆長爲釣船開　작은 돛은 낚싯배에 오래도록 펴져 있네.

大江西下謁英陵　큰 강 서쪽 흘러와서 영릉 향해 배알하고

江畔招提塔百層	강가 있는 초제에는 백 층 높은 탑이 있네.
龍窟平臨水泅湧	용이 사는 굴 나직해 흐르는 물 빙빙 돌고
馬巖相對石峻嶒	마주하여 솟은 마암 삐죽삐죽 험준하네.
日斜沙岸歌漁子	해가 저문 모래밭엔 어부들이 노래하고
夜久禪房坐老僧	밤이 깊은 선방에는 늙은 승이 앉아 있네.
欲問三車第一義	삼거 이치 핵심을 물어보고 싶건마는
惠勤歸去只孤燈	혜근께선 떠나가고 외론 등만 남아 있네.

― 정두경 〈신륵사 2수〉《동명집(東溟集)》 제6권

정두경(鄭斗卿, 1597~1673)은 강에서 강월헌과 전탑, 그리고 신륵사를 바라보며 상당히 넓고 깊은 사념의 정취를 시로 읊고 있다. 신륵사 동쪽 절벽의 풍광은 눈에 보이는 풍광과 더불어 나옹 스님의 유적지라는 역사적 의미가 더해짐으로써 완성되는 것이다. 시간을 초월한 고승의 유적 아래 흐르는 강물 역시 시공을 초월한 '흐름'이다.

나고 죽는 이치는 무엇인가

첫 수는 동대 위의 나옹 스님 자취(3층 석탑과 강월헌)와 그 아래로 흐르는 푸른 물결의 대비로 팽팽하게 시작한다. 바로 다음 구절에서 시는 '해 저문 마암의 하얀 물결'과 '봄 돌아온 안탑의 푸른 이끼'로 대비의 선명도를 높이더니 흐르는 물과 겁회를 통해 무상(無常)

의 경지를 드러낸다. 그리고 사람들이 생사고해를 건너는 배[慈航]
로 상징된 (나옹 스님의) 가르침을 따르지 않고 현실에 안주하여 중생
놀음에 빠져 있음을 낚싯배로 비유하고 있다.

　마암은 강월헌이 자리한 커다란 바위이고 안탑은 강월헌 위쪽의

다층 전탑을 가리킨다. 옛날 인도의 스님들이 날아가는 기러기를 보고 "우리가 지금 배고프니 너희 몸이라도 보시하라"고 말했는데 정말로 기러기들이 스스로 죽어서 떨어졌다고 한다. 그에 감동받은 스님들이 기러기를 위한 탑을 세웠는데 그 탑이 라즈기르[왕사성]에 있다. 그 후 안탑이란 말은 보통 절의 탑을 가리키는 말로 쓰이게 되었다. 겁회란 불교용어로, 세상이 불에 타고 또 타면서 소멸하는 길고 긴 시간의 흔적을 말한다.

정두경이 겁회라는 단어를 동원하여 인간의 생사에 대한 오랜 질문을 마음속에 끌어안고 있는 것과 김창협이 '영원한 세월 이치'에 대한 질문을 붙잡고 있는 것은 일맥상통하는 것이다. 생사에 대한 근원적인 질문, 그것은 석가모니의 출가 동기이기도 했다.

아무튼 정두경은 시에서 보이는 것과 보이지 않는 것이 둘이 아님을 간파하고 있다. 두 번째 수에서도 영릉과 탑, 강물과 바위, 어부와 스님 등 보이는 세계의 풍경들을 통해 세간과 출세간의 간격을 통합하는 것이다. 그러나 결국 근원적인 질문은 그대로 남아 있으니, '삼거의 이치'를 묻고 싶을 수밖에.

삼거는 세 개의 수레로 《법화경》〈비유품〉에 나오는 '불타는 집'의 이야기에 등장한다. 양이 끄는 수레[羊車], 사슴이 끄는 수레[鹿車], 소가 끄는 수레[牛車]다. 불이 난 집에서 놀이에 정신이 팔려 위험한 줄도 모르는 아이들을 불러내기 위해 아버지가 이 세 개의 수레에 각각 보물을 가득 실어 선물을 하겠다고 말하여 아이들을 구출한다는 내용이다. 중생의 해탈성불을 위해 설법한 부처님의 가르침이 세 개의 수레에 실린 보물과 같다는 비유다.

정두경은 인간의 세속적 고통을 벗어나는 길을 묻고 싶은데 나옹 스님이 이미 입적하여 만날 수 없음을 드러내며 시를 마무리한다. 이는 나옹 스님의 법력을 추앙하는 것으로 세속에 사는 지식인의 고뇌를 표출한 것이다. 이색과 박은의 '맑은 휘파람'과 다름없는 갈망일 것이다.

神勒東臺翠柏森　신륵사 동대에 푸르른 잣나무 숲
藥城歸棹滯祗林　예성으로 갈 배가 이 숲에 체류했네.
懶翁塔率風鈴語　나옹의 부도탑은 풍경이 말해주고
牧老碑荒石髮侵　목은이 쓴 빗돌엔 바위 옷이 끼어 있다.
赤石晴雲浮日色　적석의 갠 구름 날빛이 훤하건만
驪江遠樹入春陰　여강 멀리 있는 나무 봄을 맞아 그윽하네.
傍人莫問遲徊意　왜 더디 가느냐고 사람들아 묻지 말게
無限煙波愜此心　끝도 없는 연파가 이 마음에 들어서야.

— 정약용 〈등신륵사동대〉《다산시문집(茶山詩文集)》제3권

다산 정약용(茶山 丁若鏞, 1762~1836)은 배를 타고 남한강을 거슬러 예성(충주의 옛 이름)으로 가다가 신륵사 앞에 머물렀다. 머물고 보니 절에는 나옹 스님의 부도와 목은 이색[牧老]이 지은 비문을 새긴 비가 있어 회상에 잠기는 것이다.

정약용은 절의 풍경과 유적의 감회에 빠져 갈 길을 재촉하지 않는다. 아득한 역사 속의 사람이 남긴 흔적은 지금 강 위에 아물거리는 연파와 같으니 배를 재촉해 갈 마음조차 누그러지고 마는 것이다.

獨夜東臺塔　밤에 홀로 동대 탑에 올라

烏紗立逈然　오사모 쓰고 멀리 보며 섰노라니

松虛風淅淅　무심한 소나무에 속삭이듯 바람 불고

江靜月娟娟　강이 고요하여 달빛 유난히 밝네.

末路無長策　남은 길 무슨 별수 있다던가

浮生已晩年　뜬 인생 이미 늘그막인 것을.

扁舟有歇泊　조각배를 여기다 댄 것이

不是愛雲煙　구름 연기 좋아서가 아니라네.

　　　　　　── 정약용 〈야박신륵사등동대(夜泊神勒寺登東臺)〉

　　　　　　　　　　　　《다산시문집》 제3권

　이 시의 제목은 '밤에 신륵사 앞에다 배를 대고 동대에 오르다
(夜泊神勒寺登東臺)'인데 앞의 시와는 달리 인생에 대한 무상감이 흐
른다. 정약용의 사상과 학문에 뿌리가 되는 성호 이익(星湖 李瀷,
1681~1763)의 〈신륵사〉라는 시도 신륵사 풍경 속에 녹아 있는 무상
의 그림자를 들춰내는 맛이 있다.

神勒寺前江水流　신륵사 앞에는 강물이 흐르고

神勒寺中孤客留　신륵사 안에는 외로운 길손 머문다.

燈影當心耿未已　등잔 그림자 마음에 닿아 잠을 못 이루고

磬聲攪夢淸而幽　경쇠 소리 맑고도 그윽이 꿈 흔드네.

山中又值桂花節　산중에서 또 계화 피는 철을 만났고

嶺外行尋楓葉秋　영외에서 장차 단풍 물든 가을 찾으리.

試上東臺望夜色 동대에 올라가서 밤 경색(景色)을 보니

漫空皓月雲悠悠 달빛은 허공에 가득하고 구름은 유유해라.

— 이익 〈신륵사〉《성호전집(星湖全集)》제1권

　지금 신륵사의 입구는 도예단지로 세계도자엑스포가 열리는 명소가 되었다. 강을 건너면 이름난 유원지이고 근래에는 호텔까지 들어섰다. 강 건너 맞은편에서 신륵사를 바라보았다. 황포돛배가 미끄러져 흐르는 강 너머 신륵사와 커다란 바위 위의 강월헌이 보였다. 이익과 정약용이 올라 시를 지은 동대다. 사람들이 올라가 앉기도 하고 서성거리기도 하며 강물을 굽어본다. 배를 탄 사람들은 정자와 탑을 올려다보고 정자 위의 사람들은 강물을 내려다본다.

4부 화엄세상 굽어보니

백양사 쌍계루 白羊寺 雙溪樓

© 최창규

만 길 위의 신선 세상
한 계단 오르는 듯

明明止止千尋水　밝고 밝게 멈춘 듯 고요한 천 길의 물속
淡淡輕輕一抹雲　담백하고 경쾌하게 한 점 구름 드리웠네.
我自無心能物物　내 무심함 속에 일마다 편안하노니
昭森萬象自毫分　밝음 속 만상이 절로 털끝처럼 갈린다오.

— 이정 〈쌍계루〉

극락으로 들어가는 기분

　그림 속으로 들어가는 기분이었다. 아니 더 정확하게 말하면, 주차장에 차를 세우고 문을 열고 나오는 순간 이미 그림 속에 들어 있는 기분이었다. 눈에 보이는 게 다가 아니라는 말도 있지만, 백양사 계곡에 들어선 순간부터는 보이는 것 이상을 생각할 수 없었다. 보이는 게 다 단풍이었다. 시간은 속절없이 11월로 접어들었고 설악에서 시작된 단풍은 어느새 남도의 끝자락으로 진군하여 백암산을 온통 붉게 물들였다.

　지난밤 술자리에서 이경철 시인이 말했다. "단풍나무의 단풍은 지나치게 원색적이어서 거북할 지경이지만, 이 남도의 마을에서 만나는 느티나무의 빛바랜 잎은 그 무엇보다 진한 가을의 정취를 보여줍니다." 느티나무뿐이겠는가? 산비탈의 갈참나무나 길가에 늘어선 벚나무일지라도 여름의 그 푸른 기억을 태우며 뿌리로 돌아갈 준비를 하는 빛은 숭고하여 할 말을 잊게 한다.

　마침 장성군이 주최하는 18회 장성 백양 단풍축제가 열리고 있어 아침부터 전국에서 몰려오는 단풍객들이 장사진을 이뤘다. 계곡을 가득 채운 단풍 속으로 단풍객들의 분주한 발걸음이 이어지니 그 모습 또한 오래 기억될 그림이었다. 주차장에서 절로 향하는 길을 가득 메운 사람들, 그 또한 단풍 숲이었다. 지난밤 비가 흩뿌리고 지나갔고 옅은 구름이 해를 가린 탓에 단풍 빛이 몽환적이었다.

　단풍객들의 행렬을 따라가다가 쌍계루(雙溪樓)가 눈에 들어오는 지점에서 걸음을 멈추었다. 사람들 대부분이 그 지점에서 휴대폰을 꺼내어 사진을 찍고 다시 걸음을 놓았다. 계곡에서는 떨어진 단풍잎이 물을 따라 흐르고, 물에 투영된 붉은 나무는 엷은 바람에 흔들려 현기증을 나게 했다. 추녀 모서리를 날아갈 듯 치켜든 쌍계루는 울긋불긋한 단풍 숲과 허연 바위로 이루어진 백암산을 배경으로 당당하게 서 있다. 앞으로는 엷은 추파(秋波)의 계곡과 울긋불긋한 단풍을 거느리고 뒤로는 웅장한 백암산을 두른 쌍계루. 그 앞에서 문득《아미타경》에 묘사된 극락의 모습이 생각났다.

> 극락세계에는 칠보로 된 연못이 있고, 그 연못에는 여덟 가지 공덕의 물이 가득 차 있다. 그 연못의 바닥에는 순금 모래가 깔려 있고, 그 둘레에는 금 은 유리 파리로 만든 층계가 있고, 그 위에 있는 누각은 금, 은, 유리, 파리, 자거, 적주, 마노로 장엄하게 꾸며져 있다. 그 연못 가운데는 수레바퀴만큼 큰 연꽃들이 피어 광채를 뿜어내고 있다.

사찰에 지은 풍류 공간

두 줄기 계곡이 만나는 곳을 굽어보며 서 있는 쌍계루는 백양사에 딸린 누각이다. 일반적으로 사찰의 누각은 법당 앞마당에 위치한다. 용도는 두 가지다. 법회나 의식을 할 때 협소한 법당을 대신하거나 강학(講學) 또는 여러 사람이 모여 행사를 하는 공간으로 쓰인다. 그러나 백양사 쌍계루는 절의 중심 공간과는 상관없이 두 계곡이 합수하는 곳에 서 있다.

지금의 쌍계루는 6·25 전쟁 때 소실된 것을 1985년에 복원한 것이다. 정면 3칸 측면 2칸의 팔작지붕 형식이다. 지층 시멘트 기단 위에 12개의 지대석을 놓고 그 위에 기둥을 얹어 2층 누각을 지었다. 층계는 오른쪽에 따로 두었고 추녀는 오색단청을 하여 주변의 화려한 풍경 속에서도 돋보인다. 계자난간을 두르고 우물마루를 깐 2층에 올라서면 합수된 계곡이 의외로 넓게 보이고 골짜기를 가득 채운 울창한 나무들이 한층 가까이 보인다.

사면의 들보에는 검은 목판에 작은 글씨로 새긴 시문들이 빼곡하다. 쌍계루가 생긴 이래 지어진 시문들을 망라하여 건 듯한데 300여 수에 이른다고 한다. 이는 쌍계루가 사찰에 있지만, 풍류와 시 창작 공간으로 사랑받아 왔음을 말해주는 것이다. 그러나 이 시문들에 대한 번역작업은 거의 이루어지지 않았다. 이름난 문인들의 시를 제외하면 우리글 번역이 없다. 누군가 서둘러 쌍계루 기문들을 번역한다면 그것만으로도 몇 편의 논문이 나오지 않을까 하는 생각에 입맛이 씁쓸했다.

아래에서 보면 쌍계루가 하나의 그림이고 마루에 올라가서 보면 쌍계루가 그림 속에 들어앉아 있다는 생각이 들 수밖에 없다. 그러니 누가 봐도 강학이나 법회의 공간이기보다는 풍류의 공간으로 보

누각의 들보마다 시문이 새겨진 현판들이 빼곡하게 걸려 있다.

인다. 사실이 그랬다.

사찰의 사면을 에워싼 산들이 모두 높고 가파르기만 해서, 찌는 듯
이 더운 여름철에도 더위를 피해 시원한 바람을 쐴 곳이 없었기 때문
에, 두 물이 합류하는 곳에다 터를 정하고 누각을 세우게 되었는데,
왼쪽 시냇물 위에 걸터앉아서 오른쪽 시냇물을 아래로 굽어보고 있
노라면, 누각의 그림자와 물빛이 위아래에서 서로 비춰 주는 등 실로
보기 드문 승경(勝景)을 이루고 있다.

─ 이색 〈장성현백암사쌍계루기〉《목은집》제3권

오늘의 백양사는 처음에 백암사였고 뒤에 정토사로 불리다가 백양사로 바뀌었다. 목은 이색(牧隱 李穡, 1328~1396)이 지은 기문은 누각을 지은 이유가 '더위를 피하기 위해서'임을 알게 한다. 또한 기문에는 이 누각을 처음 지은 것이 각엄존자(覺儼尊者, 1270~1355)라는 사실도 기록하고 있다. 각엄존자는 고려 충정왕과 공민왕의 왕사를 지낸 각진국사(覺眞國師) 복구(復丘) 스님인데 승보사찰 송광사의 16국사 중 13세 국사다. 각엄존자는 1355년에 노구를 이끌고 백암사로 와서 입적했는데 그로 인해 절이 상당히 확장됐다. 그때 지어진 것이 오늘의 쌍계루 원형인 셈이다.

> 나는 일찍이 행촌 이암(杏村 李嵒) 시중공(侍中公)을 스승으로 모시면서 자질(子姪)들과 어울려 노닐었는데, 스님은 바로 그 계씨(季氏)이다. 그래서 내가 그 부탁을 거절하기가 어렵기에, 절간(絶磵)의 말에 따라서 쌍계루(雙溪樓)라고 명명하고 기문을 짓게 되었다. 나는 지금 늙어서 누각에 밝은 달빛이 가득할 때 그 속에서 한 번이라도 묵을 길이 없으니, 소년 시절에 그곳의 객이 되지 못한 것이 한스럽기만 하다.
>
> — 이색 〈장성현백암사쌍계루기〉 《목은집》 제3권

이색은 말미에 이 기문을 쓴 이유를 밝히고 있다. 즉 각엄존자의 손상좌뻘인 청수 스님이 스러진 누각을 고쳐 짓고 작명과 기문을 청하여 기문을 짓게 되었다고 밝히고 있다. 청수 스님은 이색의 스승인 이암(李嵒, 1297~1364)의 동생이기도 했다. 아무튼, 누각의 주변 풍경을 절간(고려 후기의 벼슬 이름)에게 듣고 이름을 지어준 이색이 자신은 이미 늙어 그 누각에 오를 수 없음을 아쉬워하는 대목이 인상적이다. 이 기문은 후대 쌍계루를 읊는 시인들에게 두고두고 인용되고 있다.

求詩今見白巖僧　지금 시를 청하는 백암사 스님을 만나니
把筆沉吟愧未能　붓 잡고 생각에 잠겨도 능히 읊지 못해 부끄럽네.
淸叟起樓名始重　청수 스님 누각을 세우니 이름이 더욱 중후하고
牧翁作記價還增　목은 선생 기문을 지으니 그 가치 도리어 빛나네.
烟光縹緲暮山紫　노을빛 아득하니 저무는 산이 붉고
月影徘徊秋水澄　달빛이 흘러 돌아가니 물이 맑구나
久向人間煩熱惱　오랫동안 인간 세상에서 시달렸거니
拂衣何日共君登　어느 날 옷을 떨치고 그대 더불어 올라 보겠는가.
　　　　　— 정몽주〈長城白嵒寺雙溪寄題〉《포은선생문집》제2권

포은(圃隱) 정몽주(鄭夢周, 1337~1392)의 이 시는 오늘날까지 쌍계루 시의 '원조'로 전해지고 있다. 이색의 제자인 정몽주는 이 시에 쌍계루의 역사를 고스란히 담고 있다. 청수 스님의 중수와 목은 선생이 기문을 지은 것으로 누각이 번듯하게 서 있음을 칭송하고 저녁 풍경을 읊음으로써 쌍계루의 가치를 충분히 설명하고 있는 셈이다.

그런데 쌍계루 아래 정몽주의 시를 소개한 안내판에는 "오랫동안

포은 정몽주(鄭夢周, 1337~1392)의 판상시 〈기제 쌍계루(寄題雙溪樓)〉.

인간 세상에서 시달렸거니/ 어느 날 옷을 떨치고 그대 더불어 올라 보겠는가"라는 대목을 두고 고려 말의 혼란한 시대상을 가슴 아파 하며 관직을 버리고 임금과 더불어 쌍계루에 오르기를 바라는 마음 을 표현한 것이라는 해석을 덧붙여 두었다.

고려에 대한 충절을 지키다가 선죽교에서 테러를 당해 죽은 정몽 주이고 보면 이런 해석도 억지는 아니겠지만, 시의 흐름을 볼 때 '군 (君)'은 임금이라기보다는 친한 벗쯤으로 이해하는 것이 타당해 보 인다. 물론 여기서의 친한 벗이란 시를 부탁하는 백암사의 스님일 확률이 높다. 세상사에 시달리던 정몽주는 관복을 벗고 자유의 몸 이 되어 스님과 함께 쌍계루에 올라 노닐고 싶은 마음을 드러낸 것 이 아닐까?

서거정이 읊은 쌍계루의 가치

조선 중기의 뛰어난 문신 서거정(徐居正, 1420~1488)은 도암(道庵)이
라는 백암사 스님과 교분이 두터웠다. 경기도 양주에 별업을 두고
있던 서거정은 그곳 출신의 승려인 도암과 50여 년이나 친분을 맺
었다. 서거정은 도암 스님이 양주 흥천사에서 하안거를 마치고 백
암사로 돌아갈 때 절구 5수를 써주었다.

南國名藍是白庵　남국에 가장 이름난 절이 바로 백암사라
樓臺多少間晴嵐　수많은 누대 사이엔 남기가 어우러졌는데
何時鞋襪尋師去　언제나 짚신 버선 차림으로 스님을 찾아
明月雙溪共軟談　밝은 달밤 쌍계에서 종용히 담론해볼꼬.

秋風欲落湖水澄　가을바람은 점점 일고 호수는 하 맑은데
去去行藏一瘦藤　나그네 행장은 등나무 지팡이 하나로다.
猿鶴滿山應悵望　온 산에 원숭이 학은 서글피 기다릴 테고
青山依舊白雲層　청산은 예전대로 흰 구름이 겹겹일 걸세.

天下聲名李杏村　천하에 명성 하 높았던 이행촌이거니
宜教願刹鎭長存　그 원찰을 의당 길이 보존시켜야 하는데
子孫滿國多於織　나라 가득 자손들은 수도 없이 많지만
且問何人衛守勤　묻노라 그 어떤 이가 부지런히 수호할꼬.

松風蘿月護山門　송풍나월이 산문을 보호하거니와

何況深蒙地主恩　더구나 지주의 깊은 은택까지 입으랴.

爲報斯文曹太守　위하여 사문 조 태수에게 알려드리노니

杏村吾亦外玄孫　나도 행촌의 외현손이 되는 사람이라오.

牧老雄文賁寺樓　목은의 큰 문장으로 사루를 잘 꾸몄는데

三峯妙筆亦風流　삼봉의 뛰어난 필치 또한 풍류가 있거니

莫將拙句高聲讀　내 졸렬한 시구를 큰 소리로 읽지 말게나

知有山靈不點頭　아마도 산신령이 허여해 주지 않을 걸세.

— 서거정 〈송도암상인환백암사〉《사가시집》제45권

서거정이 도암 스님을 위해 쓴 이 다섯 편의 절구에도 쌍계루의
역사와 고사들이 담겨 있다. 첫 번째 시의 "언제나 짚신 버선 차림
으로 스님을 찾아 밝은 달밤 쌍계에서 종용히 담론해볼꼬"라는 대
목은 곧바로 정몽주의 시를 연상시킨다. '짚신 버선 차림'이란 다름
아닌 관료의 처지를 벗어난 자유로운 몸을 말한다. 서거정은 지금
도암 스님에게 '나도 얼른 퇴직하고 스님 계신 절에 가서 달밤에 그
유명한 쌍계루에 올라 밤새 이야기나 나누고 싶습니다' 하는 마음을
전하고 있다.

앞의 시가 절(백암사)을 배경 삼았다면 두 번째 시는 호수를 배경
으로 했다. 서거정은 쌍계루가 호수를 굽어보는 곳에 세워져 있다
는 것을 알고 있었던 것이다. 3구에 등장하는 '원숭이와 학'은 은자

(隱者)의 처소를 은유하는 용어다. 이 두 번째 절구에 담긴 서거정의 마음은 '지팡이 하나 짚고 스님을 찾아가 깊은 산 절에는 청산 그리고 흰 구름이 변함없지 않겠습니까?' 하는 것으로 읽힌다. 세 번째 시에서는 백암사가 이암 선생의 원찰임을 부각시켜 그 뜻깊은 도량이 잘 보존되어야 할 것을 강조하고 다음 시에서도 마찬가지다. 그러한 마음은 다섯 번째 시에서 더 구체적으로 드러난다. 즉 이색과 정도전의 기문이 쌍계루의 가치를 보장하고 있음을 드러내며 자신의 시를 그곳에서 큰 소리로 읽으면 산신령이 노할 것이라는 농(弄)으로 5편의 시를 마무리했다. 네 번째 절구의 "송풍나월"은 소나무에 부는 바람과 여라(女蘿) 덩굴에 걸린 달빛이란 뜻인데 이 역시 '은자의 처소'라는 의미로 백암사를 뜻한다.

宴坐淸樓共夏僧　쌍계루 연회에 여름날 스님과 함께하니

山中勝事說猶能　산중의 즐거운 일 이야기 끝없다오.

逶迤澗曲回疑斷　구불구불 산골 물 끊어졌나 의심 속에

迢遞峯巒亂若增　먼 봉우리는 어지러워 새로 솟은 것인가.

巖白却嫌雲妬色　흰 바위는 구름을 혐의하여 질투하고

月明還與水俱澄　밝은 달은 물과 함께 맑음을 다함이라.

徘徊謝盡人間夢　배회함에 인간의 꿈을 다 하노니

萬丈丹梯擬一登　만 길 위 신선세상으로 한 계단 오르는 듯.

— 송순 〈백암사쌍계루〉《면앙집》제3권

면앙정 송순(俛仰亭 宋純, 1493~1583)의 이 시는 제목 자리에 "백암
사쌍계루 경차포은선생운 재장성지 목은작기 포은수제(白巖寺雙溪
樓 敬次圃隱先生韻 在長城地 牧隱作記 圃隱首題)"라고 표기되어 있다. 〈백
암사쌍계루〉 시를 포은 선생의 운을 빌려 쓰는데 쌍계루는 장성에
있고 목은 선생이 기문을 썼고 포은의 시가 으뜸이라는 것이다.

잘 알려진 대로 송순은 조선 중기 호남 시단의 거봉이었다. 그가
태어나고 활동한 지역이 담양인데 장성과는 가까운 거리다. 그래서
백암사 스님들과도 교분이 있었을 것이다. 이 시는 여름날 쌍계루
에서 스님과 더불어 연회를 벌이고 있음을 알리면서 시작된다.

이어 산세와 구름과 달 등의 풍경으로 출세간의 영역인 백양사를
묘사하고 인간의 욕망이 사라진 신선의 세계로 와 있는 즐거움을
토로한다.

明明止止千尋水　밝고 밝게 멈춘 듯 고요한 천 길의 물속
淡淡輕輕一抹雲　담백하고 경쾌하게 한 점 구름 드리웠네.
我自無心能物物　내 무심함 속에 일마다 편안하노니
昭森萬象自毫分　밝음 속 만상이 절로 털끝처럼 갈린다오.

— 이정 〈쌍계루〉《구암집》제1권

이정(李楨, 1512~1571)의 경우도 쌍계루가 물속에 투영된 아름다운
풍경을 묘사하며 '무심함 속에 일마다 편안한' 경지를 노래하고 있
다. 이는 신선의 경지라기보다는 불교에서 말하는 '해탈'의 경지다.

선불교 수행자들이 추구하는 경지가 바로 무심 속의 편안함인 것이다. 그런 경지에서는 모든 것이 스스로 "털끝처럼 갈린다"고 했으니 중생적 분별을 초월한 해탈의 경계를 말하는 것이다.

16세기 삼당시인의 한 사람인 백광훈(白光勳, 1537~1582)도 19세기의 기정진(奇正鎭, 1798~1879)도 쌍계루에서 맑은 세상을 꿈꾸는 마음은 다르지 않다.

重勞飛錫愧名僧　　무딘 걸음으로 애쓰니 명승이 부끄럽고
懶性兀知百不能　　게으른 성품이 모남에 온갖 일 미숙하네.
千里舊庵雙派勝　　천리의 옛 암자는 두 물줄기에 빼어난데
一樓新詠幾人增　　한 누대의 새 글을 몇 명이나 보탰던가.
雲歸曉洞峯鬠濕　　구름이 새벽 동구에 개니 봉우리가 젖고
露洗秋壇水木澄　　이슬이 가을 절 씻김에 물과 나무 맑다오.
眞境未窮心已熟　　진경을 다하지 못함에 마음이 타는데
石欄明月夢先登　　돌 끝에 밝은 달이 먼저 가길 꿈꾸네.
　　　　　　　　　— 백광훈 〈차쌍계루운 증성진사〉《옥봉집》 제1권

백광훈은 이 시를 성진(性眞)이라는 스님에게 주고자 지었다. 원문 제목이 '차쌍계루운 증성진사(次雙溪樓韻 贈性眞師)'이다. 앞의 수련과 경련은 다소 냉소적인 어감이다. 그러나 잘 아는 스님을 대놓고 칭송하는 것을 피해 '무딘 걸음' '게으른 성품' 등의 수사들을 동원하여 열심히 정진하여 불도를 이루기를 여망하는 심지를 잘 보여준

다. 미련의 구절이 그러한 마음을 적극적으로 표현했음을 알 수 있다.

分燈借榻定誰僧   등불과 책상 빌린 공부로 누가 스님인가
往事庵樓入夢能   암자와 누대의 지난 일이 꿈속에 훤하네.
黃鳥鳴邊雙岸合   꾀꼬리 울음 속에 양 언덕 합해지고
丹楓叢裏一樓增   단풍 숲 고움에 누대 하나 더해 있다오.
正疑雪壁雲頭矗   눈길 벼랑인가 함에 구름 끝은 뾰족한데
更得冰溪月下澄   다시 얼음골에 오니 달빛 받아 맑음이라.
人世漸如遼柱鶴   세상이 점차 기묘함만을 숭상하나니
扶藜非復昔年登   지팡이 짚고도 작년처럼 오르지 못하네.
　　　　　── 기정진 〈차쌍계루포옹운〉《노사집》제2권

전북 순창 출신의 기정진은 조선 후기 학계에 주목받을 업적을 남긴 학자다. 그가 쌍계루에 올라 정몽주의 운을 빌려 쓴 이 시도 다소 냉소적인 어투로 시를 열고 절과 누각의 풍경을 통해 새로운 경지로 도달하고자 하는 의지를 드러내고 있다. 미련의 "세상이 점차 기묘함만을 숭상하나니"라는 대목은 유학자의 시각에서 불교나 천주교를 바라보는 것으로 보인다. 기정진의 시대는 이미 20세기적 격변이 꿈틀대고 있었다. 그는 병인양요를 보고 쇄국적인 태세를 주장하는 상소를 올리기도 했다. 이 상소가 후의 위정척사(衛正斥邪) 사상의 이론적 기초가 되었다.

관음의 일천화신 드러난 곳

쌍계루가 사찰의 누각이면서 시인묵객들에게 인기가 있었던 것은 두말할 것 없이 그 입지가 절경 속이기 때문이다. 극락으로 가는 듯한 산골짜기의 중간에 두 개의 줄기를 아우르며 높이 솟아 있는 쌍계루. 청음 김상헌(淸陰 金尙憲, 1570~1652)에게는 쌍계루에 오를 기회가 없었던 듯하다. 장성으로 벼슬을 떠나는 유안세(柳安世)에게 써 준 8수의 시 가운데 쌍계루를 읊은 7언절구가 있다.

白巖山洞水分流　백암산의 골짜기 물 갈라져서 흐르는데
形勝中間有小樓　경치 좋은 중간쯤에 작은 누각 하나 있네.

曾讀牧翁樓上記　목옹 지은 누상기를 전에 읽어 보았거니
羨君今日少年遊　그대 오늘 나이 젊어 유람함이 부럽구나.

— 김상헌 〈오산잡영〉《청음집》제3권

목은 이색은 쌍계루라는 이름을 짓고 기문을 쓸 때 자신은 이미 늙어 그 좋은 경치 속의 쌍계루에 오르지 못함을 한탄한다는 말을 남겼다. 김상헌은 유안세에게 '젊은 나이에 쌍계루에 오르게 된 것이 부럽다'고 말하는 것이다.

사찰의 누각인 쌍계루에 걸린 300여 수의 시는 대부분 선비들의 작품이다. 많은 고승들이 배출된 백양사이고 보면 스님들의 시도 적지 않을 것이다. 근대의 대강백이었던 진호석연(振湖錫淵, 1880~1965) 스님이 1929년 백양사를 방문했을 때 쌍계루에서 지은 시가 한 수 전한다. 역시 정몽주 시의 운자를 따랐다.

舊來南國幾高僧　예로부터 남쪽에 몇몇 고승 있다더니
別界樓臺亦有能　이상세계의 누대에나 있을 법한 일이로구나.
境勝當年淸秀建　경치 빼어난 곳 금년에 우뚝 서니
世平今日錦師增　세상 사람들은 오늘에야 뛰어난 스승 만났다고
　　　　　　　　하네.
祥雲護塔峯常靜　상서로운 구름 탑 보호하듯 봉우리 고요하고
皓月籠軒水自澄　밝은 달 난간 휘감아 물은 저절로 맑으니
安得觀音千隻乎　이 어찌 관음의 일천 화신이 아니겠는가?

提携多士共擎登　다 함께 모여 떠받든 공덕이리라.

　　　　　　　　　　　　　　— 진호 〈차백양쌍계루〉《불교》 55호

　1929년은 백양사가 대대적인 중창불사를 마무리할 즈음이다. 당시 주지는 만암(曼庵, 1876~1956) 스님이었는데, 그가 10여 년에 걸친 중창불사를 주도하여 오늘날 백양사의 사격을 갖추었다. 진호 스님은 아마 백양사의 중창불사가 마무리되는 시점에 백양사에 가서 일신된 절의 모습과 쌍계루의 풍광에 감동했을 것이다. 그래서 보이는 모든 것이 관세음보살의 화신, 즉 관음보살이 변화하여 보이는 모습이라는 극찬을 아끼지 않았을 것이다.

　따지고 보면 고려 이후 쌍계루에서 시를 쓴 선비들의 바람 또한 보이는 모든 것이 관음보살의 화신이었을 것이다. 그것이 선계(仙界)를 동경하는 수사로 표현되고 있었을 뿐. 지금도 쌍계루 단풍은 그야말로 신선의 세상을 연출한다. 단풍뿐이겠는가? 봄은 봄대로, 여름은 여름대로, 겨울은 겨울대로 사시사철 극락이다. 탐욕을 내려놓고 무욕의 경지에 이르고 싶은 사람들이여. 어느 하루 조용히 백양사 쌍계루에 올라 보라.

부석사 안양루 浮石寺 安養樓

바람벽에 기대어
화엄 세상 굽어보니

平生未暇踏名區	평생에 여가 없어 이름난 곳 못 왔더니
白首今登安養樓	백수가 된 오늘에야 안양루에 올랐구나.
江山似畵東南列	그림 같은 강산은 동남으로 벌려 있고
天地如萍日夜浮	천지는 부평 같아 밤낮으로 떠 있구나.
風塵萬事忽忽馬	지나간 모든 일이 말 타고 달려온 듯
宇宙一身泛泛鳧	우주 간에 내 한 몸이 오리마냥 헤엄치네.
百年幾得看勝景	백 년 동안 몇 번이나 이런 경치 구경할까
歲月無情老丈夫	세월은 무정하다 나는 벌써 늙어 있네.

— 김병연 〈부석사〉

사찰 누각의 기능

명산(名山)에 명찰(名刹)이 있다면 명찰에는 명루(名樓)가 있다. 대개의 사찰은 경관이 수려한 곳에 자리하지만, 산중 사찰은 공간이 협소하다는 단점을 지니기 십상이다. 대중 법회나 강학을 위한 내실 부족을 해결하기 위해 지어진 것이 사찰의 누각이다. 그래서 대개 사찰의 누각은 법당 앞마당 끝에 지어지는 경우가 많다. 법회나 의식 때 법당의 주불을 향해 예배해야 하기 때문이다. 크기도 5칸 이상으로 상당히 큰 경우가 많다. 누각 아래 통로를 통해 길이 나 있거나 법당 방향을 제외한 3면을 판벽으로 처리하거나 문을 달아 둔 것도 사찰누각의 쓰임새와 관련 깊은 장치다. 지리산 화엄사의 보제루나 안동 봉정사 만세루, 해남 대흥사 침계루 등이 대표적이고 근래 지어지거나 중수된 사찰들의 누각도 대개 이러한 기준을 벗어나지 않는다.

그러나 법회나 강학을 위해 지어지지 않은 누각도 있다. 계류(溪流) 가에 지어진 누정들이 시정(詩情)을 즐기고 도학을 연마하는 장소이듯 사찰의 누각도 풍경을 감상하거나 문루(門樓)의 기능을 하는 경우도 있다. 거기 시정이 어우러지는 것도 자연스러운 일이니, 장성 백양사의 쌍계루(雙溪樓), 순천 선암사의 강선루(降仙樓), 영주 부석사의 안양루(安養樓) 등이 이에 해당하는 대표적인 누각이다. 쌍계루의 이름에서는 계곡물 소리가 들리는 듯하고, 강선루의 이름에서는 다소 도교적인 분위기가 느껴진다. 안양루라는 이름은 정토

신앙을 강하게 암시한다. 안양이란 불국정토 즉 극락세계를 뜻하기 때문이다.

아무튼, 옛 사찰의 누각에 인연 닿아 전하는 시들도 적지 않다. 사찰의 좋은 경관이 시를 낳게 했고, 승려와 선비들의 교유가 시로 무르익은 결과다. 사찰 누각은 지극한 구도심에 시심이 더해진 사색과 완상의 공간이다.

세월의 흔적, 김삿갓의 시 한 수

경상북도 영주시 부석면 봉황산 기슭의 부석사. 주차장에 차를 멈추고 나니 아직 어둠이 다 가시지 않았다. 바람 끝이 제법 날카로운 12월의 어느 아침, 반겨줄 사람도 없는데 새벽바람을 가르며 달려왔다. 한 해가 저물어 가는 시간, 살아온 날들을 되짚어 봐도 손에 잡히는 것 없는 허허로움이 한 편의 시를 생각나게 했다.

平生未暇踏名區　평생에 여가 없어 이름난 곳 못 왔더니
白首今登安養樓　백수가 된 오늘에야 안양루에 올랐구나.
江山似畵東南列　그림 같은 강산은 동남으로 벌려 있고
天地如萍日夜浮　천지는 부평 같아 밤낮으로 떠 있구나.
風塵萬事忽忽馬　지나간 모든 일이 말 타고 달려온 듯
宇宙一身泛泛鳧　우주 간에 내 한 몸이 오리마냥 헤엄치네.

百年幾得看勝景　백 년 동안 몇 번이나 이런 경치 구경할까

歲月無情老丈夫　세월은 무정하다 나는 벌써 늙어 있네.

— 김병연 〈부석사〉 판상시

부석사 안양루에 걸린 김병연(金炳淵, 1807~1863)의 시를 본 것은 20대 초반이었다. 모든 것이 불안정하던 그때, 구경삼아 찾아간 부석사에서 안양루 안쪽에 걸린 이 시를 한 번 소리 내어 읽었는데 그 여운이 생채기처럼 지워지지 않았다.

사실 그때는 김삿갓이란 인물이 그저 떠돌이 방랑시인이라는 정도로만 알았었다. 그러나 한글 해석문을 함께 새겨 걸어 둔 작은 시판을 읽는 순간, 가슴 속을 후비고 지나가는 바람 한 줄기를 느낄 수 있었다. 저 멀리 아스라이 보이는 산봉우리들이 일생을 떠돌던 방랑시인의 여적(餘滴)들인 듯했다.

부석사 아랫마을에서 산길을 따라 마구령을 넘어가면 김삿갓 계곡이다. 김병연이 살던 마을 노루목을 중심으로 생가와 묘지 그리고 문학관이 잘 정비되어 있다. 부석사에서 노루목까지 걸어서 한나절이면 될 거리. 재 넘어 가면 식솔들이 기다리는 집인데, 이미 늙어버린 방랑자는 부석사 안양루에서 "세월은 무정하다 나는 벌써 늙어 있네"라는 탄식을 쏟아놓고 또 어디론가 정처 없는 떠났을 것이다.

정토에서 바라보는 중생계

사과밭도 은행나무 길도 찬바람만 가득하다. 언제부턴가 부석사의 또 다른 명물로 떠오른 은행나무 길과 사과밭. 지난가을 한바탕 잔치를 벌였던 잔해들만 바람에 휩쓸리고 있다. 신라 의상대사(義湘大師)가 676년(문무왕 16) 왕명으로 건설한 화엄도량 부석사. 수많은 답사객과 문화재 건축 전문가들이 낱낱이 해부하며 다양한 가설과 학설을 내놓은 것만으로도 이 절의 가치는 충분히 알 만하다.

화엄의 광활한 교리를 가람의 구도 속에 녹였다는 찬사와, 선종과 교종이 융합된 보기 드문 도량이라는 평가, 무량수전의 세계적인 건축공법과 거기 깃든 깊은 종교적 사유, 신라 석등의 빼어난 균형미와 의상대사를 향한 선묘 낭자의 애틋한 사랑에 얽힌 전설까지. 이 모든 것이 부석사의 과거이자 오늘이고 또 내일이기도 하다.

"티끌 하나에 온 우주가 들어 있다(一微塵中含十方)"는 화엄의 가르침 그대로, 이 하나의 도량에 시공을 초월하는 인간 삶의 잔상들이 모두 비치고 있다. 절의 일주문이 세속(世俗)과 해탈의 땅을 구분하는 것이라 말하지만, 어떻게 문 하나를 두고 중생계와 불보살의 영토가 나뉘겠는가? 부처는 깨달은 중생이요 중생은 깨닫지 못한 부처라는 말도 있는데.

이런저런 생각을 공글리며 석단들을 차례로 밟아 올라 무량수전을 향했다.

천왕문을 지나 복원 중인 회전문을 우회하여 새로 지은 박물관을 거치는 동안, 천년고찰에 새로운 건물이 들어서는 것은 또 다른 천년을 위한 불사란 생각을 했다. 숨을 한 번 몰아쉬고 범종루를 지나 손에 잡힐 듯, 하늘로 솟아오를 듯 석축의 끝을 지키고 있는 안양루를 바라보았다. 언제 봐도 숭엄한 그 자태는 변함이 없다.

부석사의 중심 영역을 이루는 무량수전과 석등 그리고 안양루의 건축적 종교적 가치를 새삼 입에 올릴 필요는 없다. 있는 그대로 보고 보이는 그대로 느끼며 느껴지는 그대로 즐기는 곳이 무량수전 앞마당 안양루의 공간이다.

석축 아래서 올려다보면 승천하는 듯한 2층 누각의 모습에 가슴이 벅차고, 돌계단을 밟고 올라 마당에 서면 먼 소백의 연봉들을 낱낱이 보여주는 친구와 같은 단층의 누각. 앞쪽 2층에는 '부석사'란 현판이, 1층에는 '안양문'이라는 현판이 붙어 있다. 원래 안양문이 2층에 붙어 있었으나 1956년 부석사를 방문한 이승만 대통령이 절 이름을 휘호하고 간 뒤 그 글씨를 2층에 걸었다고 한다.

평소 틈만 나면 서예를 연마했다는 이승만 대통령이 부석사를 다녀간 일은 1956년 1월 19일 자 〈동아일보〉 기사에 자세히 전한다. 즉 "지난 16일 하오 대통령 전용차로 서울역을 출발한 이 대통령 부처는 17일 상오 9시에 경북 영주군에 있는 부석사에 도착, 동사(同寺) 김 주지의 안내로 우리나라에서 가장 오랜 목조건물인 무량수전을 비롯하여 조사당 벽화, 석탑, 범종각, 안양루 등을 시찰한 후 동사의 '부석사(浮石寺)'를 휘필하고 십칠일 하오 7시20분 서울역에 도착 경무대로 기저하였다"는 내용이다.

안양루의 앞쪽에는 '안양문'이라는 현판이 걸려 있고 뒤 무량수전 쪽에는 '안양루'라는 현판이 걸려 있다. 올라갈 때는 극락세계로 들어가는 문이요, 올라가면 저 아래 아스라한 중생계를 굽어보는 극락의 누각이란 의미일 것이다. 다시 말해 안양루는 중생계와 극락정토의 경계이면서 훤히 트인 개방감으로 정토와 예토(穢土)의 구별마저 융화시켜 버리는 초월적인 공간이다.

一樓聳出萬山靑　한 누대 우뚝 솟아 만산이 푸른데
伽樹曇雲應地靈　절 나무에 구름 끼어 지기에 응하는 듯
半日閑來人近佛　반나절 한가로이 오니 사람들 부처와 가깝고
千年浮在石如萍　천년을 떠 있음에 바위는 부평초 같네.
微風磬落新羅響　미풍이 경쇠에 스치니 신라의 여운이요
古砌花傳義尙齡　섬돌가에 꽃 피어나니 의상대사의 나이인가
歷歷諸賢遺墨在　또렷하게 많은 이들 글귀를 남겼나니
軒頭半是舊朝廷　누대의 절반쯤은 옛 조정 같구나.
　　　　　　　　　　— 김세흠 〈등부석사안양루〉《소와집》 1권

조선 말기의 학자 김세흠(金世欽, 1876~1950)은 안양루에서 신라의 여운과 의상대사의 체취를 노래했다. 일체의 분별심을 밀어내 버리듯 훤히 트인 공간이 아니라면, 시간과 공간을 초월하는 시인의 마음이 아니라면 눈앞에 보이는 물상(物象)에서 어떻게 천년 세월을 넘나들 수 있겠는가? 물 흐르듯 읽히는 이 시의 마지막 구절 "누대

부석사 무량수전 앞마당에 날아갈 듯 서 있는 안양루(安養樓) 전경(위).
무량수전 쪽에서 바라보면 마치 석등과 함께 중생계를 자애롭게 굽어보는 듯하다.

의 절반쯤은 옛 조정 같구나"라는 대목에서는 많은 것을 상상하게 한다. 정신이 빛나던 신라의 반추인지 홍건적에 밀려 천도해 온 공민왕이 친필로 쓴 무량수전 현판에서 느껴지는 고려조 말의 비운인지 알 수 없지만, 누마루에서 장구한 역사의 흐름을 읽는 시인의 눈매는 서늘하다.

이 시를 지은 김세흠은 그리 알려지지 않은 인물이다. 시 제목 옆에 '신묘십육세시(辛卯十六歲時)'라는 설명이 붙어 있다. 이 시가 지어진 때가 1891년 신묘년으로 작가가 16세이던 해란 말이다. 아무리 읽어 봐도 16세의 청년이 썼다고 하기에는 좀 조숙한 면이 있다. 그렇게 생각의 깊이를 무량하게 하는 누각이 바로 안양루라는 역설일지 모르겠지만.

嫩凉淸曉倚樓邊	서늘한 기운 감도는 새벽녘 안양루
雨後靑山洗更鮮	비 맞은 뒤 청산은 씻은 듯이 선명하네.
遠近烟光村可數	멀리 안갯속에 동네 인가 잡힐 듯하고
東南雲氣海俱連	동남 하늘 구름은 바다처럼 연이었네.
長天漠漠看飛鳥	먼 하늘 아득히 나는 새 바라보고
秋日蕭蕭聽晚蟬	스산한 가을 정취 매미소리 듣네.
萬古名區有客處	만고의 명승지 나그네 발걸음
一年明月又新弦	올해 중속 밝은 달도 활처럼 기우네.

— 성언근 〈안양루〉《가은집》

김삿갓보다 한 세대를 먼저 살았던 성언근(成彦根, 1740~1818)의 유일한 문집 《가은집》에 실린 이 시는 가을 풍경을 그린 수채화 같다. 안양루 누마루에 머물다 가는 바람과 서까래 너머 아스라한 구름, 깨질 듯 파란 가을 하늘까지 더불어 느껴지는 명징함이 독자의 기운을 맑게 한다. 성언근은 조선 중기 유림의 중요한 사상이었던 사단칠정(四端七情)의 이기설을 시로 읊어 낼 정도로 시재가 맑았던 선비다.

바람의 누각 하늘의 누각

안양루는 바람[願]의 누각이다. 무량수전 아미타 부처님께 죽은 이의 극락왕생을 빌고 산 사람의 행복을 빌기 위해 108계단을 오르는 중생들. 얼마나 많은 사람이 안양루 아래를 통과하며 복을 빌고 새 삶을 다짐했을까? 그 무수한 바람이 안양루를 지탱하게 하는 힘이었고 안양루를 보존케 하는 공력이었을 것이다. 김삿갓의 시나 김세흠의 시 그리고 성언근의 시에도 안양루에 올라 세파를 달래고 적멸의 평온함을 찾고자 하는 바람[願]이 담겨 있지 않은가.

안양루는 바람[風]의 누각이다. 바다같이 넓고 아스라한 곳으로부터 소백 연봉들이 파도인 듯 밀려오며 한 줄기 바람을 먼저 보낸다. 중생계와 불보살의 세계를 넘나드는 바람이 안양루 기둥을 맴돌다 신라 석등을 돌아 무량수전을 드나든다.

무량수전 배흘림기둥에 기댈 것 없이, 안양루 바람벽에 기대어 세상을 굽어보라. 흰 코끼리들이 무리 지어 잠을 자는 듯한 저 만 리밖의 풍경에서 해탈의 바람 한 줄기가 느껴질 것이다.

사명대사(四溟大師)가 30대 중반에 쓴 〈안양루 중수기〉는 그 헌걸찬 문장으로 안양루의 형세와 가치를 전하고 있다.

연기가 추상을 녹이고 밝은 달이 공중에 떠오르니 깃털이 생겨서 신선으로 오르는 홍취가 있고, 길이 천 리가 되어서 누각의 머리가 창공 끝에 나르니 하늘에 올라 마을을 흔들게 하는 홍취가 있도다. 서쪽으로 소백산을 바라보니 정면으로 풍경을 가두어 등왕각의 홍취가 있고, 동쪽으로 청량산 바라보니 가을 구름이 아득해서 신선의 홍취가 있도다.

煙鎖秋霜 皓月浮空 有羽化登仙趣 爲路千里 頭出窮蒼 有昇天而搖里趣 西瞻小白 爲面籠色 有藤王趣 東望淸凉 秋雲杳杳 有浮仙趣

— 사명대사 〈부석사 안양루 중창기〉 중간 부분

1555년 불에 타버린 안양루는 20여 년 후인 1578년에 석린(石麟) 스님에 의해 재건됐다. 그리고 2년 뒤 36세의 사명대사 유정이 중창기를 썼다. 기문의 문장이 그대로 시다. 사명대사가 말한 홍취는 인간 세상을 초월한 신선의 경지에서 노니는 것이다. 군이 도교적 발상이라 할 것 없이 중생계의 우비고뇌를 털어 버리고 하늘로 올라가고자 하는 염원이 안양루를 중창하는 마음과 다르지 않다는 의미이다. 안양루는 하늘의 누각이기도 한 것이다.

눈으로는 볼 수 없는 취원루

옛 문헌에 부석사를 노래한 시들에서 안양루를 소재로 한 경우는 그리 많지 않다. 대부분의 시인묵객이 취원루(聚遠樓)를 읊고 있다. 지금은 없어진 옛적의 누각 취원루. 이름을 그대로 풀이하면 '멀리 있는 것을 모아들이는 누각'이라는 뜻이니 먼 곳이 조망되는 곳임을 알 수 있다.

취원루는 어디에 있었을까? 1849년에 편찬된 《순흥읍지》에는 무량수전 서쪽에 취원루가 있다고 전하고 있다. 조찬한(趙纘韓, 1572~1631)의 시에도 "취원루는 무량수전 서쪽에 높이 솟았네"라는 구절이 나온다. 겸재 정선(謙齋 鄭歚, 1676~1759)의 《교남명승첩》에 실린 부석사 그림에는 무량수전의 앞쪽에 안양루가 있고 그 왼쪽 석축 끝(서쪽)에 누각 하나가 그려져 있다. 그것이 취원루인지 증명할 수 없지만 멀리 조망이 가능한 위치임은 틀림없다. 취원루가 조사당 앞에 있었다는 기록도 있어 정확한 위치를 알아내기는 어렵다.

하지만 풍기 군수를 지내며 조선 최초의 사학운동인 백운동서원을 세웠던 주세붕(周世鵬, 1495~1554)의 시로 취원루의 흔적을 더듬어 보자.

멀리 소백의 연봉들을 굽어보는 부석사 안양루의 일몰.

© 송원동

聚遠樓頭絅幕寬　취원루 위에 비단장막 넉넉한데

我來秋日凭闌干　나는 가을날 찾아와 난간에 기대보네.

居僧指點分諸國　스님은 점점이 가리키며 여러 곳을 나누는데

笑道人間行路難　웃으며 인간세상 살아가기 어렵다 말하네.

蒼蒼元氣積東南　창창한 원기가 동남쪽에 쌓였나니

二白雄峰結構參　소백 태백 웅장한 봉우리 들쑥날쑥함을 묶었네.

散走股肢紛衆峭　흩어져 팔다리로 내달려 여러 봉우리 어지러운데

全輸寒色義相庵　온전히 차가운 빛 의상암으로 보낸다오.

　　　　　　── 주세붕 〈부석사〉 연작시 《무릉잡고》 3권(부분)

　주세붕은 부석사를 제법 자주 찾았던 모양이다. 부석사 관련 시를 여러 편 전한다. 앞에 든 4수 연작시 가운데 두 수는 가을날 취원루에서 느긋한 시간을 보내는 선비의 모습이 역력하다. 비단처럼 펼쳐진 가을 하늘, 취원루 난간에 기대어 스님이 먼 곳 풍경을 나누어 설명해도 그 나눔 자체의 의미를 초월하는 시인의 혜안은 인간세상의 고단한 삶까지 살펴본다.

　그리고 웅장한 산봉우리들을 감상하는 그 넉넉하고 기굴한 마음으로 가을 찬 기운을 의상의 역사로 접목하려는 시적 의도가 드러나고 있다. 이쯤 되면 뒷부분의 2수도 마저 볼 수밖에 없다.

　義相庵外月如海　의상암 밖에 달빛은 바다 같은데

宿客無眠心磊磊　잠자리에 든 객은 잠들지 않고 마음 여유롭네.
李白小兒解問之　이태백이 어린아이에게 물어 깨닫나니
舉酒欲呼今安在　잔 들고 불러보네 이태백은 지금 어디 있는가?

山樓攬擷群山聚　산루에서 여러 산의 푸르름 움켜쥐니
一宿樓中夢亦青　하룻밤 자고 가는 누대에 꿈도 푸르네.
朝暮雄觀兼夜景　아침저녁 웅장한 경관에 야경까지 더하니
新詩滿袖動精靈　새로운 시 소매에 가득하여 정령이 움직이네.
　　　　　　　　— 주세붕 〈부석사〉 연작시 《무릉잡고》 3권(부분)

취원루는 안양루와 달리 잠을 잘 수도 있는 누각이었던지, 주세
붕은 취원루의 하룻밤을 매우 정감 있게 그려내며 조망하는 풍경을
풍경 이상으로 끌어 올려 삶의 진지한 자세를 일깨우고, 시인으로
서 흥취를 두루 드러내고 있다. 시적 흥취는 이태백의 고사를 인용
하니 그것은 꿈마저도 푸르게 하는 취원루의 경치 덕택이고 마침내
'소매에 가득한' 시정을 얻어 내는 경지로 나아가는 것이다.

繡錯雲端無數峰　수 놓은 듯 한 구름 끝 무수한 봉우리들
山南千里見提封　산 남쪽의 천리 영토를 본다오.
始知方寸寬如許　비로소 방촌을 너그럽게 허락함을 아노니
極海平吞不芥胸　큰 바다 평탄함에 가슴에 티끌 한 점 없어라.
　　　　　　　　— 채팽윤 〈부석사 취원루〉 《희암선생집》 20권

희암 채팽윤(希菴 蔡彭胤, 1669~1731)은 불교에 상당히 조예가 깊은 선비였던지 그의 문집에는 사찰을 소재로 읊은 시가 상당히 많고 스님들과 교유한 시편들도 많다. 양양 낙산사, 순천 선암사, 양산 통도사, 해남 대둔사, 구례 화엄사, 금강산 장안사 등의 큰절 중수기나 상량문 등이 그의 문집에 다수 전한다.

그런 선비가 취원루에서 느끼는 시정은 단순명료하다. '가슴에 티끌 한 점도 남음이 없는' 트임이 그것이다. 어쩌면 이 단순한 표현이 취원루나 안양루가 추구하는 가장 궁극적인 존재가치가 아닐까 하는 생각을 하게 된다. 이유가 번잡하면 근원에 미칠 수 없다.

부석사가 추구하는 화엄의 도리가 티끌만큼의 차별도 없이 원융무애한 세상을 만드는 것이라면 취원루에서 내려다보는 세상은 '천리 영토가 큰 바다의 평탄이어서 가슴에 티끌 한 점 없는' 것이 마땅하다. 그렇다면 채팽윤은 취원루에서 화엄의 도리를 스스로 깨닫고 그 오도송으로 한 편의 절구를 읊었을지도 모를 일이다.

> 鳳嶽沖霄勢欲浮　봉악은 드넓은 하늘에 형세가 떠 있는 듯한데
> 旁臨日月有高樓　곁에는 해와 달 떠오르는 높은 누대 있어라.
> 樓中玉篴風吹去　누대에 옥피리 소리 바람결에 실려 가나니
> 散落山南七十州　흩어져 산 앞의 칠십 개 마을에 들린다네.
> ― 권두경 〈부석사취원루 문축〉《창설재선생문집》 1권

권두경(權斗經, 1654~1726)은 취원루의 웅장한 풍광 속에서 피리 소

리까지 들었다. 하늘에 떠 있는 듯한 봉황산의 산세, 해와 달의 높이로 서 있는 누각(취원루), 바람결에 실려 가는 피리 소리. 이 모두가 정중동(靜中動)이고 동중정(動中靜)으로 그려진다. 세간은 끝없이 움직이고 출세간은 정적을 추구한다. 사찰은 승속이 둘 아니게 원융하는 곳이면서 궁극적으로 해탈의 적정 속으로 들어가는 곳이다. 그래서 움직임 속에 고요함이 있고 고요함 속에 움직임이 있으니, 절 아래 많은 마을로 내려가는 피리 소리 또한 승속일체의 도리 속에 거칠 것 없는 인과의 작용이다. 피리 소리가 산사에만 맴돈다면 그것은 해탈의 피리 소리가 아니다. 중생과 함께하지 않는 해탈이 무슨 소용이란 말인가?

부석사 취원루가 언제 사라졌는지 알 수 없지만, 거기 머물던 무수한 시심이 있어 불심과 시심이 어우러지는 또 하나의 화엄 공간은 언제나 열려 있다. 그래서 안양루 바람벽에 기대어 김삿갓의 시를 소리 내어 읽던 30여 년 전의 나를 만날 수도 있다.

시가 있는 모든 공간은 시공을 초월해 옛사람을 만나고 나를 만나는 곳이니까.

백마강 정자들

옛일은 초동의
노래 속에 들어 있네

興亡萬古孤城在	만고 흥망 그 모든 일 외로운 성 남아 있고
太平今得聞絃歌	태평 세상 오늘날에 현가 소리 들리누나.
白江江上月如練	백마강의 위에 뜬 달 하얀 비단 같은 속에
漁舟點點隨煙波	여기저기 연파 따라 고기 잡는 배 떠가네.

— 이승소 〈扶餘懷古次稼亭詩〉

망국의 한 품고 흐르는 백마강

백마강(白馬江)이라는 이름에는 한(恨)이 묻어 있다. '집단 무의식' 처럼 스미어 흐르는 한이다. 그 한을 이루는 키워드는 백제의 멸망 과 의자왕, 계백의 충성 그리고 3천 궁녀와 낙화암 등이다. 실타래 처럼 엉킨 역사와 전설의 유전인자 속에 잠들지 못하는 망국의 한 이 고달픈 삶을 위로하며 상속되어 온 것인지 모른다.

오늘도 말없이 흐르는 금강. 400Km에 가까운 그 유장한 흐름이 부여를 지나는 동안 이름을 바꾸어 백마강으로 불린다. 나당연합군 의 장수로 전쟁을 지휘한 당나라 장수 소정방(蘇定方)과 관련한 이 야기가 백마강이라는 이름의 연원이라는 속설이 전한다. 즉, 당나 라 군사가 서쪽 바다에서 배를 타고 부여로 진격해 왔을 때, 강에 안 개가 일어 앞뒤가 분간되지 않았다. 소정방(蘇定方)이 술사(術士)에 게 까닭을 물으니 백제의 무왕이 왕성을 지키는 용으로 환생해 있 기 때문이라 했다. 소정방은 용이 흰말 고기를 좋아한다는 것에 착 안해 백마의 고기로 용을 낚아 올려 죽이고 백제를 멸망시켰다. 그 로부터 강의 이름이 백마강이 되었고 용을 낚은 곳을 조룡대(釣龍臺) 라 한 것이다.

그러나 원래 이유는 '백제에서 가장 큰 강'이었기 때문이다. 백제 멸망 160여 년 전인 무령왕 시대의 기록에 이 강을 '백강(白江)'이라 했고 마(馬)는 크다는 의미를 가진 단어이기 때문이다.

靑丘孕秀應黃河	청구가 수기(秀氣) 배태해 황하에 응하면서
溫王生自東明家	온왕이 동명의 가문에서 탄생하였나니
扶蘇山下徙立國	부소산 아래로 옮겨와 나라를 세울 적에
奇祥異蹟何其多	상서로운 기적들이 그 얼마나 많았던가.
衣冠濟濟文物盛	인재들이 즐비하고 문물이 성대하여
潛圖伺隙幷新羅	틈을 엿봐 신라까지 합치려고 하였는데
在後屠孫不嗣德	못난 자손들이 덕을 제대로 잇지 못해
雕墻峻宇紛奢華	고대광실 아로새기며 사치를 일삼았네.
一旦金城如解瓦	하루아침에 견고한 성이 허망하게 무너지자
千尺翠岩名落花	천 척 푸른 바위에 낙화의 이름이 붙었나니
野人耕種公侯園	공후의 동산에는 농부가 씨 뿌려 밭을 갈고
殘碑側畔埋銅駝	깨어진 비석 곁에는 구리 낙타가 파묻혔어라.
我來訪古輒拭淚	내 와서 고적 찾다 문득 흘리는 눈물이여
古事盡入漁樵歌	옛일은 어부와 초동의 노래 속에 들었는데
千年佳氣掃地盡	천 년의 서기(瑞氣)는 땅을 씻은 듯 없어지고
釣龍臺下江自波	조룡대 아래 강물만 혼자서 출렁이는구나.

—— 이곡 〈부여회고(扶餘懷古)〉 《가정집(稼亭集)》 제14권

　　한산 태생인 이곡(李穀, 1298~1351)은 백마강에서 뱃놀이를 한 소감을 〈주행기(舟行記)〉라는 기행문으로도 쓰고 이렇게 시 한 수를 남기기도 했다. 《가정집(稼亭集)》 제5권에 실린 〈주행기〉에서 이곡은 백제 최후의 이야기를 하면서 한가롭게 뱃놀이나 하는 선비의 허세를

경계해야 한다고 지적하며 스스로를 경책하기도 했다.

〈부여회고〉라는 이 시에서 이곡은 백제의 건국에서 멸망까지의 일을 서사적으로 풀고 있다. "공후의 동산에는 농부가 씨 뿌려 밭을 갈고 깨어진 비석 곁에는 구리 낙타가 파묻혔어라"라는 대목에서 흔적 없이 사라져 버린 백제의 운명이 처연하다. '구리 낙타'는 망국의 상징이다. 서진(西晉)의 상서랑(尙書郞) 색정(索靖)이 나라가 망할 것을 미리 알고 낙양(洛陽) 궁문 앞에 서 있는 구리 낙타를 보며 "이제 곧 너도 가시나무 덤불 속에 파묻히겠구나.(會見汝在荊棘中耳)"라고 탄식했던 고사가 《진서(晉書)》권 60 〈색정열전(索靖列傳)〉에 전한다.

역사적 진실이라고 해서 민중의 인식을 다 제어하지는 못한다. 망국의 한을 아로새겨 온 민중의 마음에 백마강은 한의 흐름일 뿐이다. 그래서 용으로 환생한 왕도 지키지 못한 나라에 대한 아픈 기억은 지워지지 않는 것이다. 오늘날의 유행가 가사에서도 백마강은 자못 슬프고 한스러운 강이 아닌가?

수북정, 속진을 씻어내는 자리

백제대교 서쪽 끝 커다란 바위의 이름은 자온대(自溫臺). 백제 때 왕이 거둥할 때마다 저절로 따뜻해진 바위라서 그런 이름을 얻었다 한다. 송시열이 쓴 '자온대'라는 커다란 글씨에 붉은색을 칠해서 멀

백마강 가의 수북정(水北亭)은 송시열이 바위에 붉은색 글씨를 새긴 자온대 위에 서 있다.
아래는 백마강 쪽에서 바라본 수북정의 모습.

리서도 또렷이 보인다.

자온대 위에 단정한 앉음새의 수북정(水北亭, 충남문화재자료 제100호)이 있다. 부여에서 강을 건너 서북 방향이어서 얻은 이름일 것이다. 이 정자를 처음 지은 사람은 김흥국(金興國, 1557~1623)이다. 광해군 말기 반정에 동참하라는 권유를 받고 "이미 광해군의 녹을 먹었는데 어찌 가담할 수 있겠는가?" 하며 관직을 내놓았다.

낙향하여 백마강 가에 수북정을 짓고 뜻 맞는 선비들과 글과 술로 세월을 보내며 스스로 강상풍월주인(江上風月主人)을 자처했다. 김흥국의 호를 따서 명명된 수북정은 둔세의 공간이자 학문과 시 창작 공간이 되었다. 정면 3칸, 측면 2칸의 팔작지붕 집이다.

수북정에서는 위로 보아도 강물이고 아래로 보아도 강물이다. 그리고 동쪽으로는 낙화암이 있는 부소산이 보인다. 서남쪽 가까이 규암진(窺岩津)이 있는데 이 나루는 규모 큰 상선(商船)들이 드나들 정도로 번성한 시절도 있었다. 그리고 나루터와 수북정 사이에는 청풍정(靑風亭)이라는 정자도 있어 늘 사람들이 찾아와 쉬고 술판을 벌이기도 했다. 수북정이 은둔의 철학을 담은 조용한 문화공간이었다면, 청풍정은 장터 인근의 왁자한 여흥 공간이었던 셈이다. 지금은 백마강 유람선만 운행하는 나루이고 청풍정도 터만 남아 있다.

아무튼 김흥국의 선비 정신이 오롯한 수북정은 창건된 시절부터 많은 사람에게 사랑받는 정자로 이름을 얻었다. 처연한 역사를 안고 흐르는 백마강을 굽어보며 속진을 씻어내고자 하는 마음이 선비

들의 시심을 자극하기도 했을 것이다. 수북정을 대표하는 시로는
김홍국과 어울렸던 선비 가운데 한 사람인 신흠(申欽, 1566~1628)의
〈수북정 팔경(水北亭 八景)〉이 손꼽힌다.

落花朝嵐(낙화암의 아침 남기)

落王家業亦徒然　백제의 왕가업도 허무함 그것인데

誰把浮生擬百年　부생들이 백년 살이 그 누가 말했는가.

唯有落花巖翠色　아직까지 남은 것은 낙화암 푸른빛이

朝朝不改草堂前　아침마다 변함없이 초당 앞에 있는 것이네.

高蘭暮磬(고란사 저녁 풍경)

水闊煙深沙渚遙　강폭 넓고 연무 길고 저 멀리는 모래톱

祇今樵牧認前朝　지금까지 초동목수도 전조였음을 알고 있지.

山僧不管興亡事　산승은 국가 흥망 상관이 없다던가

淸磬一聲雲外飄　드맑은 풍경소리 구름 밖을 날아가네.

浮橋斜日(부교에 지는 해)

落日依依下淺灣　지는 해가 뉘엿뉘엇 물굽이 따라 내려가네

浮橋正在水中間　강물 바로 중간에는 부교가 떠 있는데

東西南北人如織　직포처럼 빽빽한 동서남북 사람들이

却詫吾生早占閒　남 먼저 한가로움 차지했다고 제각기 자랑이네.

蛤灘霽月 (함탄의 갠 달)

三淸露氣洗新晴　삼청에 이슬기를 새로 말끔히 씻었기에

午夜平湖看月明　오밤중에 평호에서 달 밝음을 보네 그려.

曾借銀橋上星漢　은교를 잠시 빌어 은하수로 올라가서

桂宮高處聽鸞笙　계궁 높은 곳에서 난생 소리 들었으면.

平沙蘆鴈 (평사의 갈대와 기러기)

平沙如雪水如羅　눈 같은 모래벌판 비단 같은 물결인데

秋盡南湖鴈陣斜　가을 다한 남호에 기러기 떼 빗겼어라.

曲渚向來矰弋少　원래부터 모래섬에 주살질이 적었기에

蘆花深處好爲家　갈대꽃 깊은 곳을 집으로 잘 삼는다네.

孤山松雪 (고산의 소나무와 눈)

鐵幹虯枝不可攀　철 같은 몸통 용 같은 가지 더위잡을 수가 없네.

凜然相對敢相干　마주나 볼 뿐 무서워 감히 가까이야 하겠는가.

怪來凍雪深如許　이상케도 매서운 눈 저리 많이 쌓였는데

應試孤標耐歲寒　추운 겨울 견뎌내는 절개 시험 하나보네.

馬江煙雨 (백마강의 이슬비)

五百年間一夢空　오백 년 그 세월이 일장의 꿈이런가

苔磯今屬釣魚翁　이끼 낀 돌 지금은 고기 낚는 영감 것이네.

孤帆隨意往來穩　제멋대로 오고 가는 외로운 돛단배가

穿入碧波煙雨中　푸른 물결 가랑비 속을 뚫고서 들어가네.

溫臺歌管(온대의 생황소리)
荒臺遺跡自傷神　황폐한 온대 유적 사람을 슬프게 하네.
野草離離幾度春　야생초만 더부룩한데 몇 세월을 보냈던가.
滄海桑田亦閑事　상전벽해 그 모두가 속절없는 일이로다.
東風歌管屬閑民　동풍의 생황소리도 한가한 백성들 차지로세.
── 신흠 〈수북정 팔경〉《상촌집(象村集)》제19권

　수북정은 둔세와 학문 그리고 음풍과 시 창작의 공간으로 지어졌
지만, 백마강을 배경으로 하는 한 백제 멸망의 탄식을 외면할 수 없
다. 팔경 시는 대체로 풍경을 읊조리지만, 그 풍경 속에 어쩔 수 없
이 담겨 있는 한이 곳곳에서 묻어나고 있다.

어제를 노래하며 오늘을 바라보다

　망국의 한 혹은 망국의 교훈이 주는 무상(無常)이 백마강을 배경
으로 하는 시의 운명적인 테마일 수밖에 없다. 선비들은 부여와 백
마강에서 뱃놀이를 하건 누정에서 시주(詩酒)를 즐기건 어제의 무상
을 읊고 오늘의 고독을 노래했던 것이다.

泗沘山河國已墟　사자의 산하는 나라 이미 텅 비었어라

三韓往事重唏噓　삼한의 지난 일에 탄식이 거듭 나오네.

熊江白白鷗眠靜　맑디맑은 백마강엔 갈매기가 조용히 졸고

鷄岫蒼蒼雁影疎　푸르른 계룡산엔 기러기 그림자 듬성해라.

冷月高臺釣龍後　차가운 달빛 높은 누대는 용을 낚은 뒤요

凄風危石落花餘　쓸쓸한 바람 높은 바위는 낙화의 나머지로다.

乾坤俯仰英雄恨　고금천지에 영웅의 한을 애달파하면서

薄暮孤舟信所如　석양의 외로운 배를 가는 대로 맡겨두노라.

　　　　　　　　── 서거정 〈부여(夫餘)에서 옛일을 생각하다〉

　　　　　　　　　　　　　　《사가집(四佳集)》 제4권

　서거정(徐居正, 1420~1488)이 보고 느낀 부여와 백마강도 무상과 외
로움이다. 백마강을 테마로 하는 시에 얹힐 만한 단어들이 총동원
되었다고 할 수 있다. "차가운 달빛 높은 누대는 용을 낚은 뒤" "쓸쓸
한 바람 높은 바위는 낙화의 나머지" 이 두 구절이 주는 시적 압축도
상당한 힘을 지니지만, 백제 멸망의 고사를 처연하게 노래하는 시
인의 마음이 "석양의 외로운 배를 가는 대로 맡겨두노라"는 대목으
로 확산되며 무상감을 한없이 증폭시킨다.

　서거정과 같은 시대를 살았던 이승소(李承召, 1422~1484)도 같은 맥
락에서 부여를 바라본다. 그는 이곡의 시에 차운하여 〈부여에서 옛
날 일을 회상하면서 가정의 시에 차운하다(扶餘懷古次稼亭詩)〉라는
시를 남겼다. 시의 내용도 이곡처럼 고대 삼국의 할거로부터 백제

의 멸망까지를 읊으며 의자왕의 무능과 사치, 성충의 충심과 궁녀들의 절개 등을 담고 있다. 그리고 시의 말미에서는 흥망의 모든 일은 외로운 성벽에 남아 있고 현재는 태평성대임을 강조하고 있다. 마지막 4구는 이렇다.

興亡萬古孤城在　만고 흥망 그 모든 일 외로운 성 남아 있고
太平今得聞絃歌　태평 세상 오늘날에 현가 소리 들리누나.
白江江上月如練　백마강의 위에 뜬 달 하얀 비단 같은 속에
漁舟點點隨煙波　여기저기 연파 따라 고기 잡는 배 떠가네.
　　　　— 이승소 〈부여회고……〉《삼탄집(三灘集)》제4권

　김흔(金訢, 1448~1492)과 김집(金集, 1574~1656), 정두경(鄭斗卿, 1597~1673), 정약용(丁若鏞, 1762~1836) 등이 부여와 백마강에서 읊은 회고시들은 한결같이 망국의 한을 그려내며 인간사의 무상을 바라보고 있다. 김집의 경우 나당연합군에 의해 패망한 백제의 역사를 회고하며 다시는 외세가 이 땅을 침략하지 않기를 바라는 마음마저 표현하고 있다.

扶蘇王業一荒丘　백제 왕업 어디 가고 부소산만 남았는가
客到汀洲便作愁　백마강 찾은 길손 문득 시름이 이네그려.
半月城空春寂寂　반월성은 텅텅 비어 봄마저 적적하고
落花巖古夢悠悠　고색창연 낙화암은 아득한 꿈이어라.

人生多意傷陳跡　사람들은 생각 있어 옛일 두고 상심하지만

江水無情閱幾秋　무정한 저 강물은 몇 년 세월 보냈던가.

若鑑前車懲後轍　이 역사를 전철 삼아 다시 밟지 않는다면

錦帆寧復有龍舟　금강 따라 중국 배가 다시 오지 않으련만.

　　　　　　— 김집 〈백마강〉《신독재전서(愼獨齋全書)》제1권

사자루에서 굽어보는 백마장강

　백제교 동쪽 끝, 오른쪽으로 산책로를 따라 3분 남짓 가면 솔밭이 있다. 부여의 외성이었던 나성의 일부다. 수북정이 건너다보이는 이곳에 아담한 시비 하나가 있다. 〈금강〉의 시인 신동엽 시비다. 빗돌에는 〈산에 언덕에〉라는 서정적인 시의 앞부분 두 연이 새겨져 있다.

　　그리운 그의 얼굴
　　다시 찾을 수 없어도
　　화사한 그의 꽃
　　산에 언덕에 피어날지어이.

　　그리운 그의 노래
　　다시 들을 수 없어도

맑은 그 숨결

들에 숲속에 살아갈지어이.

— 신동엽 〈산에 언덕에〉 부분

　민족시인 저항시인으로 평가되는 그의 시비에 〈껍데기는 가라〉
를 비롯해 강한 저항의식을 드러낸 작품이 아닌 아주 서정적인 시
를 새긴 것은 의아하다.

다시 나라 잃은 설움을 읊다

　백제의 마지막 도성 부소산성(扶蘇山城, 사적 5호)은 옛 백제를 가
장 가슴 아프게 만나는 곳이다. 왕도를 지키려던 마지막 몸부림의
흔적이 있는 곳이기 때문이다. '부소산문(扶蘇山門)'을 통과하며 산성
길이 시작되는데 영일루(迎日樓)와 반월루(半月樓)를 거쳐 사자루(泗
泚樓, 충남문화재자료 제99호)에 이르게 된다. 영일루와 반월루는 해와
달을 맞이하는 누각인 만큼 조망이 넓고 시원하다. 반월루의 현판
은 김종필(金鍾泌) 씨가 국무총리로 재직하던 때인 1972년에 쓴 것
이다.
　부소산성 정상은 해발 106m에 불과하지만 막상 오르면 백마강의
흐름이 멀리 조망된다. 그 정상을 지키는 누각이 사자루다. 원래 이
자리는 달구경을 하는 송월대(送月臺)였다. 1824년(순조24) 부여군수

부소산성의 반월루에서는 백제의 옛 도읍 부여가 한눈에 내려다보인다.

심노승이 건립한 임천 관아의 개산루(皆山樓)를 1919년 부여군수 김창수(金昌洙)가 옮겨 세우고 사자루라 명명했다.

정면 3칸 측면 2칸의 2층 누각인 사자루의 앞쪽에는 고종의 다섯째 아들인 의친왕(義親王) 이강(李堈 1877~1955)이 쓴 현판이 걸려 있다. 그 반대쪽에는 해강(海岡) 김규진(金圭鎭 1868~1933)이 쓴 '백마장강(白馬長江)'이란 글씨가 걸려 있는데 '長' 자의 획을 길게 늘여 물결 모양으로 흘린 것이 눈길을 끈다.

김창수가 남긴 〈사자루기〉에 의하면 이 누각을 옮겨 세우는 데는 일본인 헌병분대장과 고적보존회 간사 등이 도움을 주었다. 의친왕과 해강의 현판은 백제와 조선의 국혼이 사라진 것에 대한 안타까움이 묻어 있는데, 이 누각의 건립에 일본 관료들이 협심했다니 그 또한 역사의 아이러니라 해야 할 것인지 모르겠다.

半千基業作荒丘	5백 년 터전이 황량한 언덕이 되니
滿木山河摠是愁	눈에 가득한 산하가 모두 근심이네.
落花孤巖春寂寂	낙화암 외로운 바위는 봄날에도 적적하니
龍亡大洋水悠悠	용은 죽고 큰물만 유유히 흐르네.
管絃當日繁華地	그때는 풍류가 번화하던 땅이었으나
漁逐斜陽慘憺秋	해 질 무렵 어부가 고기 잡는 참담한 가을날
白髮那堪今古淚	백발이 된 지금 눈물 견디기 어려워
滄浪一曲更回舟	창랑가 한 곡조 부르며 배를 다시 돌리네.

― 송용재 〈사자루〉 판상시

사자루에 판상되어 있는 송용재(宋龍在, 생몰년 미상)의 시다. 송용재는 구한말의 이 지역 선비인데 경술국치(庚戌國恥)를 당해 독약을 먹고 자살을 기도했으나 실패한 사람이다. 그가 사자루에 남긴 이 시는 앞 시대의 선비들이 남긴 시와는 전혀 다른 무게를 가진다. 고려나 조선의 선비들은 백마강과 부여를 찾아와 백제 멸망의 역사에 담긴 한을 노래했지만 송용재의 경우 현재 자신이 나라를 잃은 슬픔 속에 있기 때문이다.

"황량한 언덕" "산하가 모두 근심" "낙화암 외로운 바위" "용은 죽고 큰물만" "해 질 무렵 어부" "눈물 견디기 어려워" 등으로 비감(悲感)을 전개하고 마지막에 "창랑가 한 곡조"를 부르며 뱃머리를 돌리

백마강에 몸을 던진 궁녀들의 넋을 달래기 위해 낙화암 위에 세운 팔각정자 백화정(百花亭).
아래는 낙화암 아래를 흐르는 백마강 물결을 따라 유유히 오가는 유람선 황포돛배.

는 화자의 심경은 찢어지는 아픔일 것이다. '창랑가'는 굴원의 〈어부
사〉를 말하는 것이다. 〈어부사〉는 속진을 떠나 자연에 순응하는 삶
을 노래하고 있으니, 나라를 잃은 자신도 뱃머리 돌려 자연으로 돌
아가고 싶다는 것이 아니겠는가?

사자루에서 서남쪽으로 조금 내려가면 낙화암이다. 그 정상에 팔
각정자인 백화정(百花亭, 충남문화재자료 108호)이 서 있다. 1929년 군
수 홍한표의 발의로 이 지역 문인들의 모임인 '부풍시사'의 회원들
이 세웠다. 정자에 올라서면 유유히 흐르는 백마강 물줄기가 손에
잡힐 듯하다.

낙화암 아래 고란사에 들러 약수 한 바가지를 마시니 마음이 맑아
졌다. 백마강에 떠 있는 지난 이야기들이 나그네의 마음을 억누르
고 있었던 것이다. 선착장에서 탄 유람선은 조룡대 앞으로 갔다가
반대 방향으로 배를 돌려 낙화암 앞을 지나 구드레 나루에 닿았다.
작은 유람선에서 올려다보니 오후 햇살에 사자루의 지붕이 빛나고
낙화암 흰 바위 벼랑 위에 백화정도 아득하게 보였다.

백마강의 물결 속에 몸을 맡기고 있는 짧은 시간에 문득 오래전
에 읽었던 시집 한 권을 다시 찾아 읽고 싶어졌다. 이성부(李盛夫,
1942~2012)의 〈백제〉가 아물아물 했던 것이다.

> 반도 서남쪽 사람들은
> 언제나 마음을 대지 위에 세우고도
> 그 몸은 서지 못한다.

지리산 깊은 골짜기의
농부 한 사람의 죽음으로도
세계가 제 몸에 피 적시는 까닭이 여기 있다.
어떤 제왕(帝王)도
죽은 농부의 아내를 꺾을 수는 없다.
삼베 찌든 몰골로
유복자를 기르고, 이마의 땀을 닦고,
섞이는 눈물
코 풀고 손등으로 닦아 내지만,//
어떤 제왕도
이 농부의 아내를 옷 갈아입히지는 못한다.
유복자가 자라 다시 아비의 밭을 일구고,
아비의 손때 묻은 쇠스랑, 도끼, 곡괭이,
따위를 힘겹게 매만져도
결코 떠나 살게 하진 못한다.//
모자(母子)가 한숨으로 가꾸는
한 뼘의 땅, 한 줌의 흙
어떤 제왕도 이것들을 빼앗을 수는 없다.
어떤 6·25도
어떤 암흑으로도
이 빛을 침범할 수는 없다.

— 이성부 〈百濟 1〉

경복궁 경회루 景福宮 慶會樓

구름이 용을 따르고
범이 바람을 쫓으니

虎觀親臨日 　호관에 친림하신 날
薰風水殿涼 　훈풍에 수전이 서늘하도다.
鳳姿瞻穆穆 　봉자(임금의 자태)를 우러르니 목목하시고
天樂耳洋洋 　천악은 귀에 양양하도다.
病骨醺靈液 　병든 몸이 신령스러운 술에 젖어들고
儒衣帶御香 　선비의 옷에는 어향을 띠어 향기롭도다.
端逢好文際 　문을 숭상하는 때를 만나 붓을 들고 모시니
載筆愧三長 　삼장에 부끄럽도다.

─ 윤회 〈경회루시연〉

경복궁과 경회루에 담긴 뜻

　현재 서울에 있는 조선의 궁궐은 5개다. 조선 왕조의 정궁(正宮)이었던 경복궁을 비롯, 창덕궁, 창경궁, 경희궁, 경운궁(덕수궁). 여기에 광해군 시절 지어졌다가 폐해진 인경궁이 있었지만 지금 그 흔적은 거의 없다.

　1392년 조선의 개국과 동시에 진행된 한양 천도 역사(役事)는 궁궐을 비롯한 도성건립이 그 중심 내용이었다. 조선 개국의 명분과 새 왕조의 지향을 담은 경복궁(景福宮, 사적 제117호)은 '신도궁궐조성도감'의 관장하에 3년여에 걸쳐 지어졌다. 궁의 이름을 지은 이는 삼봉(三峯) 정도전(鄭道傳, 1342~1398)인데, 궁이 완공되고 한 달 후에 벌어진 축하 연회에서 왕명을 받들어 궁과 전각 누, 문 등의 이름을 지어 올렸다.

　정도전은 태조 앞에서 "궁궐이란 임금이 정사를 다스리는 곳이요, 사방이 우러러보는 곳이요, 신민들이 다 나아가는 곳이므로 제도를 장엄하게 해서 위엄을 보이고 이름을 아름답게 지어 보고 듣는 자에게 감동을 주어야 합니다."라며 각각의 명칭을 발표했다. 경복궁이라는 이름은 《시경》〈주아(周雅)〉편을 인용해 지은 것이다. 즉, "이미 술에 취하고 이미 덕에 배부르니 우리 임금 만년토록 큰 복을 누리소서(旣醉以酒 旣飽以德 君子萬年 介爾景福)."라는 대목에서 '왕조의 큰 복을 빈다'는 뜻으로 '경복(景福)' 두 자를 따온 것이다.

조선 역사의 중심에 선 궁궐 경복궁의 중심 공간에 경회루(慶會樓, 국보 224호)가 있다. 근정전 서북쪽에 커다랗게 파인 직사각형의 연못 안에 우뚝 선 경회루는 단일 평면으로는 국내 최대의 규모다. 물론 권위와 역사성을 더한다면 경회루는 특별한 의미의 공간이다. 경회루는 경복궁 건립 때부터 있었지만, 원래는 지금처럼 크지 않았다. 태종 12년(1412)에 기존의 누각을 수리하면서 규모를 늘렸고 이때 '경회루'라는 이름도 지었다. 임진왜란 때 불에 타 한동안 방치되었다가 고종 4년(1867) 경복궁과 함께 재건되어 오늘에 이른다.

태종은 경회루를 확장한 뒤에 "내가 이 누각을 지은 것은 중국의 사신을 맞을 때 잔치를 하거나 위로를 하기 위함이지 내가 놀거나 즐기기 위함이 아니다. 모화루(慕華樓)와 같은 곳이다."라며 하륜에게 이름을 짓고 기문을 짓게 했다. 그러니까 태종에게 있어 경회루는 외교의 공간으로 중요한 곳이었던 셈이다.

태종의 명을 받아 누각의 수리를 맡아 사방에 못을 파는 등 규모를 확장한 관리는 공조판서 박자청(朴子靑)이었다. 그러한 저간의 사정은 하륜이 쓴 〈경회루기(慶會樓記)〉에 자세하게 전한다.

공조 판서 박자청(朴子靑) 등에게 하명하시기를, "농사 때가 가까웠으니, 아무쪼록 놀고먹는 자들을 부려서 빨리 수리하도록 하라." 하였다. 그래서 박자청 등은 지면(地面)을 헤아려서 살짝 서쪽으로 당기고, 그 터에 따라 약간 그 규모를 넓히어 새로 지었으며, 또 그 땅이 습한 것을 염려하여 누(樓)를 에워서 못을 팠다. 완성이 되자 전하께서 거동하여 올라 보시고 이르시기를, "나는 이전 형태를 그대로 두고 수리만 하려는 것이었는데, 이전보다 과하지 않느냐." 하시니, 박자청 등은 땅에 엎드려 아뢰기를 "신 등은 후일에 또 기울어지고 위태하게 될까 두려워서 이와 같이 하였사옵니다." 하였다. 이에 종친·훈신·원로들을 불러들여 함께 즐기시며 누의 이름을 경회(慶會)라 하고 ……(중략)…… 내가 일찍이 들으니, 공자께서 노나라 애공(哀公)의 물음에 대답하시기를, "정사를 잘하고 잘못하는 것은 사람을 잘 얻고 잘못 얻는 데 있다." 하셨다. 대개 인군(人君)의 정사는 사람을 얻는 것을 근본으로 삼는 것이니, 사람을 얻은 뒤에라야 '경회(慶會)'라 이를 수 있을 것이다. ……(중략)…… '경회'라는 것은 군신 간에 서로 덕으로써 만나는 것을 의미한 것이니, 마치 주역(周易) 건괘(乾卦)의 구오(九五)가 그 대덕(大德)으로써 구이(九二)의 대덕을 보고, 지기(志氣)가 서로 맞아서 그 도를 행하는 것과 같이 하면, 모든 어진 이가 부류대로 나와서 국가가 창성하게 될 것이니, 이른바 구름이 용을 따르고 범이 바람을 따른다는 것이다. 만약 덕으로써 만나지 않으면 뭇 소인이 끼리끼리 나와서 국가가 혼란하게 되는 것이며, 간혹 덕 있는 이로서 나온 자가 있더라도, 그 재주를 다 베풀지 못할 위치에 등용하고 또 뭇 소인들 틈에 끼어 놓으면 역시 암흑으로 돌아가고 말 것이다. ……(중략)…… 누의 흥복(興復)에 있어서는 나라를 다스리는 것과 같음이 있으니, 기울어진 것을 바르게 하고 위태한 것을 편안하게 하는 것은 선세의 없을 보존하는 것이요, 터를 다지기를 튼튼히 하고 땅을 깊이 파서 습기를 뽑아낸 것은 큰 터를 견고하게 하는 것이다. 대들보와 주춧돌을 우람하게 하고자 하는 것은 무거운 짐을 지는 것은 빈약해서는 안 되기 때문이고, 자잘한 재목이 구비되기를 취한 것은 작은 일을 맡은 자는 커서는 안 되기 때문이고, 처마의 기둥을 탁 트이게 하는 것은 총명을 넓히려는 것이고, 섬돌을 높이 쌓은 것은 등급을 엄하게 하려는 것이고, 내려 보면 반드시 아슬아슬한 것은 경외하는 생각을 갖게 하려는 것이고, 사방이 빠짐없이 다 보이게 한 것은 포용(包容)을 숭상한 것이고, 제비가 와서 하례하는 것은 서민이 기뻐하는 것이며, 파리가 붙지 않는 것은 간사한 소인이 제거된 것이다. 단청을 호화찬란하게 하지 않는 것은 제도 문물의 적당함을 얻기 위함이며, 유람의 즐거움을 때에 맞춰 하는 것은 문(文)·무(武)를 늦추고 조이는 적의한 방법이니, 진실로 오르내리는 때에 이 생각을 갖고 그것으로써 정사에 베푼다면, 누의 유익됨이 진실로 적지 않을 것이다.

— 하륜 〈경회루기〉 《동문선》 제81권

남산 북악의 좋은 기운

만만치 않은 더위가 이어지는 일요일 오전. 경복궁을 찾는 관람객이 뜻밖에 많다. 이 더위에 고궁 관람? 하지만 짙은 선글라스를 낀 외국인 여행객은 물론 어린이와 학생들이 무리 지어 흥례문(興禮門)을 지나 근정전(勤政殿)을 향한다. 관람이 시작되는 오전 9시부터 인파가 몰려들었는데, 아마 한낮의 더위를 피하기 위함일 것이다.

국가의 중요 행사를 치르거나 각종 하례를 받거나 사신을 영접하던 근정전(국보 223호)을 둘러보고 서둘러 경회루 쪽으로 갔다. 경회루는 관람이 제한된 공간인데 인터넷 예매를 하면 문화관광해설사의 해설을 들으며 경회루를 관람하고 직접 올라가거나 사진을 촬영할 수도 있다. 이른바 경회루 특별관람 프로그램이다. 평일에 3회 토요일과 일요일에는 4회 운영된다. 한 회당 예약 인원은 80명.

경회루로 들어가는 문은 누각의 동쪽에 있는 함홍문(含弘門)이다. 원래 서쪽의 천일문(天一門) 남쪽의 경회문(慶會門)을 합해 3개의 문이 있었으나 현재는 함홍문뿐이다. 문을 들어서면 곧바로 돌다리를 건너 누각에 이르게 된다.

高樓百尺橫天中　백 자나 되는 높은 다락이 중천에 비켜
飛甍複道連穹崇　나는 듯한 기와와 복도가 하늘에 맞닿았네.
雕欄繡栭雲霧重　아로새긴 난간 수놓은 서까래에 운무가 겹쳐 있고
金楹玉柱光朦朧　금설주, 옥기둥에 빛깔이 으리으리.
樓前矯首四望通　다락 앞에 머리 드니 사면이 탁 트여
南山北岳佳氣葱　남산·북악에 좋은 기운이 서리었네.
御溝前頭草蒙茸　어구 앞에는 풀이 더북더북
青林綠樹搖香風　푸른 숲, 푸른 나무가 향풍에 흔들리네.
千株楊柳煙濛濛　천 그루 버들엔 연기가 자욱하고
百面池水含芙蓉　백 군데 연못에는 연꽃이 깔렸는데

沈浮翔集樂從容　물고기랑 물새들이 조용히 즐겨 노니

時物適矣心和雍　때와 물건 서로 맞아 마음도 화락해라.

重瞳屢御旭日東　아침 해 올라올 때 상감께서 나오시니

黼座赭袍生爛紅　어좌의 곤룡포가 찬란하게 붉을시고.

四門初闢開宸聰　사문이 열리자 정사를 시작하오시니

群臣舞蹈皆夔龍　무도하는 신하들 모두 다 보국의 현신.

風雲慶會樂相同　풍운이 경회하여 즐거움이 같으니

千載明良此處逢　천재 명량이 이곳에서 만나네.

萬歲三呼祝華嵩　만세를 삼호하여 남산수를 비옵고

拜獻壽酒黃金濃　황금보다 더 짙은 수주를 드리면서

天地日月同無窮　천지·일월과 함께 성수무강하옵소서.

— 이정 〈경회루가〉《속동문선》제5권

　경회루의 우뚝한 모양새와 그에 따른 풍경들이 커다란 병풍 속의 그림같이 그려지는 시다. 이 칠언고시(七言古詩)를 지은 이가 월산대군(月山大君) 이정(李婷, 1454~1488)이라는 점은 좀 주목할 만하다. 임금(성종)의 형이 된 월산대군은 호를 풍월정이라 하여 경복궁 옆에 정자를 지어 놓고 또 양화진 아래 망원정의 주인으로 시를 즐기던 인물이 아니던가?

　태종 때 규모를 키운 경회루는 성종 때와 연산군 때 보수공사를 했다는 기록이 있다. 성종이 경회루를 귀하게 여기고 그 형 월산대군 또한 그러한 심정이어서 〈경회루가〉를 지었을 것이다. 월산대군

함흥문(含弘門)에서 바라보는 경회루 측면

의 시를 더듬으며 경회루로 들어가면 그 시 속의 풍경과 지금의 풍경이 다르지 않다는데 놀랄 수밖에 없다.

다만, 태종 때의 돌기둥 48개는 모두 용 문양을 새긴 것이었는데 지금은 그냥 민흘림기둥이다. 바깥쪽 기둥은 사각형이고 안쪽의 기둥은 원형이다. 자세히 보면 안쪽의 원형 기둥이 아래쪽은 사각형으로 대지를 상징하고 몸통은 둥글어 하늘을 상징한다. 이른바 천원지방(天圓地方)의 이치를 따른 것이다. 1층의 바닥은 사각 전돌로 덮여 있고 누마루의 아랫부분이 보이지 않도록 연등 천정으로 마감하고 꽃무늬를 그려 넣었다.

문화관광해설사가 경회루의 개요를 설명하는 동안 누각의 서쪽으로 가서 사각형의 인공섬과 그 위에 심어진 소나무들을 감상할 수 있었다. 월산대군이 읊은 "푸른 숲 푸른 나무가 향풍에 흔들리네"라는 대목 그대로의 마음으로.

누각으로 올라가는 계단은 동쪽과 서쪽에 하나씩 있는데 관람객들은 신발을 벗고 동쪽 계단으로 올랐다. "와 − 넓다." "여긴 정말 시원하다."는 감탄사가 여기저기서 터져 나왔다. 아닌 게 아니라 2층에 올라서는 순간 시원한 바람과 탁 트인 경관이 사람을 깜짝 놀라게 했다. 특히 서북쪽으로 손에 잡힐 듯한 인왕산 풍경이 인상적으로 다가오는데 두 개의 인공 섬에 심어진 소나무가 1층에서 보는 것보다 더욱 운치를 지니고 있다.

마루는 3단 구조인데 왕의 권위와 지위에 따른 신하들의 위계질서를 구분하기 위함이다. 그런 이유를 알건 모르건 3단 구조로 된 2층 누마루의 형식은 중압적인 분위기를 자아낸다. 중앙에 가장 높은 방은 3칸 크기다. 한 뼘쯤 낮은 방은 12칸이고 가장 낮은 방은 20칸이다. 이러한 배치도 주역의 원리를 따른 것인데, 3칸은 천지인(天地人)을 12칸은 1년 12달을 상징하며 바깥 20칸에 세워진 24개의 기둥은 24절기를 뜻한다.

경회루는 누마루 구조는 물론 지붕이나 난간과 작은 돌 하나에 이르기까지 치세(治世)와 인륜(人倫)의 도를 상징하고 있다. 태종은 이 누각을 두고 중국이나 사신 영접을 위한 외교 공간이라 말했지만, 뒤에는 기우제를 지내거나 무관들의 활쏘기나 병법 훈련을 참관하는 용도로도 사용됐다. 물론 각종 연회가 베풀어지기도 했다.

虎觀親臨日　호관에 친림하신 날
薰風水殿涼　훈풍에 수전이 서늘하도다.
鳳姿瞻穆穆　봉자(임금의 자태)를 우러르니 목목하시고
天樂耳洋洋　천악은 귀에 양양하도다.
病骨醺靈液　병든 몸이 신령스러운 술에 젖어들고
儒衣帶御香　선비의 옷에는 어향을 띠어 향기롭도다.
端逢好文際　문을 숭상하는 때를 만나 붓을 들고 모시니
載筆愧三長　삼장에 부끄럽도다.

—윤회〈경회루시연〉《동문선》제10권

경회루 2층 누각을 떠받치는 돌기둥.

윤회(尹淮, 1380~1436)는 〈경회루시연(慶會樓侍宴)〉이라는 제목 그대로 경회루에서 열린 잔치를 시로 읊었다. 도입부의 '호관'이란 한나라 장제(章帝)가 백호관(白虎觀)에 선비들을 모아 놓고 경론(經論)을 하게 한 것을 말한다. 임금이 직접 선비들과 토론을 하기 위해 경회루에 나왔다는 것이니, 경회루에서 열린 토론과 뒤풀이가 〈경회루시연(慶會樓侍宴)〉의 배경이다.

이 시에 등장하는 임금은 세종대왕인데, 윤회는 임금의 자태를 목목(穆穆)하다고 표현하고 음악은 양양(洋洋)하다고 대구를 지어 보였다. 목목하다는 표현은 천자(天子)의 거동을 지칭하는 것이고, 양양하다는 것은 넓고 가득하다는 뜻. 이렇게 대구를 통해 분위기를 고

조시킨 뒤, 병든 자신은 이미 거나하게 취해 있고 임금에게서 풍기는 향기가 자리를 함께한 문객들에게 고루 스미었다는 상징적 표현을 연결시켜 시의 품격을 고조시키고 있다.

그리고 학문의 기운이 넘치는 세상을 만났지만 자신은 재주가 그에 미치지 못함을 드러내 겸양으로 시를 마무리했다. 마지막 구절의 삼장(三長)은 사(史)를 짓기 위해 갖추어야 할 세 가지의 특기인데 재(才), 학(學), 식(識)이다.

윤회의 시가 경회루에서 임금이 경론과 잔치를 베푼 장면을 묘사한 것이라면 이행(李荇, 1478~1534)은 경회루에서 활쏘기를 구경하며 시를 남겼다.

一代君臣慶會辰	일대의 군신들이 경사스레 모인 날
百年民不識兵塵	백 년 동안 백성들 전란 모르고 살았노라.
居安陰雨心常軫	평안할 때 뜻밖의 변고를 늘 유념하나니
較藝干城射有神	기에 겨루는 간성들 활쏘기 귀신같아라.
拜賜懽呼看武弁	상을 받고 환호하는 무사들을 보겠고
濡毫歌咏屬儒紳	이 광경을 시로 읊는 것은 유신들 몫.
太平政爾難形狀	태평은 그야말로 형용하기 어려우니
滿苑群芳摠是春	동산에 가득한 꽃들 모두 봄기운이로세.

— 이행 〈모춘 관사경회루하 응제〉《용재집(容齋集)》제3권

'늦은 봄 경회루(慶會樓) 아래에서 활쏘기를 구경하며 응제(應製)하

다'라는 제목의 이 시는 경회루에서 무관들이 활쏘기를 겨루는 장면을 보며 지은 것이다. 이행은 연산군과 중종 연간에 벼슬을 살았다. 중종이 반정하여 왕좌에 앉은 때가 그의 나이 30세로 벼슬은 홍문관 응교였다. 이후 승진을 거듭하며 우의정 홍문관 대제학 등에까지 이른다.

이 시는 그의 만년에 지어진 것으로 보이는데 임금과 함께 경회루에서 무관들의 활쏘기 시합을 관람하는 선비의 입장에서 국가의 안보와 그로부터 보장되는 태평성대의 관계를 깊은 시선으로 통찰하고 있다. "평안할 때 뜻밖의 변고를 늘 유념하나니"라는 수련의 2구는 요즘의 세태에도 요긴한 가르침이 아니겠는가?

최상의 꾸밈과 쓰임

태종이 말한 대로 경회루는 중국 사신을 영접하는 장소로 아주 요긴하게 쓰였다. 궁궐 안에 위치하고 풍경이 지극히 아름다우며 건물 자체의 꾸밈과 쓰임이 외교사절의 접대에 최상이었던 것이다.

점필재(佔畢齋) 김종직(金宗直, 1431~1492)과 율곡(栗谷) 이이(李珥, 1536~1584)가 중국의 사신을 맞아 시흥을 나눈 작품이 있다.

華嶽遙連萬壽山 화악산이 멀리 만수산과 연하였으니
吾王咫尺對天顔 우리 왕이 지척에서 천자를 대하였네.

左璫勅使臨池閣　좌당인 칙사는 지각에 내림하였고

北闕仁風滿海寰　북궐의 인풍은 바다 밖까지 가득한데

好鳥聲交琪樹上　좋은 새들은 아름다운 나무에서 서로 지저귀고

游魚影動繡屛間　물고기 그림자는 보병 사이에 움직이누나.

煌煌畫繡須行樂　빛나는 주수로 의당 유쾌히 노닐 만하여

贏取方壺一日閑　방장산에 하루 동안 한가로움을 듬뿍 취했네.

　　　　— 김종직 〈화부천사운대인작〉《점필재집》제18권

迥入層霄聳四阿　공중에 높이 솟은 누각에

綠樽留待使星過　주반 차려 놓고 사신 오기를 기다렸네.

簾浮嵐氣圍靑嶂　발에 떠오르는 아지랑이는 푸른 산을 둘러 있고

池蘸蟾光弄素娥　못 가운데 얄랑거리는 달빛은 항아를 희롱하는 듯.

數曲雲和軒外奏　두어 곡조 거문고 소리는 난간 밖에 들려오고

萬株松籟雨餘多　만 그루 솔바람은 비 온 뒤에 많구나.

夜深前殿賓筵罷　밤 깊어 앞 전각에 잔치가 끝나니

銀燭紗籠散玉珂　은촉 사롱 불에 흩어지는 소리.

　　　　— 이이 〈경회루 차황천사운〉《율곡선생 전서》제2권

'부천사의 운에 화답하다 남을 대신하여 짓다(和副天使韻代人作)'라
는 제목으로 보아 김종직은 경회루에서 중국 사신을 영접하는 자리
에서 이 시를 지었다. 이이 역시 '경회루(慶會樓)에서 황천사(黃天使)
의 시에 차운하다'라는 제목으로 보아 경회루에서 중국에서 온 사신

3단 구조 형태를 한 경회루 2층 누마루.

과 시를 주고받은 것을 알 수 있다.

두 사람이 살다 간 시대는 다르지만, 중국 사신의 영접을 위한 경회루의 용도는 같았다. 두 사람의 시는 지극히 담담하다. 중국의 사신에게 불필요한 칭찬을 하지도 않고 황제를 칭송하는 단어도 없다. 그저 경회루의 풍경과 사신 접대의 흥취를 묘사할 뿐이다.

반면, 한 시대 앞을 살다 간 이승소(李承召, 1422~1484)의 경우 경회루에서 일본 사신을 접대하며 시를 지었는데, 은근히 사신을 낮추고 조선을 추어올리는 감정을 시에 담고 있다. 시의 제목은 '일본 사신과 경회루에서 잔치하다가 누 자 운을 얻다'이다.

聖化東漸及海陬　　성인 교화 동쪽 멀리 바닷가에까지 미쳐
扶桑遣使遠來投　　부상에서 사신 보내 멀리 이곳까지 왔네.
象胥句引瞻龍袞　　상서들이 인도해 와 임금 모습 우러르고
卉服相隨上鳳樓　　훼복들이 서로 따라 봉루 위로 오르누나.
樂奏鈞天歡不極　　균천 음악 연주하니 즐거움은 끝없거니
恩傾湛露報何由　　잠로 은혜 내린 거를 무슨 수로 보답할꼬.
抽毫直欲書王會　　붓을 들고 왕회 모습 곧장 쓰려 하거니와
重譯梯航軼漢周　　중구역이 배를 타고 온 건 한주 때와 같네.
　　　── 이승소 〈일본사시연경회루득루자〉 《삼탄집(三灘集)》 제2권

이승소는 시의 도입부인 수련에서 일본에 대해 조선이 교화를 베푸는 곳임을 밝히고 이어지는 함련에서도 '상서'와 '훼복'이라는 단

어로 일본을 낮추고 있다. 상서는 통역관을 일컫는 단어이지만《주례(周禮)》에는 '상서는 오랑캐 나라의 사신과 연락하며 왕의 말을 전달해 알리는 것을 맡는다'고 정하고 있다. 훼복은 풀을 엮어 만든 옷인데 일본 사람들의 의복을 지칭하니 복식문명이 발달하지 못한 미개국임을 표현하는 것이다.

그러면서 경련에서는 '균천'과 '잠로'라는 단어를 통해 조선이 상국(上國)의 위엄을 갖추고 있음을 비친다. 균천은 '균천광악(鈞天廣樂)'의 준말로 신선들이 사는 하늘나라의 음악이란 뜻이다. 여기서는 조선의 궁중 아악을 지칭한다. 잠로는 아주 짙게 내리는 이슬이라는 뜻인데 큰 은혜를 말한다.

이승소는 결정적으로 미련에서 일본 사신이 붓을 들어 어떤 외교문서를 써서 바치려고 하는데 '중구역' '한주'로 빗대고 있다. 중구역은 아홉 번의 통역을 거쳐야 뜻을 통할 수 있다는 말이니 일본이 아주 먼 나라임을 뜻하기도 하고 언어적으로 미개한 나라라고도 해석할 수 있다. 한주는 한나라와 주나라를 말하는데, 두 나라는 많은 제후국을 거느렸던 것이다. 조선이 상국임을 확실하게 밝히는 것이라 하겠다.

그러나 이로부터 불과 100여 년 뒤 조선은 일본에 무참하게 짓밟히는 임진왜란을 겪어야 했다. '평안할 때 뜻밖의 변고를 늘 유념한다'는 이행과 같은 선비가 있었음에도 말이다.

사신의 접대와 궁중의 연회, 강론과 기우제, 무술경연과 진법 훈련 등 다양한 용도로 사용됐던 경회루. 지금 그 마룻바닥은 곰팡이 슨 자국으로 빈틈이 없다. 한때 권위주의 시대의 위정자들이 카펫을 깔고 이런저런 잔치판을 벌인 탓이란다. 한술 더 떠 경회루 서북쪽에 있는 하향정(荷香亭)은 이승만 대통령과 부인 프란체스코 여사가 낚시를 즐기던 정자라고 한다.

유치원생과 초등학생은 물론 외국인 관광객들이 어울려 경회루를 둘러보고 만지고 앉고 눕기도 하는 특별관람 시간은 40여 분이었다. 그 짧은 시간 동안 무엇을 얼마나 보고 무엇을 얼마나 느꼈을까? 하지만 분명한 것은 있다. 지금 경회루 누마루에 불어오는 시원한 바람은 언젠가 다시 경회루 누마루를 쓸고 갈 것이고, 앞으로도 무수한 사람이 그 바람 속에서 경회루의 이야기를 경청할 것이다.

5부 자연의 이치와 인간의 길

- 구미 채미정
- 태인 피향정
- 남원 광한루
- 담양 면앙정

구미 채미정龜尾 採薇亭

어즈버 태평연월이
꿈이런가 하노라

明登彼西山兮 采其薇矣　　저 서산에 올라 산중의 고사리나 캐자.

以暴易暴兮　　　　　　　포악함으로 포악함을 바꾸면서도

不知其非矣　　　　　　　그 잘못을 알지 못한다.

神農虞夏 忽然沒兮　　　　신농(神農)과 우(虞), 하(夏)의 시대는 홀연히 가고,

我安適歸矣　　　　　　　우리는 장차 어디로 돌아갈 것인가?

于嗟徂兮　　　　　　　　아! 이제는 죽음뿐이다.

命之衰矣　　　　　　　　쇠잔한 우리의 운명이여!

— 백이·숙제 〈채미가(采薇歌)〉

백이숙제 그리고 하늘의 도리

채미정(採薇亭)은 경북 구미시 남통동 금오산 도립공원 입구에 있는 정자다. 고려 말의 유학자 야은(冶隱) 길재(吉再, 1353~1419)의 충절을 기리기 위해 조선의 선비들이 영조 44년(1768)에 세운 것으로 전해진다. '목포야, 이정길……' 학창 시절 고려 말 삼은(三隱)의 호와 본명을 외우던 주문(?)이다. 목은(牧隱) 포은(圃隱) 야은(冶隱), 이색(李穡) 정몽주(鄭夢周) 길재(吉再)를 그렇게 축약해 외우던 기억이 새롭다. 현재의 모습은 1977년 중수된 것이다. 고사리를 뜯는다는 뜻의 정자 이름은 중국의 은나라가 망한 후 백이(伯夷)와 숙제(叔齊) 형제가 수양산(首陽山)에 들어가 고사리를 캐 먹다가 죽었다는 고사에서 따다 붙인 것이다.

길재의 정신이 아로새겨진 채미정으로 가는 길이 몹시 춥다. 한동안의 맹렬한 한파와 폭설로 온 산이 흰 눈을 뒤집어쓰고 얼어붙어 있었다. 백이숙제는 저렇게 냉기 가득한 산에서 굶주림에 지쳐 죽음을 맞았겠지? 하지만 그 형제의 충절은 봄꽃처럼 피어 시들지 않았으니……

불세출의 역사학자 사마천(司馬遷, 기원전 145~86 추정)은 《사기열전》의 맨 첫 번째 이야기로 백이숙제를 다루었다. 그리고 곧바로 "백이와 숙제는 인(仁)을 구하여 그것을 얻었는데 또 무엇을 원망하였겠는가?"라고 한 공자의 말에 이의를 제기했다. "나는 백이의 심경이 슬펐을 것으로 본다."라며 그들 형제의 이야기를 기록하고 마지막 죽음을 앞두고 지은 시를 소개했다.

登彼西山兮 采其薇矣　저 서산에 올라 산중의 고사리나 캐자.

以暴易暴兮　　　　　포악함으로 포악함을 바꾸면서도

不知其非矣　　　　　그 잘못을 알지 못한다.

神農虞夏 忽然沒兮　신농(神農)과 우(虞), 하(夏)의 시대는 홀연

　　　　　　　　　　히 가고,

我安適歸矣　　　　　우리는 장차 어디로 돌아갈 것인가?

于嗟徂兮　　　　　　아! 이제는 죽음뿐이다.

命之衰矣　　　　　　쇠잔한 우리의 운명이여!

　　　　　　　　　　　　—〈채미가(采薇歌)〉《사기열전》

　이렇게 노래하고 굶어 죽은 백이와 숙제는 세상을 원망한 것인가, 하지 않은 것인가?

　사마천은 이렇게 의문을 던지고 그 의문을 더욱 확장시킨다. 백이와 숙제같이 어진 덕망을 쌓고 행실을 깨끗하게 한 사람이 왜 굶어 죽었는가, 공자가 극구 칭찬한 제자 안연(顔淵)은 왜 가난하여 젊은 나이에 죽어야 했나, 춘추시대 말기의 큰 도둑 도척(盜跖)은 어째서 오래 살았나 등등. 역사는 우리에게 하늘의 도리를 다시 묻게 한다.

　길재의 시〈회고가(懷古歌)〉도 이런 심정을 노래한 것이리라.

오백년 도읍지를 필마(匹馬)로 돌아드니

산천은 의구(依舊)하되 인걸(人傑)은 간 데 없다

어즈버 태평연월(太平烟月)이 꿈이런가 하노라.

— 길재 〈회고가(懷古歌)〉

　채미정 입구의 시비(詩碑)에 새겨진 〈회고가〉는 조선 영조 때의 가인(歌人) 남파(南坡) 김천택(金天澤, 생몰년 미상)이 고려 말엽부터 편찬 당시까지의 여러 시조를 모아 1728년(영조 4)에 엮은 고시조집 《청구영언(靑丘永言)》에 수록된 작품이다. 채미정을 세우면서 길재의 뜻을 기리기 위해 큰 바위를 가져와 시를 새겨 넣었다. 바람 속에 홀로 서 있는 모습이 길재의 삶을 닮았다는 생각을 들게 한다.

　주변은 온통 하얀 눈이고 시비(詩碑) 앞은 사람들의 발자국이 어지럽다. 시비 앞에서 시를 읊조리거나 사진을 찍은 사람들의 흔적이 다시 찬바람에 얼고 있었다.

　번성이 넘쳐 퇴폐로 흘러버린 왕조. 그 일탈의 틈새에서는 새로운 왕조를 꿈꾸는 야심이 자랐고, 그 야심은 끝내 오백 년 도읍지를 무너트리고 말았다. 그 불길한 징조를 먼저 감지한 야은이 내린 결론은 '고향으로 돌아가자'였다. 고향으로 돌아갔던 은자(隱者)가 무너진 도읍지를 다시 돌아본 소감! 그 한량없는 무상감이 종장(終章)에서 피를 토하고 있다.

격류에 무너지지 않는 산처럼

　채미정은 돌다리를 건너 '흥기문' 안쪽 마당에 있다. 금오산은 높고 계곡은 제법 넓어 삼동(三冬)을 제외하면 언제나 맑은 물이 흐를 것이다. 화강암을 솜씨 있게 다듬어 세운 돌다리도 높다랗다. 주변의 아름드리 소나무와 돌다리 그리고 정자와 주변 건물들의 기왓골과 흰 눈이 어우러져 한 폭의 동양화를 이루고 있다. 천천히 다리를 건너 수묵화 속으로 들어가는 느낌! 그런데 시비 앞에서 〈회고가〉를 읽으면서 무상감에 빠져들었던 마음이 '흥기문(興起門)'이라는 한자를 보는 순간 묘하게 꿈틀댔다. 야은의 뜻이었을까? 두 나라 섬기기를 끝내 거부하고 백이숙제의 고사리를 뜯어 먹으며 살았던 야은이 '흥기'를 꿈꾸었을 리가 없다. 야은을 공경했던 조선의 선비들이 유림(儒林)의 흥기를 꿈꾸며 지은 이름일 것으로 생각하며 안으로 들어섰다.

　정면 3칸 측면 3칸의 정방형 정자는 돌계단 두 개 높이의 기단 위에 주춧돌을 놓고 16개의 기둥을 세웠고 지붕은 팔작지붕이다. 특이한 것은 중앙의 한 칸은 온돌방인데 사방에 2분합 들창을 달았다. 창을 들어 올리면 마루가 되고 내려서 문을 닫으면 방이 되는 구조다. 계류(溪流) 가에 세워진 정자들은 밤이 되어 한기를 느낄 수 있기 때문에 때로는 문을 내려 방으로 사용하는 지혜가 발휘된 곳이다.

　정면에 '채미정'이라는 현판이 걸려 있고 중앙 왼쪽 기둥에 '중류지주(中流砥柱)'라는 네 글자가 한문으로 쓰인 현판이 아무런 장식 없

채미정 입구에 서 있는 야은 길재(吉再, 1353~1419)의 〈회고가(懷古歌)〉 시비.
아래는 흥기문(興起門)과 채미정(菜薇亭) 전경.

이 붙어 있다. 지나쳐 보면 아무것도 아닌 것처럼 붙어 있는 이 현판의 글자는 야은의 절개를 상징하는 중요한 키워드다. 초췌한 사각 현판을 어루만지며 '지주중류(砥柱中流)'와 '백세청풍(百世淸風)'이란 단어를 떠올려 본다.

야은의 묘소가 있는 인동 오포에는 '지주중류비(砥柱中流碑)'가 있다. 서애 류성룡 형제가 주동하여 세웠고 비문은 서애가 직접 지었다. 지주중류란 중국 하남성 황하 중류의 격류 속에 우뚝 선 지주산(砥柱山)을 말한다. 역경 속에 꿋꿋이 서 있는 돌기둥 같은 산의 '뚝심'을 절개의 상징으로 삼은 것인데, 중국의 백이숙제 사당에 이 네 글자가 새겨진 커다란 돌비석이 있다. 그 비석의 글씨는 명필 양청천(楊晴川)이 썼고 유성룡은 한강(寒岡) 정구(鄭逑, 1543~1620)가 탁본한 것을 그대로 빗돌에 새겼다.

야은을 배향한 금산 청풍서원에도 '지주중류비'가 있다. 1948년에 세워진 이 비의 글씨도 양청천의 것을 탁본한 것이다. 청풍서원에는 이 비와 함께 '백세청풍비(百世淸風碑)'도 세워져 있다. '백세청풍'이란 말 역시 절개의 상징이다. 《맹자》에서 백이숙제의 절개를 '백세청풍'이라고 극찬한 데서 비롯된 말이다. 조선 숙종도 황해도 해주 수양산 아래에 백이숙제 사당을 지어 사액(賜額)하고 비석으로도 세운 바 있다. 그리하여 '지주중류'와 '백세청풍'이란 단어는 격류에도 무너지지 않는 산처럼 절개의 상징이 되었고, 조선에서는 야은이 그 주인공이 된 것이다.

지금의 채미정에는 그러한 정황을 아는 누군가 작은 현판을 만들어 기둥에 붙여 둔 것인데 비석에 새겨진 당당함을 조금은 무색하게 한 것 같아 안쓰러운 감이 없지 않다. 안쓰러운 것은 그뿐이 아니다. 채미정 안쪽 들보에 걸린 현판의 시와 기문들이 아직 번역되어 소개되지 않았다는 것이다. 구미문화원의 홍인수 사무국장은 "현재까지 번역본을 내놓은 적이 없다"며 "조만간 번역이 완료될 것으로 안다. 다 되면 팩스로라도 보내주겠다"고 약속했다.

들창에 가려 잘 보이지 않지만 마루에 올라가 살펴보면 좌우 들보에 현판이 붙어 있다. 먼저 왼쪽 들보에 시가 새겨진 현판이 3장 붙어 있다.

맨 앞에 장길상(張吉相, 1874~1936)의 이름을 말미에 새긴 시 구절이 검은 목판에 흰 글씨로 걸려 있다. 시의 제목은 생략됐다. 장길상은 구한말의 관료였고 개화기 이후 대구은행 설립에 자본을 투자하고 경일은행을 직접 설립하는 등 금융자본가로 활약했던 인물이다.

그의 선조에 여헌(旅軒) 장현광(張顯光, 1554~1638)이 있다. 구미 인동 출신으로 영남학파의 대학자였던 여헌은 젊은 나이에 충북 보은과 경북 의성 현감을 지냈지만 이후에는 일체의 관직을 사양하고 초야에서 학문에만 몰두했다. 그의 학풍이 얼마나 대단했는지는 그를 배향한 서원이 7곳이나 된다는 것에서 잘 알 수 있다. 그의 유고가 담긴 《여헌선생문집》에는 야은을 주제로 하는 글이 3편 실려 있다. 산문인 〈금오유허죽부〉와 시 〈유허비〉 그리고 〈야은선생묘축문〉 등.

冶老遺風幾百年　야은이 남기신 풍모는 몇백 년이 지났지만
至今山色首陽傳　오늘날까지 산 빛으로 수양산의 절개를 전하네.
石碑不沒前朝字　돌비석에 전왕조의 글씨는 없어지지 않았는데
松竹依然故國壥　송죽만이 옛 나라의 땅에 의연하네.
　　　　　　　　　— 장현광 〈유허비〉《여헌선생문집》

　그 옆의 현판은 '등채미정(登采薇亭)'이라는 제목을 달고 있다. 말
미에는 '갑신국추지부조준구(甲申菊秋知府趙駿九)'라는 글씨가 선명하
다. 갑신년 국화꽃 피는 계절에 이곳 부사를 지낸 조준구가 채미정
을 주제로 일필휘지를 했음이다. 조준구(1823~?)는 고종 20년(1883)
에 선산 도호부사로 부임해 1년 남짓 근무하고 떠났다가 고종 27년
(1890)에 다시 복직한 이력을 가졌다. 그러니 부임 이듬해인 갑신년
(1884) 가을에 채미정에 들렀음을 알 수 있다. 구미시 선산읍 동부리
에 그의 선정비가 있다.
　맨 뒤쪽 시 현판이 눈길을 끈다. 제목도 없는 칠언율시의 끝줄에
는 '이건창(李建昌)'이라는 이름 석 자만 새겨져 있다. 활달한 행서
체의 눈부신 흐름 끝에 단단하게 새겨진 그 석 자 이름의 주인공
은 누구일까? 고종 3년(1866) 15세의 어린 나이로 문과에 급제해 세
상을 놀라게 했던 조선 말기의 대표적인 양명학자가 바로 이건창
(1852~1898)이다. 외세의 물결이 넘실대던 시절에 정치와 경제에 양
명학의 심학(心學)을 접목해야 한다고 외쳤던 이건창의 생가는 지금
강화도에 보존되고 있다.

조준구(趙駿九)의 게첨시 〈등채미정(登采薇亭)〉.

　그런데 주목할 것은 말미에 이건창이라는 이름이 새겨진 시는 이 건창의 작품이 아니라는 것이다. 완당(浣堂) 고영태(高永泰, 1887~ 1967)의 작품이다. 경북 문경 출신의 고영태는 집안의 학풍을 지키 며 수학한 은둔 선비로 알려져 있다.

　지금 걸린 현판의 글씨가 이건창의 솜씨라면, 그는 후배뻘 되는 고영태의 작품 한 수를 채미정에 남긴 셈인데 1887년생인 고영태의 작품을 1898년에 작고한 이건창이 썼다는 것은 성립되지 않는 말이 다. 아마 누군가가 고영태의 시편을 이건창의 작품으로 잘못 알고 새김질한 것이거나, 새김글을 쓴 이건창이 다른 인물일 것이다. 어 쨌든 고영태의 문집에 전하는 시는 읽을수록 절창이다.

崧陽王氣竟蕭條	숭양의 양기는 끝내 사그라들었지만
夫子來南道未消	선생께서 남쪽으로 오니 도가 사그라들지 않았네.
滿眼江山非故國	눈 안 가득 강산은 옛 나라가 아니니
終身官職是前朝	종신토록 관직은 전조(前朝)의 벼슬뿐이었네.
鄕隣有恥能先變	고향의 이웃들 부끄러움 능히 먼저 변하고
草木無情亦後凋	초목은 무정히 뒤늦게 마르네.
一曲採薇亭下水	한 굽이 채미정 아래 흐르는 물은
傷心猶似侍中橋	가슴 아프게도 시중(侍中)이 늘어선 것 같네.

— 고영태 〈등채미정〉《완당선생문집》

채미정을 바라보는 서정과 야은의 인품과 절개를 기리는 서사가 곡진하다. 채미정 안쪽 오른쪽의 들보에도 현판이 3개 붙어 있다. 〈상량문〉과 〈채미정사〉〈채미정기〉인데 긴 산문들이 촘촘하게 새겨져 있다.

열 이랑 땅에 초가집 사립문

정자를 둘러보고 뒤쪽의 돌계단을 밟고 낮은 솟을대문을 지난다. 경모각(敬慕閣)이다. 야은의 유상(遺像)과 숙종의 어제시(御製詩) 등이 모셔져 있어 어필각이라고도 부른다. 양쪽 문을 열고 안을 들여다보니 먼저 야은의 유상이 눈에 들어온다. 두 손을 가슴에 모으고 무릎을 약간 들어 올려 앉은 모습이 단아하다. 엷은 옥색의 옷과 얼굴에 비해 검은 망건과 동정과 허리띠가 선명하다. 이 모습은 야은의 문집《야은집》에 전하는 유상을 모사해 그린 것이다.

이 유상을 보고 찬문(讚文)을 지은 이는 매헌(梅軒) 권우(權遇, 1363~1419)이다. 포은 정몽주의 문하생이었던 그는 예문관 제학 등을 지낸 학자다.

> 사람은 원래 도가 있는데 타고난 사람은 드물다. 오직 우리 길재 선생께서 거의 그러한 분이리라. 높은 벼슬자리와 권위 있는 위엄을 뜬구름처럼 보았다네. 은거하여 고향으로 돌아가니 열 이랑 땅에 초가집 사립문이었네. 온 방 가득 서책을 두고 관을 높이 쓰고 넓은 옷을 입었네. 아! 주나라의 덕을 천명처럼 여기고 서산의 채미와 한나라의 중흥을 묻지 않았네. 또한 양가죽 걸치고 낚시하던 엄자릉을 그냥 두었지. 비록 지금토록 천년이 흘렀지만 진실로 이 마음 이러한 이치를 어길 수 없어라.
>
> ― 권우〈야은 유상찬〉《매헌집》

권우의 찬문을 읽으면 유상이 그려지고 유상을 바라보면 찬문이 떠오른다. 좋은 그림은 글을 떠올리게 하고 좋은 글은 그림을 연상시킨다고 하지 않던가. 야은의 유상 옆에는 숙종의 어제시가 유리 액자 안에 들어 있다. 위에는 원문이 아래에는 번역문이다.

歸臥烏山下　금오산 아래로 돌아와 은거하니

淸風此子陵　청렴한 기풍 엄자릉에 비하리라.

聖主成其美　성주께서 그 미덕을 찬양하심은

勸人節義興　후인들에게 절의를 권장함일세.

― 숙종 어제시 〈좌사간 길재〉

　숙종은 중국의 엄자릉 고사를 인용해 길재의 절개를 찬미하고 있다. 그 찬미의 절정은 후인들의 사표가 될 것을 바라는 군주의 간절함이다. 숙종이 인용한 엄자릉은 중국 후한 때의 유명한 은자(隱者)다. 본명은 엄광(嚴光). 그가 어릴 때 함께 공부했던 벗이 후한의 광무제(光武帝)가 되자 이름을 바꾸고 숨어 살았다. 광무제가 '간의대부'라는 벼슬에 제수했으나 사양하고 부춘산(富春山)으로 들어가 양 가죽 옷을 입고 낚시를 하며 평생을 지냈다는 이야기가 《후한서(後漢書)》 권 83 〈일민열전(逸民列傳)〉에 나온다.

　재미있게도 야은의 절개를 찬양하는 숙종의 시를 보고 '차운시(次韻詩)'를 쓴 19세기 선비들의 오언절구 두 수가 전한다. 왕의 시를 차운한다? 나이가 엇비슷하고 당대 성리학의 대가로 이름을 날렸던 사미헌(四未軒) 장복추(張福樞, 1815~1900)와 한주(寒洲) 이진상(李震相, 1818~1886), 두 선비의 결기가 남달랐던가 보다.

東國有孤竹　우리나라에 고죽(孤竹)이 있는데

先王待子陵　선왕은 자릉을 기다리네.

채미정 마루에는 중앙에 방을 만들고 벽체에는 2분합들문을 달았다.

金烏仰彌卓　금오산은 바라볼수록 더욱 우뚝한데

孰不聞風興　누군들 풍흥(風興)을 듣지 못하겠는가.

—장복추〈채미정 복차어제운〉《사미헌선생문집》

苦節松兼竹　곧은 절개는 소나무와 대나무를 겸하였고

淸名谷化陵　맑은 이름은 계곡이 구릉으로 변하였네.

薇歌千古咽　채미의 노래는 천고에 목이 메이지만

不敢怨龍興　감히 새 왕의 등극을 원망하지 않네.

—이진상〈채미정 재선산 경차어제〉《한주집》

두 선비는 숙종이 쓴 '룡'과 '홍' 운을 빌어 와 야은의 절개를 본받아 사는 자신들의 기개까지 드러내고 있다. 그들도 분명 야은의 학풍을 이은 유림일 터. 금오산 계곡으로 은신한 야은의 학풍은 조선 성리학의 기반이 되었다. 그에게 글을 배운 대표적인 인물이 강호 (江湖) 김숙자이고 김숙자의 아들이 점필재 김종직이다. 김종직의 제자로 정여창 김굉필 등이 있고 김굉필을 사사한 사람이 '중종의 남자' 조광조다. 그렇게 야은의 학풍이 조선 영남학파 사림의 맥을 이었으니 야은은 성공한 은둔자임이 틀림없다 하겠다.

채미정 옆의 구인재 뒤로 대숲이 무성하다. 조선시대 선산(구미) 지역 문객들의 문집에는 하나같이 금오산과 채미정이 등장하고 송죽(松竹) 또한 빠지지 않는다. 우리나라의 첫 도립공원(1970년 지정)

이며 자연보호운동의 발상지라는 타이틀을 가진 금오산은 조선 선비들에게 중국의 수양산과 동격이었으리라.

거울 해는 짧아 어느새 채미정에 어둠이 스며든다. 흥기문을 나오며 갑자기 아찔한 생각이 머리를 스친다. 야은의 학풍을 이은 사림의 대표주자들의 처참한 말로가 떠오른 것이다. 무오사화로 부관참시를 당한 김종직, 갑자사화로 사약을 받은 김굉필, 기묘사화로 유배지에서 사사된 조광조까지, 조선의 '4대사화' 중 세 번의 사화에 주역이 되어야 했던 야은의 후학들. 그만큼 그들의 정신은 활발했고 시대는 황폐했던 것일까?

채미정을 나오는 발길이 갑자기 무거워졌다.

태인 피향정 泰仁 披香亭

도연명은 땅에 묻히고
최치원은 하늘로 올라가고

元亮新埋土 도연명은 땅에 묻혔고

孤雲己上天 고운은 이미 하늘로 올라갔네.

空餘池水在 쓸쓸하게 연못만 남아 있고

白露滴秋蓮 흰 이슬이 가을 연잎에 내렸네.

— 임억령 〈피향정〉

무궁하게 상속되는 꽃과 사람의 향기

꽃향기가 십 리나 백 리를 간다 해도 그것은 잠시의 일이다. 꽃이 지면 향기도 그치기 때문이다. 꽃 피어 있는 동안의 향기를 무궁하게 전하는 길이 있다면 그것은 글로 남기는 일일 것이다. 꽃의 향기가 글의 향기[文香]로 변하여 누대를 이어 전하듯, 사람의 향기도 글로 전하여 인류의 고결한 자산이 된다.

전북 정읍시 태인면 태창리에 있는 피향정(披香亭, 보물 제289호)은 연꽃 향기와 사람의 향기가 시공을 초월해 해로 뜨고 달로 지는 아름다운 정자다. 정자 이름의 피(披)라는 글자는 '나눈다'는 의미와 '연다', 그리고 '옷을 입는다'는 의미가 있다.

과거에는 이 정자를 중심으로 아래위로 두 개의 연지(蓮池)가 있었고 '향국(鄕國)을 둘로 나눈다'는 뜻에서 피향정이라는 이름이 붙은 것이라 한다. 그러나 조선 영조 20년경에 현감 오언부가 아래쪽에 하나를 더 파면서 두 개의 연지가 된 것이라 하니, '향국(鄕國)을 둘로 나눈다'는 의미는 그 후에 부여된 것일 게다.

많은 자료들이 "신라 헌안왕(憲安王, 857~860 재위) 때 최치원(崔致遠)이 태인 현감(혹은 태산군수)으로 재직 중 세웠다고 전하나 정확한 초창 연대는 알 수 없다"고 적고 있다. 잘못된 정보다. 최치원은 857년에 출생했으니 헌안왕 원년에 벼슬을 할 수가 없다.

《삼국사기》 제11권 신라본기에 '헌강왕 11년(885) 3월에 최치원이 돌아왔다'고 전하고 있다. 857년에 6두품 집안에서 태어난 최치원은 12세에 당나라로 유학을 떠났다. 신라에서 6두품은 그리 높지 않은 품계여서 출세도 제한적이었다. 그래서 당나라 유학이 대세였고 최치원은 "10년 공부하여 과거에 합격하지 못하면 내 아들이라 하지 마라. 나도 아들이 있다고 하지 않을 것이다."라며 등을 떠미는 아버지의 의지에 따라 조기유학을 감행한 셈이다.

아무튼 당나라로 간 최치원은 열심히 공부하여 유학 6년 차인 874년에 외국인을 위한 과거시험인 빈공과(賓貢科)에 장원급제를 하고 벼슬길에 올랐다. 그리고 그 유명한 〈토황소격문〉으로 문명(文名)을 떨치고 884년 귀국길에 올라 이듬해 3월에 신라에 도착했다.

최치원이 태산군 태수를 지낸 것은 890년(진성여왕 4)부터 서산태수로 옮겨간 893년까지의 3년 남짓이다. 그러므로 최치원이 피향정을 지었다면 890년에서 893년 사이가 될 것이다.

1963년 1월 21일 보물로 지정된 피향정은 조선 중기를 대표하는 건축 양식이다. 요리조리 살펴보면 참으로 재미있는 건축적 구조를 보여준다. 《증보문헌비고》는 이 정자가 광해군 때 현감 이지굉에 의해 중건되었고, 다시 현종 때 박숭고가 확장 중건했으며, 1716년(숙종42) 현감 유근이 변산에서 재목을 베어다가 현재의 규모로 중창했음을 전하고 있다.

그 뒤 1882년에 또 한 차례의 중수가 있었고 6·25 전쟁 와중에는 이 정자를 면사무소로 사용하기도 했다. 1972년 주변이 정비되고 1974년 단청을 하여 오늘에 이른다고 한다.

그런데 이 약사(略史)에서 누락된 중창 기록이 상량문의 해석에서 발견됐다. 2003년 9월에 발간된《건축역사연구》제12권 3호(통권 35호)에 인조 22년(1664)에 지어진 중창 상량문이 소개되고 있다. 상량문은 피향정이 중국의 어느 이름난 명승에 뒤지지 않음을 강조하며 다시 확장 중수하여 고을이 흥륭하길 기원하는 마음을 담고 있다.

> 협소했던 옛 건물이 크고도 드넓은 새로운 규모여라. 고을의 온갖 일, 다시 부흥되어 삼왕(三王)의 인정(仁政)을 함께하였네.

박등내(朴等內, 생몰연 미상)가 지은 상량문의 구절처럼 피향정은 크고 넓어 우뚝하다. 정면 5칸 측면 4칸의 정자는 하늘의 별을 상징하는 28개의 둥근 돌기둥이 받치고 있다. 지붕은 팔작지붕이며 2층 마루는 사방으로 개방되어 있고 난간이 둘려 있다. 앞뒤의 중앙 어간에 놓인 돌계단(7단)을 통해 곧바로 올라가는 구조이며 앞에는 '피향정' 뒤에는 '호남제일정(湖南第一亭)'이라는 현판이 걸려 있다. 안쪽에도 피향정 현판이 하나 더 걸려 있는데 풍성(豐城) 조항진(趙恒鎭)의 낙관이 보인다. 영조 14년(1734)에 태어난 조항진은 늦은 나이인 44세에 급제하여 벼슬에 올랐다. 정조 18년(1794)부터 6년 동안 태인 현감을 지낸 관료다.

피향정의 풍미를 제대로 맛보려면 고개를 젖히고 천정을 올려다보아야 한다. 천정은 서까래가 드러나 보이는 연등천장이 주를 이루지만 좌우에는 귀틀을 짜 사이사이 꽃문양과 학을 그려 넣은 우물천장이 있어 이채롭다. 안 기둥(내진주)과 밖 기둥(외진주)의 간격이 좁은 이중 배치도 정자의 멋을 한결 더한다. 무엇보다 기문과 시 그리고 중수기 등을 새긴 나무 현판들이 빼곡하게 붙어 있어 정자의 역사와 운치를 실감케 한다.

정자의 중간에 커다란 중수기 현판이 하나 걸려 있는데, 1855년 (철종 6)에 이승경(李承敬)이 지은 것이다. 당시 태인 현감이었던 이승경이 중수를 지휘하고 기문까지 써서 걸어 둔 것. 《팔도총록》에 의하면 이승경은 철종 4년(1853) 8월에 태인 현감으로 부임했다. 그는 담양 부사, 상주 목사, 은률 현감 등 지방 관료로 활발하게 살았던 인물이다.

장차 어진 태수가 와서 모든 피폐를 쓸어버리고 새로워지는 날에는 여러 군자(君子)들과 이 정자에서 더불어 노닐 수 있으리. 나는 고을과 주민과 이 피향정을 위해 축하하며 난간을 두드리며 노래하기를 "정자가 편안하여 늙은이는 즐길 것이고, 정자가 아늑하여 어린이를 감싸줄 것이네. 날아갈 듯이 우뚝 솟아 있어 근심이 있는 사람은 태평해지고 밝고 새로워져서 이 백성들과 더불어 함께할 것이네. 내가 하였다고 해서가 아니라 뒷사람을 위해서 축하한다네."라고 하였네.

— 이승경 〈피향정중수기〉

이승경이 쓴 〈피향정중수기〉 말미다. 정자 하나가 이렇듯 관리와 백성에게 기쁨의 공간으로 이어질 수 있는 이유는 무엇인가? 정자

둥근 돌기둥 28개가 아래에서 떠받치고 있는 피향정(披香亭)의 측면 모습.

는 한낱 건물이 아니라 옛 성현의 드높은 정신과 현재를 살아가는
사람의 덕과 정성이 어우러지는 공간이기 때문일 것이다.

그리하여, 정자는 수없는 시간을 두고 수많은 사람에게 마음을 열
어젖히고 시정에 취하는 공간이 될 수 있는 것 아니겠는가? 그 아름
다움의 중심에는 여전히 '서정과 철학의 상속'이 자리하고 있으니,
정자의 내력을 찬미하고 앞사람의 시에 차운하여 뒷사람이 시를 읊
는 그 풍취 말이다.

割鷄當日播淸芬　닭 잡던 날에 맑은 향기를 뿌리니
枳棘棲鸞衆所云　탱자나무와 가시나무에 난새가 깃든 격이네.

千載吟魂何處覓 천년의 시 읊던 마음 어디서 찾으리
芙蕖萬柄萬孤雲 부용(연꽃) 만 줄기가 모두 고운 같네.

— 김종직 〈피향정〉 판상시

조선 초기 유림의 대표 주자였던 점필재 김종직(金宗直, 1431~1492)은 피향정에서 고운 최치원 선생을 기리고 있다. 연꽃향기와 사람의 향기를 함께 음미하며 최치원의 생애를 뒤덮었던 고뇌까지 표현하고 있는 것이다. 첫 구절의 '닭 잡던 날'과 '맑은 향기' 둘째 구절의 '가시나무'와 '새'의 대비(對比)는 최치원의 삶을 표현했다.

세상이 얻은 고운, 고운이 버린 세상

최치원은 6두품이라는 신분적 한계를 끝내 뛰어넘을 수 없었다. 《삼국사기》에 "최치원이 스스로 생각하기를 당나라에 유학해 얻은 바가 많아서 장차 자신의 뜻을 행하려 하였으나, 신라가 쇠퇴하는 때여서 의심과 시기가 많아 용납될 수 없었다"는 기사가 나온다. 귀국 후 왕으로부터 융숭한 대접은 받았으나 끝내 중심에 서지 못하고 중앙의 벼슬에서 외직으로 물러나는 최치원의 처지를 설명한 대목이다.

의심과 시기가 많았던 시절, 그래서 최치원은 탱자나무와 가시나무 무성한 세상에 깃들 수가 없었다. 세상은 천하의 영재 최치원을 얻고도 충분히 쓰지 못했고, 고운은 세상을 버림으로써 자신의 내면을 완성할 수 있었던 것인가?

피향정에 오른 김종직은 이상과 현실의 괴리(乖離)를 좁힐 수 없었던 최치원의 처지를 먼저 생각하고 그의 천재적인 문장과 시혼 등을 생각하다가 못 가득한 연꽃이 모두 최치원과 둘이 아님을 노래했다. 꽃의 환영에 옛사람이 있고 옛사람의 향기와 지금의 꽃향기가 둘이 아닌 것이다.

> 元亮新埋土　도연명은 땅에 묻혔고
> 孤雲己上天　고운은 이미 하늘로 올라갔네.
> 空餘池水在　쓸쓸하게 연못만 남아 있고
> 白露滴秋蓮　흰 이슬이 가을 연잎에 내렸네.
>
> — 임억령 〈피향정〉 판상운

석천(石川) 임억령(林億齡, 1496~1568)이 피향정을 찾은 것은 가을이었나 보다. 그 역시 피향정에서 최치원을 그리고 있다. 땅에 묻힌 도연명과 하늘로 올라간 고운이라는 표현은 절묘하다. 도연명은 전원의 세계에 집착했던 인물이고 최치원은 꿈은 컸으나 현실이 당겨주지 않아 산으로 들어가 신선이 되었다는 인물이니 말이다. '원량(元亮)'은 도연명의 자(字)이다.

> 詩仙己騎孤雲去　시선은 이미 외로운 구름을 타고 떠났고

피향정 연못에 활짝 핀 연꽃의 수려한 자태.

雲外靑山點點開　구름 밖에 푸른 산은 점점이 늘어섰네.

八月芙蓉君子志　팔월의 연꽃은 군자의 뜻과 같고

十年湖海故人來　십 년 후에 호수에는 친구가 왔네.

西風霽景生衣袂　서풍의 개인 경치 소매에 들어오고

南斗秋光入配杯　남쪽 하늘 가을빛은 술잔에 비치네.

獨倚披香亭畔立　홀로 언덕에 서 있는 피향정에 기대니

上池下池綠渾苔　위아래 연못에는 뒤섞인 이끼가 푸르네.

— 심능숙 〈피향정〉 판상운

　심능숙(沈能淑, 1782~1840)은 조선 후기의 문인으로 아버지가 고부 군수를 역임했다. 지금 피향정에는 심능숙의 〈피향정기〉와 위의 시판이 걸려 있다. 시판과 〈피향정기〉는 말미에 임진년에 썼음을 밝히고 있으니 1832년(순조 36) 그의 말년에 쓴 것이다. 이 해에 심능숙은 태인 현감으로 부임해 왔고 3년을 봉직한다. 시인으로 상당한 명성을 얻었던 심능숙은 불교와 도선(道仙)에도 관심이 많았다. 조선 후기 가문소설(家門小說)의 주류를 이루는 《옥수기(玉樹記)》가 그의 작품이다.

　쉰 살의 시인은 태인에 부임해 오자마자 피향정을 찾았던가 보다. 그의 마음속에 고운이 살아 있었기 때문일까? 하지만 옛 시선(詩仙)은 떠난 뒤이니 눈앞에 늘어선 푸른 산을 바라보고 연꽃에 어린 군자의 뜻을 가슴에 적시며 10년 만에 돌아온 회포를 풀고 있다.

　김종직과 임억령, 심능숙의 시들은 피향정을 창건한 최치원에 대한 연모를 바탕 삼아 자신의 감정을 드러내고 있다. 옛사람의 향기를 시구절로 동여매어 후대로 길이길이 전하는 아름다운 상속(相續)을 보여 준 것이라 하겠다. 옛 문인들의 어록에 전하는 피향정 관련 시 가운데 많은 작품이 앞사람의 시에 차운한 것이다. 옛날에도 정자에는 많은 시현판이 게첨되어 있었고 그걸 본 뒷사람이 운을 맞춰 시를 지은 것이다. 이 또한 누정 공간에서 이루어지는 시의 향기를 전하는 무궁한 상속이다.

> 客到官亭宿 객으로 와 관아의 정자에 묵었더니
> 蕭條八月天 8월의 하늘은 호젓하고 쓸쓸해라.
> 秋陰五更黑 가을의 스산함은 새벽 마냥 어둡고
> 涼雨敗池蓮 서늘한 비마저 내리니 연지도 얼어붙누나.
> ── 양경우〈피향정을 소재로 석천운을 써서 짓다〉《제호집》3권

양경우(梁慶遇, 1568~ ?)는 가을로 접어드는 피향정의 운치를 표현했는데, 임억령의 시에 드러나는 가을의 쓸쓸함을 계승하고 있다. '석천운'은 운자의 한 종류이다. 양경우는 임진왜란이 일어나자 동생과 함께 부친인 의병장 양대박(梁大樸, 1544~1592)을 따라 의병을 일으켰다. 의병장 고경명(高敬命)의 휘하에서 서기를 맡기도 했다. 양경우처럼 피향정에서 석천운을 차운하여 지은 시가 한 수 더 전해 온다.

孤雲与石川　외로운 구름 냇가의 돌

駕鶴已歸天　학 타고 하늘로 돌아갔으니

獨來池上雪　나 홀로 연못에 내리는 눈을 바라볼 뿐

何處賞秋蓮　어디메 가야 가을 연꽃 볼 수 있을까

　　　　— 이하곤 〈석천운에 차운하여 짓다〉 《두타초》 9권

　이하곤(李夏坤, 1677~1724)은 숙종에서 영조 대를 살았던 문인화가이며 평론가였다. 충북 진천 사람으로 전국 곳곳을 여행하며 돌아다니기를 즐겼다고 한다. 윤두서와 정선의 그림에 대한 평론을 했던 이하곤은 하늘로 돌아간 최치원에 대한 흠모의 정을 가을 연못의 연꽃으로 드러내며 피향정에서 단상을 드러내고 있다.

清絶湖中地　맑디맑은 호수 안엔 땅이 솟았고

虛明鏡裏天　명경 같은 허허로움은 하늘 속에 잠겼구나.

秋宵一枕夢　가을 밤 베게 배고 자다 꿈꾸었더니

霜倒半池蓮　연지의 반을 서리가 덮고 있더라.

　　　　— 목대흠 〈피향정차판상운시지주〉 《다산집》 제1권

　다산(茶山) 목대흠(睦大欽, 1575~1638)은 시의 본문 앞에 "披香亭次板上韻示地主 亭在泰仁(현판에 적힌 운에 따라 시를 짓고 주인에게 보여주다. 정자는 태인에 있다.)"라고 적고 있다. 피향정에서 현판에 걸린 시를 차운했고 이 시를 그 시의 주인에게 보여주었다고 밝히는데, 그

연등과 우물 모양이 조화를 이룬 천정 구조의 피향정 누마루에는 최치원을 기리는 현판시가 즐비하다.

주인이 누군지는 알 수 없다. 시는 가을 어느 날 피향정의 풍경을 애잔하게 묘사하고 있다.

此夜逢君處　이 밤 임 만날 정자에 올라
憑欄月上天　난간에 기대어 하늘을 바라볼 때
殘香猶可愛　나지막이 풍겨오는 사랑스러운 향기여
秋氣在衰蓮　가을 기운에 저무는 저 연꽃에서 오는구나
　　　　― 고용후〈피향정 탕경 목대흠을 차운해서 짓다〉《청사집》1권

목대흠의 시를 차운한 고용후(高用厚, 1577~ ?)의 시다. 출생연도로 볼 때 고용후는 목대흠과 같은 시대를 살았는데, 피향정에서 먼저 시를 지은 이는 목대흠이다. 고용후는 임진왜란 초기 전라도 지역에서 의병장으로 활동한 고경명(高敬命, 1533~1592)의 아들로 병조좌랑, 남원 부사 등을 역임한 관료였다. 그 역시 가을날의 피향정을 묘사하고 있는데, 연꽃 향기를 칭송한 표현이 돋보인다.

양경우, 이하곤, 목대흠, 고용후의 시들에서는 하나같이 '천(天)'과 '연(蓮)'을 운자로 쓰고 있으니 임억령이 판상시의 운을 따서 쓴 시의 운자를 잇는다 하겠다. 거기에 최치원을 기리는 정감과 가을날의 풍치를 결부하는 시적 발상도 전승하고 있음을 놓치지 않는다면 누정시의 '정신적 상속'을 감상하는 재미가 더할 것 같다.

護水元央兩兩飛　물 지키는 원앙새는 짝을 지어 쌍쌍 날고

蜻蜓款款點行衣　잠자리는 다정스레 내 옷 위에 내려앉네.

多情太液池邊客　다정할사 태액지 가 서성이는 나그네여

駐馬官橋盡落暉　다리 옆에 말 멈추고 석양빛을 받는구나.

　　　　— 김상헌 〈피향정에서 판상에 있는 시를 차운하다〉

《청음선생집》제2권

　김상헌(金尙憲, 1570~1652)은 임진왜란과 병자호란을 다 겪은 신하로 절개와 지조의 아이콘이었다. 험난한 생애를 통과하면서 천여 수의 시를 남긴 김상헌은 피향정에서 원앙과 잠자리를 통해 자연과의 교감을 드러냈다. 그리고 북경에 있는 태액지를 끌어들여 피향정이 있는 연못에 견주고 석양에 물든 풍경 속에 자신의 생애를 반조시키는 여유를 보이고 있다.

秋池白露幾回溥　가을 연못에 허연 서리 가득 내려

泣閱紗籠獨倚欄　홀로 난간에 기대어 울며 바라보네.

七十八年多少感　일흔여덟 해 살아온 인생 생각하는데

敗荷依舊雨聲寒　연잎은 또다시 시들고 찬 비바람 소리만 들려라.

　　　　— 김수항 〈선조들의 시운을 차운해 삼가 피향정 시를 짓다〉

《문곡집》1권

　김수항(金壽恒, 1629~1689)도 피향정에서 살아온 날들을 반조하고 있다. 예조판서와 좌의정을 지낸 김수항은 시문과 변려문에 뛰어난 기량을 보였던 문인이다. 할아버지가 김상관(金尙寬, 1566~1621)으로 앞에 시를 보인 김상헌의 형이다. 즉 청음 김상헌은 김수항의 종조부다. 이른바 충신 집안에서 태어나 학문을 닦고 출세했지만, 벼슬길에 오르기도 하고 좌천과 파직 그리고 유배와 복권을 거듭하며 한 생을 살았다. 그래서 피향정에서 쓴 시는 비감(悲感)을 풍긴다. 나이 들어 외로우니 홀로 정자 난간에 기대어 서서 저무는 생애를 가을 연못으로 비유한다. 울음소리와 차가운 비바람 소리의 청각적 호소가 더욱 쓸쓸하다.

시대를 초월해 흐르는 시정

누정은 복합문화공간이어서 시정(詩情)을 발산하는 곳이기도 하고 음악을 듣고 담소를 나누고 철학과 정치를 논하는 곳이기도 하다. 홀로 삶을 반조(返照)하기도 하고 인간세상을 관조(觀照)하는 곳이기도 하다. 피향정에는 시대를 초월해 흐르는 시정이 있고 철학과 인생론적 진실이 아름드리 나무기둥에 서려 있다.

즐비한 현판들 가운데는 "벼슬길 바쁜 걸음 부평초 같아, 남쪽 고을 달려와서 이 술잔 들어 보네"(서상옥, 1819~ ?)라는 글도 있고, "아롱 옷 옛날에 기쁜 정을 다했는데 현감이 되어 오늘 오니 감회 눈물 떨어지네"(류유, ?~?)라는 글도 있다. 두 사람 다 태인 현감으로 부임하여 피향정을 찾은 정취를 새기고 있다.

이민서(李敏敍, 1633~1688)의 시는 마흔의 나이에 청춘 시절을 회상하고 있다.

前後經過卄載中　앞뒤로 지내온 스무 해 동안
水亭疏雨又秋風　정자에는 잔비 내리고 가을바람도 불어왔지.
離離破葉渾依舊　이리저리 흩어지는 가을 잎들은 옛날과 같은데
不見當時萬朶紅　만발했던 붉은 꽃송이들은 어디서 찾아보나.

—이민서 〈피향정〉《서하선생집》3권

시간은 속절없이 지나갔고 정자는 중수를 거듭하며 남아 있다. 무시무종의 시간과 광대무변의 공간에 한 점 좌표로 점 찍혀 있는 피향정. 그 옆에 줄지어 선 선정비와 불망비들도 한 시대를 풍미한 사람들의 흔적이다. 정자에 올라 지인들과 풍류를 즐기고 앞 시대를 살아간 사람들을 그리워하는 정은 아름답다. 활짝 피어 만 리에 향기를 드리우는 연꽃처럼.

남원 광한루 南原 廣寒樓

사랑과 이별 노래 가득한
달나라 궁전

不怪便登天上樓	하늘 위 누각에 어느새 올라섰고 보면
牽牛人亦河之頭	은하 끝에 소 끄는 이 있다 한들 괴이하랴.
兔蟾終古說疑似	토끼와 두꺼비 산다는 설화 꽤나 그럴 듯도 한데
烏鵲卽今功已收	지금 보니 오작교도 벌써 걸쳐 놓았구나.
紅妓應因竊藥至	예쁜 기생 약 훔쳐서 금방 달려올 것이요
畫船故替乘槎遊	화려한 배 타신 어사 다시 노닐러 오시겠지.
年來五馬興全盡	그동안 말 다섯 필 흥취 모두 다했는데
只有玆州還可求	이 고을은 그래도 원님 또 한 번 살고 싶네.

— 최립 〈남원광한루차운〉

달나라 궁전으로 격상된 경치

단오 무렵, 광한루원(廣寒樓園苑)은 꿈속 같다. '청허부(淸虛府)'라 쓰인 현판이 걸린 솟을삼문을 들어서는 순간부터 엷은 현기증 같은 것이 느껴진다. 온통 푸르다. 푸른 하늘을 떠받치고 선 나무도 푸르고, 푸른 나무가 얼비친 물도 푸르고, 그 물가에 서 있는 누각도 푸른 기운에 감싸여 있다. 녹음방초승화시(綠陰芳草勝花時), 시나브로 천지가 신록의 절정에 이르고 있다.

오작교(烏鵲橋)를 건너 광한루(廣寒樓, 보물 제281호)로 가는 길은 몽롱하다. 미풍에 간지럼 타듯 일렁이는 물결 속에서는 커다란 잉어들의 유영이 한가롭고, 삶의 피로를 씻으러 나온 행락객들의 발길은 느릿느릿하다. 절경 속에 들어서면 동작이 느려지고 그 속도에 맞춰 마음도 편해지는 것이리.

이몽룡이 책을 읽다가 산책을 나온 것도 단오 무렵이라 했으니, 그 혈기 방자한 도령도 이 푸르름 속에서 마음을 쉬다가 성춘향과 만나 사랑의 불이 붙었을 것이다. 이몽룡과 성춘향의 사랑 이야기의 무대, 견우와 직녀의 전설 속 오작교가 구현된 공간. 오늘날 광한루는 사랑의 성지(聖地)다. 이 아름다운 사랑의 공간은 광한루를 중심으로 시간을 보태고 공간을 확장하며 전승되어 왔다.

광한루를 처음 지은 사람은 명재상으로 꼽히는 황희(黃喜, 1363~1452)다. 600여 년 전, 권력의 중앙에서 잘 나가던 황희가 남원으로 귀양을 왔다. 당시 정국(政局)은 파란(波瀾) 그 자체였다. 세자를 폐하고 그 동생(충녕대군, 세종대왕)에게 보위를 물려주려는 태종의 정치적 결단에 이조판서로 재직하던 황희는 "폐장입유(廢長入幼, 장자를 내몰고 아랫사람을 세움)는 재앙을 부르는 근본"이라며 반대하고 나섰다. 그러나 대세의 흐름이 원칙을 비켜 가면 아무리 올곧은 주청(奏請)도 먹히지 않는 법. 태종은 황희를 아꼈지만 어심(御心)을 읽어주지 않는 그를 남원으로 귀양 보냈다.

격랑의 정치판을 떠나 남원으로 내려온 황희는 고을 최고의 승경(勝景)에 누각을 짓고(1419년) '광통루(廣通樓)'라 이름했다. 누각에 올라서면 시야가 팔방으로 두루 트여 광통이기도 했겠지만, 군신만민에 두루 통하는 정치를 갈망하는 명재상의 마음도 담긴 이름일 것이다.

6년의 귀양살이 끝에 황희는 다시 권력의 중앙으로 돌아갔다. 자신이 원치 않던 정국의 흐름 끝에 등극한 세종의 부름을 받았다. 이후 광통루는 몇 차례의 중수를 거쳤고, 삼도순찰사 정인지(鄭麟趾)에 의해 광한루로 이름이 바뀌었다. 1444년(세종 26)의 일이다. 광한루는 달나라에 있는 신선의 궁전 이름 '광한청허지부(廣寒淸虛之府)'에서 따왔다. 즉 광통루가 광한루로 이름을 바꾸면서 인간세상이 아닌 달나라의 궁전으로 아름다움의 격을 극대화한 것이다. 오늘날, 광한루원의 정문에 '청허부'란 현판이 걸린 것도 그 문을 통과하면 달나라의 궁전으로 들어가는 것임을 상징하는 것이다.

무엇보다 1582년 당시 전라 감사이던 송강 정철(鄭澈, 1536~1593)이 주도하여 광한루 주변에 삼신산의 전설을 차용하여 연못을 확장

광한루의 정문의 현판 청허부(淸虛府)는 달나라의 궁전을 들어간다는 의미이다(위).
2층으로 오르는 계단 끝에는 달나라의 계수나무 신궁을 상징하는 계관(桂觀)이라는 편액이 붙어 있다.

하고 영주각(瀛洲閣) 방장정(方丈亭) 등을 지었던 것은 이곳을 분명한 '전설의 공간'으로 못 박은 계기가 됐다.

다시 세월의 흐름을 따라 퇴락과 개보수를 거듭하던 광한루는 1597년 정유재란 때 불에 타버렸고, 1599년(선조 32) 부사 원신(元愼)의 재건과 1626년(인조 4) 부사 신감(申鑑)의 중수로 오늘에 이른다. 물론 신감의 중수 이후로도 여러 차례 중수가 있었다.

> 不怪便登天上樓　하늘 위 누각에 어느새 올라섰고 보면
> 牽牛人亦河之頭　은하 끝에 소 끄는 이 있다 한들 괴이하랴.
> 兔蟾終古說疑似　토끼와 두꺼비 산다는 설화 꽤나 그럴 듯도 한데
> 烏鵲卽今功已收　지금 보니 오작교도 벌써 걸쳐 놓았구나.
> 紅妓應因竊藥至　예쁜 기생 약 훔쳐서 금방 달려올 것이요
> 畫船故替乘槎遊　화려한 배 타신 어사 다시 노닐러 오시겠지.
> 年來五馬興全盡　그동안 말 다섯 필 흥취 모두 다했는데
> 只有玆州還可求　이 고을은 그래도 원님 또 한 번 살고 싶네.
> — 최립〈남원광한루차운〉《간이집》제6권 초미록(焦尾錄)

최립(1539~1612)의 이 시는 광한루가 가진 전설을 망라하고 있어 그 전설적 배태(胚胎)를 이해하는 데 도움을 준다. 먼저 등장하는 것은 견우와 직녀 설화다. 다음은 욕심 많은 옥토끼가 달의 뱃속에 들어가서 먹을 것을 찾으며 자꾸 뒤돌아보고, 항아(姮娥)가 달 속으로 도망쳐 들어가서 두꺼비[蟾蜍]가 되었다는 전설이 등장한다. 항아

는 달의 여신으로, 활을 잘 쏘는 남편 예(羿)가 서왕모(西王母)에게서 얻은 불사약을 훔쳐 먹고 달 속으로 도망쳤다는 이야기의 주인공이다. 《회남자(淮南子)》에 나오는 전설이다.

오작교는 칠월칠석 견우와 직녀가 만나는 날 까막까치가 하늘로 올라가 만드는 다리. 광한루의 오작교는 1582년에 남원부사 장의국(張義國)이 광한루를 수리하면서 놓은 돌다리다. 광한루는 정유재란 때 불탔지만 오작교는 처음모습 그대로 남아 있다. 길이 57m, 폭 2.4m, 4개의 홍예경간이 물과 어우러져 풍치를 더한다. 현존하는 연지교 중 국내에서는 가장 큰 규모다.

"예쁜 기생 약 훔쳐서……"는 다시 항아의 이야기이고 "화려한 배 타신 어사"는 한(漢)나라 장건(張騫)이 무제(武帝)의 명을 받들고 황하(黃河)의 근원을 찾기 위해 배를 타고 갔다가 은하수 위로 올라가 하늘 궁궐을 구경했다는 전설을 든 것이다. 《천중기(天中記)》권 2에 나오는 이야기다. 여기서 어사를 〈춘향전〉의 이몽룡이 암행어사가 되어 나타난 것과 결부하는 경우도 있다. 그러나 최립이 살던 시대에 〈춘향전〉이 대중화되었을지 의문이 든다.

"말 다섯 필"은 한나라 때 태수(太守)가 다섯 필의 말이 끄는 수레를 타고 다녔던 데에서 유래한 것으로, 지방 수령을 가리키는 말이다. 최립은 남원 부사를 역임한 적이 없지만 광한루에 오르고 보니 다시 현역으로 돌아가 남원 고을 수령이 되고 싶을 정도로 광한루의 풍광이 맘에 들었던 것이다.

최립이 만년에 쓴 것으로 보이는 이 시 한 수에 등장하는 전설의 요소들이야말로 사랑과 그리움 그리고 승경(勝景)으로서 광한루를 증명하는 기제(基劑)들일 것이다.

최립보다 한 세기 앞 시대를 살았던 서거정(徐居正, 1420~1488)은 광한루에서 3수를 지었는데, 옛 고사들을 들어가며 정유재란 이전 광한루의 풍광을 멋들어지게 노래하고 있다. 첫 수를 보자.

見說南州第一樓　듣자니 여기가 남주의 제일루라 하거니와
登臨身在六鼇頭　오르고 보니 몸이 육오의 머리에 있구려.
一邊白水來無數　한쪽에서는 맑은 물이 수없이 흘러오고
四面靑山散不收　사면의 푸른 산은 흩어져 거둘 수 없어라.
芳草晴川追往事　향기론 풀 갠 냇물은 지난 일을 상상케 하고
茂林脩竹愜前遊　무성한 숲 긴 대는 예전 놀이가 맘에 드누나.
欲仍羽客丹丘去　우객을 찾아서 단구로 나아가고 싶거든
方丈三山不外求　방장 삼신산 그밖에 구할 것이 없고말고.
　　　　　　　　　　── 서거정 〈광한루차운〉《사가시집》 제10권

앞의 두 구절은 《열자(列子)》 탕문편(湯問篇)에 나오는 이야기를 끌어와 광한루의 풍광을 예찬한 것이다. 즉 발해의 동쪽에는 대여(岱輿), 원교(員嶠), 방호(方壺), 영주(瀛洲), 봉래(蓬萊) 다섯 신산(神山)이 있는데 이 산들이 조수에 밀려 표류하여 정착하지 못하므로, 천제가 산들이 서극(西極)으로 표류할까 염려하여 처음에 금색 자라 15

마리로 하여금 이 산들을 머리에 이고 있게 하여 정착하게 되었다. 그런데 뒤에 용백국(龍伯國)의 거인이 자라 6마리를 낚아가 버리자 대여, 원교 두 산은 서극으로 표류해버리고, 방호, 영주, 봉래 세 산만 남았다는 이야기다. 여기서 방호는 방장(方丈)과 같은 뜻. 서거정은 단지 옛 이름이 방장산(方丈山)인 지리산(智異山)을 가리켜 말한 것이다. 뒤에 송강 정철이 광한루에 영주각 방장정 등을 지은 것도 이 이야기를 현실화한 것이다.

다음의 "향기론 풀 갠 냇물(芳草晴川)"은 당나라 시인 최호(崔灝)의 〈황학루(黃鶴樓)〉에서 따왔다. 누정시의 수작으로 꼽히는 최호의 〈황학루〉 전문은 "옛사람 이미 황학을 타고 떠났고, 이 땅에는 공연히 황학루만 남았네. 황학은 한번 가서 다시 돌아오지 않으니, 흰 구름만 두고두고 부질없이 왕래하네. 날 갠 냇물엔 한양의 숲이 역력히 비치고, 향기로운 풀은 앵무주 물가에 무성하다. 날은 저무는데 고향 땅은 그 어디인가? 연기 자욱한 강가에서 시름에 잠기게 하네.(昔人已乘黃鶴去 此地空餘黃鶴樓 黃鶴一去不復返 白雲千載空悠悠 晴川歷歷漢陽樹 芳草萋萋鸚鵡洲 日暮鄉關何處是 煙波江上使人愁)"이다.

이어지는 '무성한 숲(茂林)'과 '긴 대(脩竹)' 그리고 '예전 놀이(前遊)'는 저 유명한 왕희지(王羲之, 307~365)의 〈난정서(蘭亭序)〉가 태어나던 장면을 말하는 것이다. 즉 진목제(晉穆帝) 영화(永和) 9년인 353년 늦은 봄에, 회계(會稽) 산음(山陰)의 난정(蘭亭)에서 왕희지, 사안(謝安) 등 42인의 명사들이 모여 계사(禊事)를 행하고 그 흥취를 이어 곡수(曲水)에 술잔을 띄우고 시를 지으며 성대한 풍류놀이를 했

연못에 비친 광한루와 오작교의 모습. 견우와 직녀가 만나는 오작교는 길이 57m, 폭 2.4m, 4개의 홍예경 간으로 국내에 남아 있는 연지교 중에서 가장 규모가 크다.

다. 이날 지은 명사들의 시를 한 권의 책으로 묶었는데 왕희지가 쓴 서문은 이후 누구도 따라잡지 못한 산수문학의 백미로 추앙되고 있다. 그 서문에 산음의 정자 난정을 묘사하는 대목에 "무성한 숲과 긴 대나무가 있고(茂林脩竹)"라는 대목이 나온다. 서거정은 광한루의 풍광을 산음의 난정과 비교하고 광한루에서의 풍류를 왕희지 당대의 그것으로 일치시키고 있는 셈이다.

이어지는 '우객'과 '단구'는 신선과 신선이 사는 곳을 뜻하는 말. 굴원(屈原) 등의 명문을 모은 《초사》 원유편(遠遊篇) "단구로 우인에게 나아감이여, 죽지 않는 고장에 머무르련다(仍羽人於丹丘兮 留不死之舊鄕)"는 대목에 보이는 말이다.

서거정은 광한루를 삼신산의 범접지 못할 절경으로 보고 최호가 읊은 〈황학루〉의 애잔한 아름다움과 흥취가 흐드러지던 왕희지의 난정, 초사에 나오는 신선의 땅 등으로 예찬하고 있다.

광한루를 중건한 신감의 형인 상촌(象村) 신흠(申欽, 1566~1628)은 〈광한루기〉에서 "하늘 위의 광한이 남원의 광한은 되지 말라는 법이 어디 있겠는가. 인간이니 천상이니 따질 것도 없고, 풍진 생애와 신선놀이를 구분할 것도 없다"고 일갈했다. 최립과 서거정의 시에서 드러나는 광한루의 경이로운 우주적 의미란, 구구하게 따지고 구분할 것도 없다는 단언이 얼마나 호방한가?

네 시인 모여 읊은 이별의 풍경

그런데 서거정이 왕희지의 〈난정서〉를 끌어다 광한루를 예찬한 다음 세기에 당대 최고의 문객 4명이 광한루에 모여 시회(詩會)를 열었다.

1578년(선조 12) 3월, 임제(林悌, 1549~1587)가 제주도에서 서울로 가는 도중 남원에 들렀는데, 이때 남원 부사 손여성(孫汝誠, ?~?)이 백광훈(白光勳, 1537~1582) 이달(李達, 1539~?) 양대박(梁大樸, 1544~1592)을 광한루로 초청해 임제를 위한 전별(餞別) 모임을 했던 것이다. 당대의 문사들이 모인 자리에서 수창(酬唱)은 기본. 이날 네 명의 시인들이 지은 시는 《용성창수집(龍城唱酬集)》으로 묶였다. 용성은 고려 말 이후 불리어 온 남원의 별칭.

이들 가운데 백광훈과 이달은 최경창(崔慶昌, 1539~1583)과 더불어 삼당시인(三唐詩人)으로 불렸다. 그만큼 당시풍의 시작(詩作)에 탁월했던 문인들이다.

임제는 명기(名妓) 황진이의 무덤 앞에서 "청초 우거진 골에……"로 시작되는 시를 지었고, 기생 한우(寒雨)와의 화답시 〈한우가〉를 지은 그 풍류 남아다. 문장가로 시인으로 당파싸움을 싫어한 선비로 이름이 고절했던 임제를 위해 문객들을 불러 모은 남원 부사 손여성은 이름난 효자였다. 아버지가 병들자 하늘을 향해 '아버지를 대신해 저에게 병을 주십시오' 하고 빌었더니 아버지의 병이 나았다는 이야기의 주인공이다. 백광훈은 당시 완산의 영전 참봉(影殿 參

奉)으로 있었다. 이달은 서얼 출신으로 비통한 삶을 살다간 시인이었고, 양대박은 임진왜란이 난 1592년에 의병을 일으켜 고군분투하다가 전사한 의병장이다. 광한루에서 이 역사적인 시회가 열린 때는 임진왜란 발발 14년 전이었는데, 중년을 넘어 초로에 임박했던 그들의 시는 자못 애잔하다.

南浦微風生晚波　앞개울 산들바람 저녁물결 일으키고
清烟低柳碧斜斜　맑은 이내 낀 긴 버들은 푸름 띤 채 하늘하늘.
山分仙府樓居好　산이 나눈 신선 고을 다락 위치 좋을시고
路入平蕪野色多　길이 드는 너른 벌판 들 빛이 짙었구나.
千里更成京國夢　천 리 밖에서 서울 꿈을 다시 꾸다보니
一春空負故園花　한 봄 내내 고향 꽃은 부질없이 져버렸네.
清樽話別新篇在　맑은 술에 이별 사연 새로 지은 시에 남아
却勝驪駒數曲歌　'여구곡' 몇 곡보다 오히려 뛰어나네.
　　　　── 임제 〈용성광한루주석수창〉 《임백호집》 권 3

이날 모임에서 먼저 시를 읊고 제1수에 파(波), 사(斜), 다(多), 제2수에 화(花), 가(歌)를 운자로 띄운 이는 임제였다고 한다. 앞 수에서는 광한루의 풍경을 미세하면서도 호방하게 묘사했고, 다음 수에서는 객지생활을 하다가 서울로 돌아가는 도중에 시인들과 수창하는 '현재 상황'을 애틋하게 그리고 있다. '여구곡'은 이별의 정을 담은 노래를 뜻한다. 공자의 제자 72명의 '예(禮)'에 대한 이야기를 묶은

《대대례(大戴禮)》라는 책이 있는데, '여구곡'은 이 가운데 전하는 이야기로 떠나려는 손님과 보내지 않으려는 주인의 마음을 담은 내용이다.

清溪雨後起微波　비 온 뒤 맑은 시내 잔물결 퍼져가고
楊柳陰陰水岸斜　수양버들 녹음 짙어 물가 둑에 빗기었네.
南陌一尊須盡醉　남쪽 거리 한 동이 술 마음껏 취해보세.
東風三月已無多　동풍 부는 삼월도 얼마 남지 않았기에
離亭處處王孫艸　이별 정자 곳곳마다 왕손초가 파릇하고
門巷家家枳殼花　골목길 집집마다 탱자 꽃이 하얗구나.
流落天涯爲客久　하늘가에 유랑하는 길손 된 지 오래여서
不堪中夜聽吳歌　한밤중의 남도 소리 차마 듣지 못하겠네.
　　　　　　　　— 이달 〈본무제〉《손곡집》권 4

신분 차별의 풍토 속에 '서얼의 불운'을 안고 살던 이달은 당시 손여성의 식객이었다. 출세도 하지 못하고 병까지 얻은 그는 천안 군수로 있는 손여성에게 얹혀 있다가 남원까지 따라 내려온 참이었다. 그런 처지 때문인가? 그의 시에서는 광한루 주변의 풍경도 인생사도 다 '하늘가에 유랑하는 길손'의 행색으로 드러나고 있다.

畫欄西畔綠蘋派　그림 난간 서편 호반 푸른 물풀 물결치고
無限離情日欲斜　이별의 정 한없는데 해마저 기우누나.

芳草幾時路行盡　방초자란 나그네길 어느 때나 끝이 나며
靑山何處白雲多　푸른 산 흰 구름은 어느 곳에 피어날까?
孤舟夢裏滄溟事　쪽배 타고 꿈결 속에 큰 바다 건너는데
三月煙中上苑花　늦봄의 풍광 속에 대궐 꽃은 만발하리.
樽酒易傾人易散　술동이는 쉬이 비고 사람은 쉬이 흩어지니
野禽如怨又如歌　원망인 듯 노래인 듯 들새도 우짖누나.

　　　　　— 백광훈 〈차증임자순〉《옥봉집》권 중

이 시회가 열린 해에 백광훈은 42세였다. 지방 말직으로 있던 그의 성정(性情)은 광한루 주변 풍경처럼 고왔을 것 같다. 100세 시대라 하는 요즘 남자 마흔두 살이면 인생의 중반에 불과하다. 그러나 백광훈은 이 시를 짓고 4년 뒤에 세상을 하직했다. 자신의 단명을 알았던 것일까? 술동이는 금방 바닥을 드러내고 사람 또한 만나기 무섭게 헤어지는 세상사에 달통한 경지를 드러내 보이고 있으니 말이다.

남원 출신으로 의병 활동을 펼쳤던 양경우(梁慶遇, 1568~?)는 이날 시회에 참석한 양대박의 아들이다. 그의 글《제호시화》에는 "당시는 국상(國喪) 중이었으므로 노래하거나 음악을 연주할 수 없었는데 임백호가 먼저 '가(歌)' 자로 먼저 시를 짓자 다른 사람들이 곤란하게 여겼다"는 일화를 전하면서 백광훈의 이 시는 "구를 놓는 것이 더욱 아름다워 참으로 아름다운 재질을 가졌다"고 예찬했다.

烏鵲橋頭春水波　오작교 다리께선 봄 물결 출렁대고

廣寒樓外柳絲斜　광한루 누각 밖엔 실버들이 살랑대네.

風煙千古勝區在　천고의 좋은 경치는 이 명승에 남아 있고

詩酒一場歡意多　한 마당의 시와 술은 흥겨움에 거나해라.

誰向離筵怨芳草　전별 자리 어느 누가 방초를 원망하랴

行看歸騎踏殘花　말굽 아래 밟힌 꽃잎 가는 길에 볼 것이니.

天涯去住愁如織　하늘 끝의 오고 감이라 시름이 짜이는 듯

强把狂言替浩歌　엉뚱한 말을 갖고 호연가를 가름하네.

— 양대박 〈차운시〉《임백호집》권 3

　양대박은 임진왜란이 발발하자 곧바로 살던 지역에서 의병을 조직하고 전장으로 뛰어들었던 지식인이다. 이별의 자리에서 쓴 시에서도 그의 적극적인 기질은 잘 드러난다. 그가 남긴 글들을 묶은 문집은 《청계유고(靑溪遺稿)》인데 이 시는 임백호의 문집에 전한다. 광한루의 봄 풍경을 묘사하고 이별의 정회를 인생사의 시름으로 끌고 가면서도 그 애상에 빠지지 않으려는 호방함이 다른 시들과 차별된다.

　지방 수령이 지나가는 동료를 위해 지역의 문객들을 불러 모아 조촐한 자리를 베푸는 것은 아름다운 풍경임에 틀림없다. 그 아름다운 하루 저녁의 이별 모임에서 탄생된 지식인들의 시는 400년이 넘는 시간을 건너 오늘날의 광한루 풍경 속에서 진주알처럼 빛나고 있다.

광한루 안쪽 보에는 80여 장의 시와 기문 현판이 걸려 있다.
아래는 광한루의 야경.

사랑의 공간 광한루, 그러나 옛 사람들은 광한루에서 많은 이별을 아쉬워했다. 사랑은 이별을 겪어야 완성되는가 보다. 이몽룡과 성춘향이 그랬고 견우와 직녀가 그랬던 것처럼 이별을 통해 더욱 커지고 이별의 끝에서 완성되는 것이 사랑인가 보다.

乘鸞夜入廣寒樓　난새 타고 한밤중에 광한루에 드니
十二丹梯欲盡頭　아름다운 열두 계단 난간 위까지 이어졌네.
願乞紫皇金鳳鳥　원하옵건대 상제께서는 금봉을 시켜 명하소서.
人間禁得別離愁　이후론 인간에게 이별의 수심을 주지 말라고.
　　　　　　　　　　　　　　　— 최봉선, 판상시

烏鵲橋邊楊柳枝　오작교 가에 늘어진 수양버들 가지는
枝枝折盡送人時　님 보낼 때 꺾고 꺾어 남은 가지 몇 없구려.
莫道明年無折枝　명년에 꺾을 가지 없으리라 말하지 마오.
春從折處長新枝　봄이 오면 꺾은 곳에 새 가지 자라나니.
　　　　　　　　　　　　　　　— 이기식, 판상시

광한루 안쪽에 걸린 80여 장의 현판 가운데 있는 이 두 시는 대조적이다. 근대 남원 권번의 기생이었던 최봉선은 옥황상제가 인간에게 이별의 수심을 없애주길 바라는 마음을 남겼다.

반면 이기식은 이별에 초연하다. 많고 많은 사람들이 이별의 정표로 버들가지를 꺾어 남은 가지가 몇 안 남았어도 내년에 또 새 가지가 날 것임을 노래한다. 기생 최봉선의 애달픈 마음은 옥황상제를 향한 비원(悲願)이 되었고 이기식의 달관적인 여유는 새봄의 버들가지처럼 푸르다.

담양 면앙정 潭陽 俛仰亭

굽어보면 땅이요
우러르면 하늘이라

俛有地　굽어보면 땅이요

仰有天　우러르면 하늘이라.

亭其中　그 가운데 정자 지으니

興浩然　흥취가 호연하네.

招風月　풍월을 부르고

把山川　산천을 끌어들여

扶藜杖　명아주 지팡이에 의지하여

送百年　한평생을 보내노라.

— 송순 〈면앙정 삼언가〉

단아한 정자, 호남 가단의 원천

안개가 걷히기를 기다려야 했다. 오전 10시가 되어서야 하늘과 땅이 분간되고 나무와 나무 사이의 간격이 보였다. 면앙정(俛仰亭, 전남기념물 제6호)으로 올라가는 길은 가파른 돌계단이었다. 평지에서 갑자기 솟아오른 봉우리 위에 있는 정자. 그래서 멀리까지 사방이 잘 보이고 아침 안개가 끼는 날엔 마치 구름 위에 있는 듯하다는 정자가 면앙정이다.

돌계단을 오르는 초입에 현수막 하나가 걸려 있다. '면앙정 송순 회방연 재현행사'라는 글씨가 중앙을 장식하고 있다. 행사 날짜는 지난 주말이었다. 아쉬운 생각을 삼키며 계단을 올랐다. 울창한 대나무 숲과 솔숲을 지나 말쑥하게 단장된 곳에 면앙정이 두 팔을 크게 벌린 듯 서 있었다.

면앙(俛仰)은 '아래로 땅을 굽어보고 위로 하늘을 우러러본다'는 뜻. 이 숭엄한 의미를 가진 정자의 주인은 송순(宋純, 1493~1582)이다. 정자가 있는 담양군 봉산면 제월리에서 출생한 송순은 각종 사화(士禍)로 들끓던 시절을 살았지만 일 년 정도 귀양살이를 한 것 외에는 77세까지 이어진 벼슬살이가 순탄했다. 그만큼 높은 덕망과 학식으로 많은 사람에게 존경받았다는 의미다. 관용의 미덕을 갖춘 고절한 인품의 송순은 문학사에도 매우 큰 족적을 남겼다. 바로 가사문학의 물꼬를 튼 것이다.

나옹 스님(1320~1376)의 〈서왕가〉와 정극인(1401~1481)의 〈상춘곡〉을 우리 가사문학의 시초로 꼽고 있지만, 가사문학이 활기를 띠고 가편(佳篇)들을 생산한 것은 송순의 시대부터였다.

바로 면앙정이 지어지고 이 정자의 주인이 〈면앙정가〉를 지어 가사문학의 틀을 제공한 것이다. 면앙정을 처음 지은 것은 1533년으로 송순의 나이 41세 때였다. 이 정자로부터 호남의 가사문학이 열렸고 '면앙정가단'이라는 호남문학의 클러스트가 형성되었으니, 정자와 주인이 차지하는 우리 문학사에서 의미는 매우 특별하지 않을 수 없다. 송순은 가사 〈면앙정가〉와 22수의 시조 그리고 520여 수의 한시를 남겼다.

송순의 시대에 면앙정에서 노닌 문인들은 수없이 많았다. 하서 김인후, 금호 임형수, 고봉 기대승, 제봉 고경명, 송강 정철, 석천 임억령, 백호 임제 등은 그의 제자로 손꼽힌다. 퇴계 이황이 그를 두고 "하늘이 낸 완인(完人)이다"라 했다니 더 이상 설명이 필요 없을 것이다.

면앙정에 도착하여 안개가 걷히기를 기다리느라 아침나절 시간을 평지에서 보낸 것을 후회했다. 안개 속의 면앙정을 보는 것도 나름 즐거운 일이 될 것임을 정자의 마당 입구에 서 있는 '면앙정가 시비' 앞에서 생각한 것이다.

넓은 바위 위에 송죽을 헤치고
정자를 앉혔으니 구름 탄 청학이
천 리를 가려고 두 날개 벌린 듯

옥천산 용천산 나린 물이

정자 앞 넓은 들에 줄기마다 퍼진 듯이

넓거든 길지 말거나 푸르거든 희지 말거나

쌍용이 뒤트는 듯 긴 깁을 펴 놓은 듯

어디로 가려고 무슨 일 바빠서

닫는 듯 따르는 듯 밤낮으로 흐르는 듯

— 송순 〈면앙정가〉 일부

　〈면앙정가〉의 앞부분 일부를 새긴 시비를 어루만지며 이 정자로
부터 우리 중세문학의 우뚝한 호남시단이 열렸음을 생각하니 가슴
이 벅차올랐다. 그리 높지 않은 제월봉 중턱의 정자 하나가 무등산
보다 높은 역사를 이루었음을 후손들도 자랑스러워 하여 정자를 온
전히 보존하고 회방연(回榜宴) 행사도 재연하는 것이 아니겠는가?

　회방연이란 과거(科擧) 합격 60주년 기념행사다. 그러니까 대개
20대 초반에 첫 합격을 한다 해도 80세가 되어서나 회방연을 할 수
있다. 장수하지 않으면 힘든 잔치이고 그 나이가 되어도 덕망이 없
으면 치르지 못하는 잔치다. 송순은 90세까지 장수했고 77세까지 현
직에 있었으며, 인덕이 높아 회방연을 성대히 치렀다. 그리고 잔치
가 끝날 무렵 정철, 고경명, 임제, 이후백 등이 직접 스승을 가마에
모시고 집까지 모셔다 드렸는데, 이 일이 오늘날에까지 면앙정의
아름다운 일화로 전해져 오는 것이다.

은일의 도를 보여주는 공간

불필요한 장치가 없이 소박하고 단아한 면앙정은 정면 3칸 측면 2칸이고 지붕은 팔작지붕인데 처마가 길게 내려와 사방에 활주로 받치고 있으며 끝이 솟구쳐 올라 있다. 그 모습을 두고 송순은 〈면앙정가〉에서 "천리를 가려고 두 날개 벌린 듯"이라고 표현하고 있다. 정자의 가운데는 방을 들이고 마루 들보에는 시와 기문 등을 새긴 현판들을 걸었다. 현재의 정자는 임진왜란 때 불탄 것을 후손들이 1654년에 새로 지은 것인데, 1989년에 보수를 거쳐 지금까지 원형을 유지하고 있다.

俛有地 굽어보면 땅이요
仰有天 우러르면 하늘이라.
亭其中 그 가운데 정자 지으니
興浩然 흥취가 호연하네.
招風月 풍월을 부르고
把山川 산천을 끌어들여
扶藜杖 명아주 지팡이에 의지하여
送百年 한평생을 보내노라.

— 송순 〈면앙정 삼언가〉 판상시

정자 안쪽 가운데 들보에 걸린 이 한 편의 시는 면앙정을 지은 주

단풍과 어우러져 단아한 자태를 자랑하는 면앙정(俛仰亭).
아래는 송순의 〈면앙정 삼언가〉가 새겨진 현판.

인의 우주론과 인생관을 잘 보여주고 있다. 하늘과 땅 그리고 인간, 이 삼재(三才)를 떠나 우주는 설명될 수 없다. 이 셋의 조화가 평화이고 행복이며 부조화는 재앙이다. 그 가운데 존재하는 사람은 우러러 하늘의 뜻을 생각하고 땅을 굽어보며 자연의 이치를 깨우쳐야 하는 것이다.

《맹자》〈진심장〉에 나오는 "앙불괴어천(仰不愧於天) 부부작어인(俯不怍於人)"의 정신이 바로 면앙정의 정신인 것이라 할 수 있다. 하늘을 우러러 부끄러움이 없고 사람을 향해 부끄러움이 없는 삶을 살고자 하는 것은 모든 지성인의 기본적인 인생관이다. 송순은 그러한 삶을 지향하며 지은 정자에서 호방한 기지를 키우고 자연과 동화되는 유토피아를 실현하려 했을 것이다. 그러한 정신을 시로 읊어 준 것은 퇴계 이황과 하서 김인후이니 두 사람의 시가 하나의 현판에 새겨져 면앙정에 걸려 있다.

七曲高低控二川	일곱 구비가 높고 낮으며 두 냇물을 끌어당기니
翠鬟無數迴排前	푸른 비단 빛같이 앞에 둘렀네.
縈簷日月徘徊過	처마에 매인 해와 달 머뭇거리며 지내고
匝域瀛壺縹緲連	좌우로 보이는 영과 호는 아득하게 보이네.
村老夢徵虛宿昔	늙은이의 꿈이 희미하니 옛일이 허무하고
使君資築償風煙	그대의 도움이 쌓였으니 경치가 값지네.
傍人欲識亭中樂	사람마다 이 가운데 즐거움을 알려 할진대
光霽應須別有傳	청량한 바람과 상쾌한 달빛이 같이 전할 것이네.

松竹蕭慘出徑幽	소나무 대나무 소소하고 산길은 깊은데
一亭臨望岫千頭	정자에 올라보니 산봉우리가 난간에 비꼈네.
畫圖隱映川原曠	그림 같은 그림자 은근히 비치며 냇가와 언덕 광활하고
萍薺依俙樹木稠	마름과 냉이는 군데군데 수목은 울창하네.
夢裏關心遷謫日	꿈속에도 깊은 관심은 꾸지람을 당하던 날이요
吟邊思想撫摩秋	을으며 생각나는 것은 무마된 때이네.
何時俛仰眞隨意	어느 때에 굽히고 우러러보며 내 뜻을 따라서
洗却從前局促愁	그 전에 사무쳤던 수심을 떨쳐버리는가?

— 이황 〈차면앙정운〉 판상시《면앙정집》제7권

송순의 인품을 '하늘이 낸 완인'이라 극찬했던 퇴계는 면앙정이 갖는 우주론적 실재성과 거기 인연 닿은 사람들의 삶을 한 폭의 수묵화처럼 그려내고 있다. 풍경과 풍경에 투영된 삶의 이야기는 정치적 격동이 그칠 날이 없던 시대를 절묘하게 비춰내고 있으니, 이야말로 면앙정의 정신과 시인의 눈에 비친 세상은 결코 둘일 수 없는 이치일 것이다.

內杖追隨會二難	두건에다 막대 짚고 주인 손님 모였는데
小亭高爽帶林巒	숲에 둘린 작은 정자 높고도 밝구나.
風傳曉寺鍾聲遠	새벽 절 풍경 소리는 바람따라 들여오고
雲接長空雁路漫	구름 깔린 넓은 하늘에 기러기는 먼 길 가네.

好月臨昏山更靜　황혼에 달 떠오르면 산이 더욱 고요하고

疏篁搖曙露先乾　동트면 대나무 흔들려 이슬이 먼저 마르네.

蕭然自占閑中趣　한가한 가운데서 참맛을 얻었으니

萬事悠悠莫我干　만사가 유유하다 나와 무슨 관계인가.

— 김인후 〈면앙정 운을 빌어〉 판상시 《면앙정집》 제7권

도학과 절의와 문장을 두루 갖춘 인물로 평가받았던 김인후(金麟厚, 1510~1560)가 말하는 면앙정은 '한가한 가운데 참맛을 얻는' 곳이다. 이보다 어떻게 면앙정의 존재감을 명징하게 설명하겠는가? 한가함과 인생의 참다운 의미, 은일(隱逸)의 결론은 '만사가 유유한데 나와 무슨 관계인가?'라는 오도송일 것이다. 그러한 가치는 윤두수의 시에서도 찬찬히 읽힌다.

歲月茫茫不舍川　세월은 망망하여 쉬지 않는 내와 같으니

我來重想十年前　이곳에 와 다시 십 년 전을 생각하네.

一園花竹思君實　온 동산의 화죽은 군실을 생각게 하고

半畝池塘憶惠連　반 이랑의 지당은 혜련을 기억게 하네.

壁掛雲鵬猶有句　벽에 걸린 운붕에는 오히려 시구가 남았는데

灰寒丹竈更無煙　재가 식은 단조에는 다시 연기가 없네.

人生到此渾如夢　인생이 여기에 이르러 모두 꿈만 같으니

秘訣休言世上傳　장수하는 비결이 세상에 전한다고 말하지 마라.

— 윤두수 〈潭陽 俛仰亭에 제하고 벽 위의 시에 차운하다.〉

윤두수(1533~1601)는 면앙정에서 군실(君實)이 생각난다 했으니 군실은 바로 송나라 때의 정치가이자 학자이며 문장가로 이름을 떨쳤던 사마광(司馬光)이다. 또 이어서 혜련(惠連)을 거론하고 있는데, 혜련은 바로 송나라의 시인 사혜련(謝惠連)이다. 사혜련의 족형인 사영운(謝靈運)은 당대 최고의 시인으로 명성을 날렸다. 사영운이 시를 짓다가 마땅한 구절을 얻지 못해 고민하던 중 꿈에 사혜련을 보고 "지당에 봄풀이 생겨나네(池塘生春草)"라는 절묘한 구절을 지었다는 일화가《송서 권 67 사영운열전》에 전한다.

윤두수는 이러한 고사를 빗대어 면앙정과 그 정자의 주인이 드러내 보이는 고아한 정취를 그려내고 있는 것이다. 은일은 도피가 아니다. 세상이 어지러울 때면 그 어지러움 속에서 이전투구를 마다치 않으며 권력과 재물을 탐하려는 사람이 있고, 몸을 숨기고 그 뜻을 지키려는 사람이 있다. 전자의 경우 어지러운 세상을 만나 세상을 더욱 어지럽게 하는 것이고 후자의 경우는 난세의 뒤안길에서 조용히 사람의 덕성을 기르는 것이다. 사람에게 덕의 향기가 있어서 사람은 꽃보다 아름답다고 하는 것이지, 재물과 권력이 있어 그를 존경하고 흠모한다 하지는 않는 것이다.

면앙정은 은일의 도를 보여주는 공간이기에 거기에 줄기를 댄 문학작품들은 한결같이 초월적인 우주론을 펼치며 꽃보다 아름다운 인간의 세상을 기리고 있다.

곽씨의 꿈과 제월봉의 참주인

면앙정에는 고봉 기대승이 지은 기문도 걸려 있는데, 이 기문은 고봉이 20대 중반의 젊은 나이에 원로인 송순의 부탁을 받고 지은 글이다. 그만큼 그의 주변에는 많은 문인이 있었고, 젊은 기대승의 학문적 자질을 눈여겨보았다는 의미이기도 하다.

기대승의 기문에는 송순이 면앙정 터를 구입한 일화가 적혀 있다. 대선배 격인 송순이 새파랗게 젊은 자신에게 들려준 이야기를 그대로 기록한 것이다.

내 일찍이 공(송순)을 면앙정 위에서 배알하였는데, 공은 나에게 말씀하였다. "옛날 이 정자가 없을 때 곽씨(郭氏) 성을 가진 자가 이곳에 살고 있었네. 그는 일찍이 꿈에 자금어대(紫金魚袋)와 옥대(玉帶)를 띤 학사들이 이 위에서 모여 노는 것을 보고는 자기 집안이 장차 일어날 것이요, 그 아들이 이 꿈에 응할 것이라고 생각하였다네. 그리하여 아들을 승려에게 부탁하여 글을 배우게 하였으나 성공하지 못하고, 또 곤궁하게 되자 마침내 그곳에 있는 나무를 베어 버리고 사는 곳을 옮겼다네. 내가 갑신년(1524, 중종 19)에 돈을 주고 이곳을 샀더니, 동네 사람들이 다투어 와서 서로 축하하기를 '이 기이하고 아름다운 땅을 공이 마침내 얻었으니, 이것은 아마도 곽씨의 꿈이 조짐이 된 것일 것이다.' 하였다네. 나 역시 이 산수의 아름다움을 사랑하였으나 관직에 매여 조정에 있어서 감히 몸을 이끌고 물러나지 못하였다네. 그 후 계사년(1533)에 체직되어 시골로 돌아와서 비로소 초정(草亭)을 엮어 바람과 비를 가리고는 5년 동안 한가로이 놀았네. 그러다가 곧바로 다시 버리고 가니, 이 정자는 비바람을 맞음을 면치 못하였고 다만 나무 그늘이 너울거리고 풀과 쑥대가 무성할 뿐이었다네……."

고관대작들이 무리 지어 들어오는 꿈을 꾼 것은 곽 씨인데, 정녕 그 꿈을 이룬 것은 송순이다. 꿈보다 해몽이라는 말이 있지만, 이 경우는 해몽보다 꿈이라고 해야 할 듯하다. 사람이 좋은 땅을 만나 그 이름을 드높이기도 하지만, 땅도 사람을 제대로 만나야 그 가치를 누리는 것이다.

테마시의 원조 '면앙정삼십영'

면앙정은 송강 정철이 금자탑을 쌓은 가사문학의 산실이 되기도 했지만, 〈면앙정삼십영(俛仰亭三十詠)〉이라는 독특한 시창작 방식을 태동시킨 곳이기도 하다.

면앙정을 둘러싼 30가지의 풍경을 정해두고 그 제목에 따라 여러 시인이 백일장이라도 벌이듯 각자의 안목대로 시를 짓는 것이다. 이는 운자(韻字)를 빌어다 쓰는 차운시의 전통과는 다른 형태이고 한 주제에 대해 여러 명이 이어 쓰는 방식과도 전혀 다르다. 말하자

처마가 길어 마루 그늘이 깊은 면앙정 들보에는 〈면앙정 삼십영〉을 비롯한 시판이 빼곡하게 걸려 있다.

면 테마시의 행렬을 이루는 것이다.

오늘날 전해지는 '면앙정삼십영'은 6편이나 된다. 30개의 테마에 6명이 각기 다른 시를 지은 것이니, 편수로 치자면 모두 180편이 되는 셈이다. 이러한 전통이 면앙정에서 시작되어 '식영정이십영' '소쇄원사십팔영' 등으로 인근의 누정문학으로도 불길처럼 번져 갔다. 이 또한 면앙정이 이룬 중요한 문학적 수확이라 할 수 있다.

秋月山名好　추월산이라 그 이름 좋기도 하여
蒼蒼削四圍　사방이 깍아지른 푸른 절벽이구나.
溪雲莫漫起　계곡에서 구름 어지러이 일지 말게
夜夜輾淸輝　밤마다 밝은 빛은 돌아 흐르네.
　　　　　　　　　　　　　― 김인후 〈면앙정삼십영〉 판상시

鐵壁上蒼然　강철 같은 절벽 푸르게 솟아
層巓尺去天　층진 봉우리 하늘에 닿을 듯
秋風衣欲振　가을바람 옷깃 흔들 때
直待桂輪圓　둥근달 떠오르길 기다리네.
　　　　　　　　　　　　　― 고경명 〈면앙정삼십영〉 판상시

皎皎蓮初出　휘영청 밝은 달 연꽃 갓 핀 듯 하고
蒼蒼墨未乾　어둑어둑한 밤 먹물이 덜 마른 듯한데
淸光思遠贈　달빛 속 멀리 마음 보내려 하지만

飛鳥度應難　나는 새 응당 넘나들기 어렵겠네.

— 임억령 〈면앙정삼십영〉 판상시

鐵作蒼崖立半天　푸른 벼랑 쇠로 만든 듯 하늘에 우뚝하고
層城雲日望依然　구름 개어 층진 성을 바라보니 의연하구나.
他年倘得從公後　다음에 행여 당신 뒤를 따른다면
萬丈丹梯尙可緣　만장의 붉은 사다리를 함께 오를 수 있으리.

— 박순 〈면앙정삼십영〉 판상시

(위 판상시의 출전은 모두《면앙집》'면앙정제영해동명현록'이다)

한 시대의 문단을 쾅쾅 울렸던 시문의 고수들이 읊은 '면앙정삼십영' 가운데 첫 번째 테마인 '추월산의 푸른 절벽(秋月翠壁)'이다. 이들처럼 문단의 거봉들이 면앙정을 테마로 삼십영을 읊은 것만으로도 면앙정의 문학사적 위치는 가늠되고도 남을 것이다. 이미 면앙정이라는 장소는 다양한 의미가 복합적으로 부여된 곳이다. 그러므로 그곳에서 바라다보이는 풍경들 역시 보는 이의 안목과 취향대로 각색의 의미를 부여받는다. 그래서 삼십 가지의 테마에 사람마다 다른 삼십 가지의 시가 나오는 것도 자연스러울 수 있다.

김인후는 추월산의 푸른 절벽에서 "밤마다 밝은 달빛 돌아" 흐름을 강조했다. 그 달빛은 인생의 궁극일 것이다. 하늘을 우러르고 땅을 굽어보는 커다란 마음을 비춰주는 달빛 말이다. 그래서 계곡에

서 구름이 어지러이 일어나는 것, 세상의 간교한 인심과 더러운 권력투쟁 같은 것들을 꺼리는 것이다.

고경명이 그려내는 달빛 또한 김인후의 달빛과 다르지 않다. 그래서 더욱 좋은 세상을 기다리는 은자의 모습을 담담히 기다리는 자세를 보여주는 것이다. 그런가 하면, 임억령이 그려내는 달은 애환을 담고 있다. 보기에는 방금 피어난 연꽃 같은 달일지라도 그것은 현실과 거리가 멀기에 안타깝고 답답한 마음은 날아가는 새조차 어쩌지 못하는 '그 무엇'일 수밖에 없다.

박순(朴淳, 1523~1589)이 이 테마에서 그린 이상향은 아예 면앙정의 주인 송순이다. 맑게 갠 하늘에 우뚝한 추월산의 봉우리가 면앙정의 주인이 생전에 보여 준 인품과도 같음을 찬탄하며 그러한 인품을 닮아 "만장의 붉은 사다리를 함께 오를 수 있으리"라고 한 것이다. 만장의 붉은 사다리는 조정에 나아가 일을 하는 벼슬길을 말한다. 박순이 이 같은 표현을 한 것은 오랜 시간 큰 역경 없이 벼슬살이를 한 송순의 인품을 흠모하는 것으로 읽을 수 있다.

'면앙정삼십영'은 시창작 방법의 새로운 길이기도 했고 호남시단의 풍부한 시재(詩才)들이 보여주는 넘쳐나는 흥이기도 하다.

면앙정에서 내려오다가 문득 생각하게 된다. 올라올 때보다 내려가는 길이 더 가파르다는 것을. 옛날 이 정자의 주인은 올라가며 하늘을 우러르고 내려오며 사람의 길을 헤아렸을 것이다. 그러한 헤아림의 정성으로 하늘을 대하고 땅을 대하고 사람을 대함으로써 학문의 대간을 잃지 않고 시대의 불운을 슬퍼하지 않는 힘을 길렀을

소쇄원(瀟灑園) 48영 시조창 복원 행사.

것이다.

첨단과학의 시대를 살아가는 우리는 무엇을 우러르고 무엇을 굽어보는가? 송순의 '면앙 정신'이 현대인들에게 한 방울씩만이라도 수혈(輸血)된다면 세상은 좀 더 훈훈해지지 않을까?

면앙정을 뒤로하고 송강정으로 달려가 솔바람 소리를 들었고, 식영정에서 낙엽을 밟으며 〈성산별곡〉을 읽었고, 환벽당에서는 판소리 공연을 보았다. 마침 가는 날이 호남문화원이 주최하는 '대한민국 누정문화 풍류축전'이 열리는 날이었다. 소쇄원에서는 〈소쇄원 48영〉을 시조창으로 복원하는 행사가 진행되고 있었다. 능선마다 골마다 자리한 정자들마다 잔치가 벌어지고 있어 늦가을 혼자만의 '누정시 기행'이 마냥 행복했다.

참고문헌

강정화 외 《지리산 누정기 선집》 이회
고현진 외 《산승은 동녘바람 등지고 낙화를 쓰네》 영주문화유산보존회
고현진 외 《절집, 적멸을 꿈꾸다》 영주문화유산보존회
구미문화원 편 《구미의 문화재(2007)》
구중서 《면앙정에 올라서서》 책만드는 집
권혁진 외 《조선 선비, 설악에 들다》 문자향
김광섭 《청간정》 고성문화원
김문기 《문경의 구곡원림과 구곡시가》 한국학술정보
김병태 《광한루, 불멸의 나라》 디자인 흐름
김진영 외 《고운 최치원 시집》 민속원
류　수 외 《금오신화에 쓰노라》 보리
민병수 외 《사찰, 누정 그리고 한시》 태학사
박　순 외, 임준성 옮김 《면앙정 삼십영》 담양문화원
박기용 《진주의 누정문화》 월인
박언곤 《한국의 정자》 대원사
박준규 외 《달관과 관용의 공간 면앙정》 태학사
박준규 외 《담양의 가사문학》 월인
빛깔 있는 책들 《선암사》 《부석사》 《경복궁》 등, 대원사
심경호 《김시습 평전》 돌베개
이갑규 외 《한국의 혼 누정》 민속원
이종건 《면앙정 송순 연구》 개문사
이종묵 《조선의 문화공간》(전 4권) 휴머니스트
이창룡 《누각과 정자에서 읊은 남도의 시정》 푸른사상
이창룡 《누각과 정자에서 읊은 시세계》 푸른사상
임종욱 《산사에 가면 시가 보이네》 이회
정　민 《한시 미학 산책》 휴머니스트
최종세 《중국 시서화 풍류담》 책이 있는 마을
한국문화유산답사회 《답사여행의 길잡이 시리즈》 돌베개
한보광 외 《한국문집 소재 불교시문자료집》(전 5권) 이회
허　균 《한국의 누와 정》 다른세상
허경진 《송강 정철 시선》 한국의 한시㉕, 평민사
허경진 《충남지역 누정문학연구》 태학사
한국고전번역원 홈페이지 (www.itkc.or.kr)